一剪梅

李清照

红藕香残玉簟秋 轻解罗裳 独上兰舟

云中谁寄锦书来 雁字回时 月满西楼

花自飘零水自流 一种相思 两处闲愁

此情无计可消除 才下眉头 却上心头

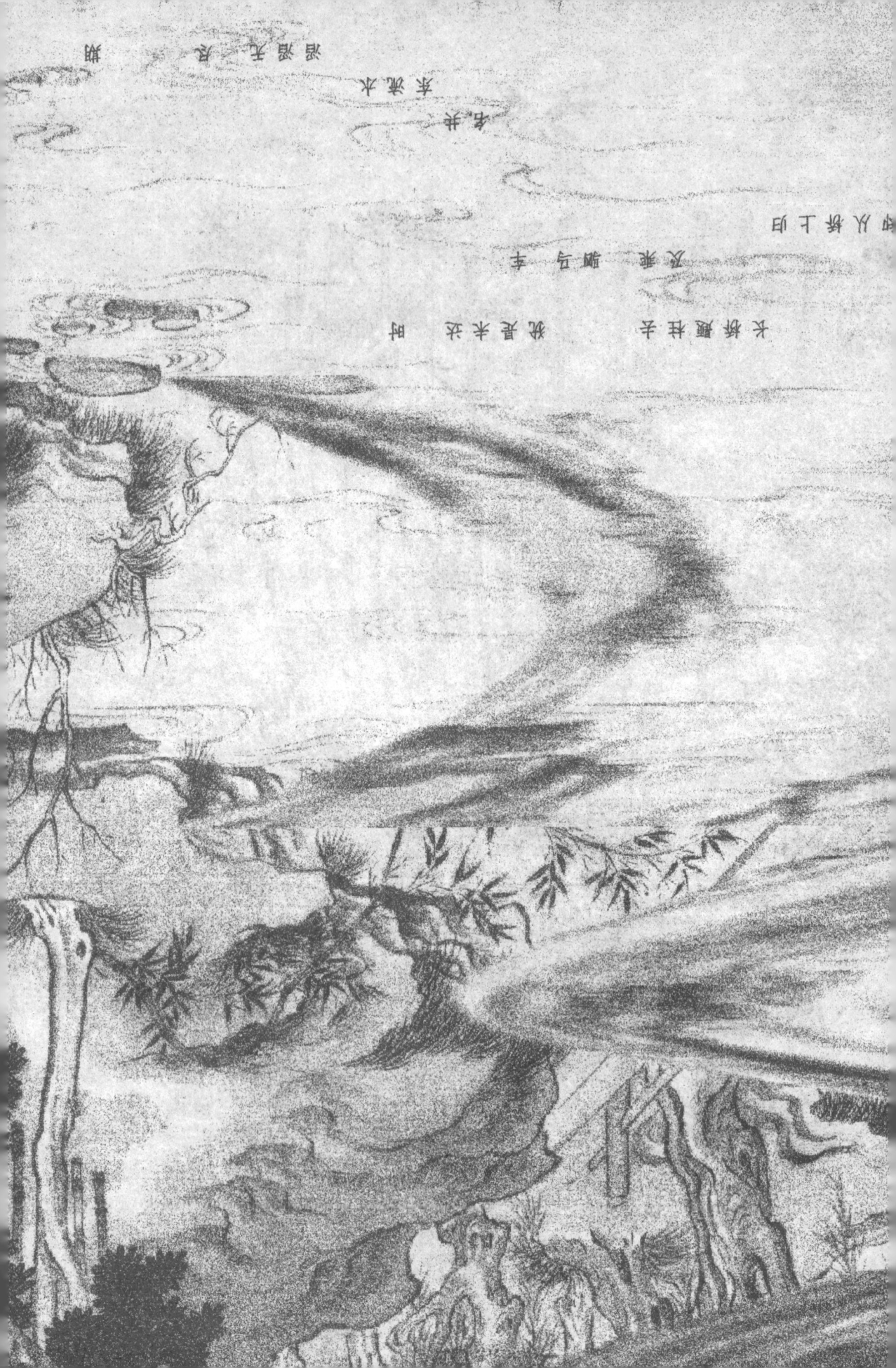

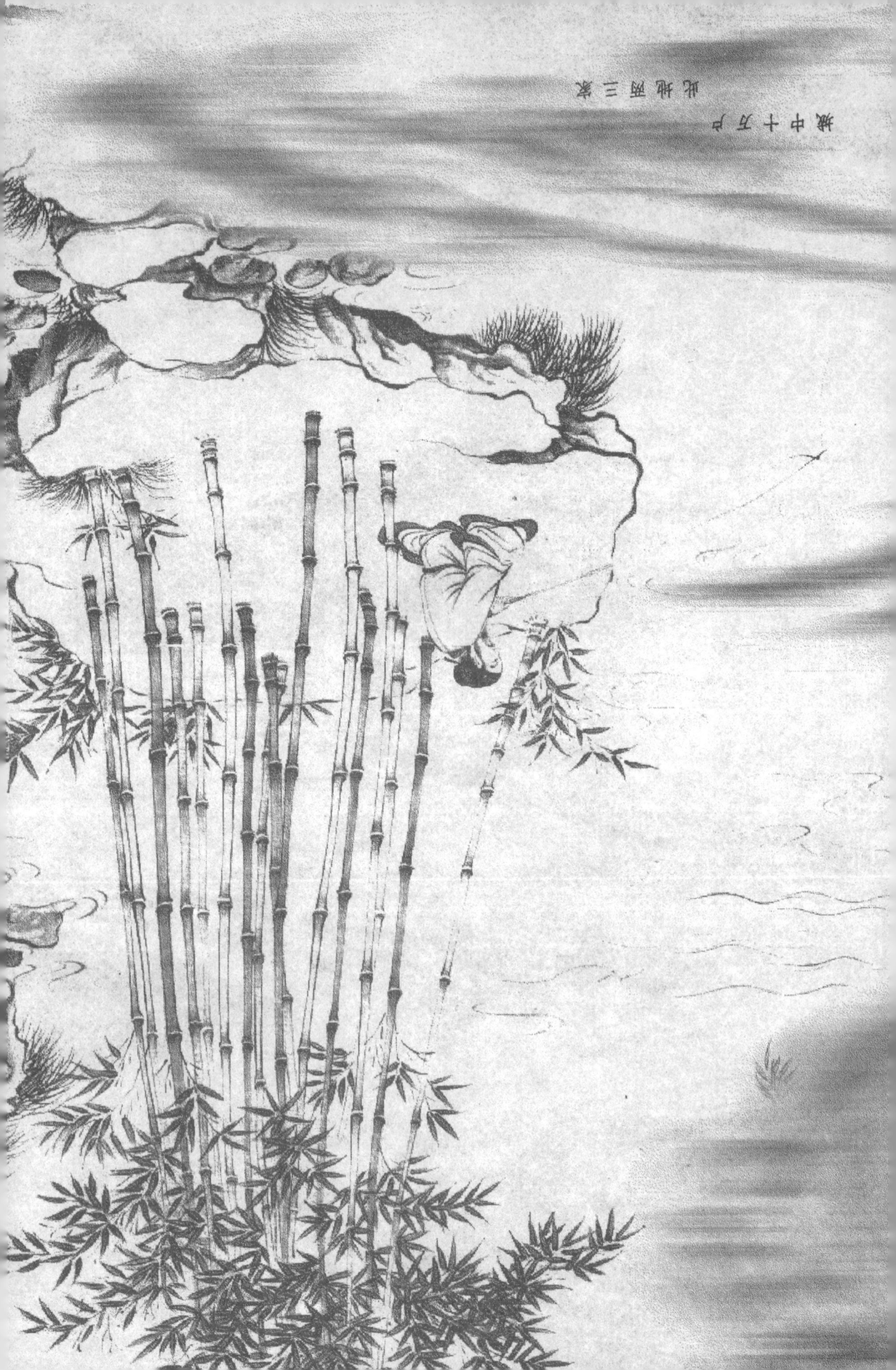

書中十五女

册插圖三百

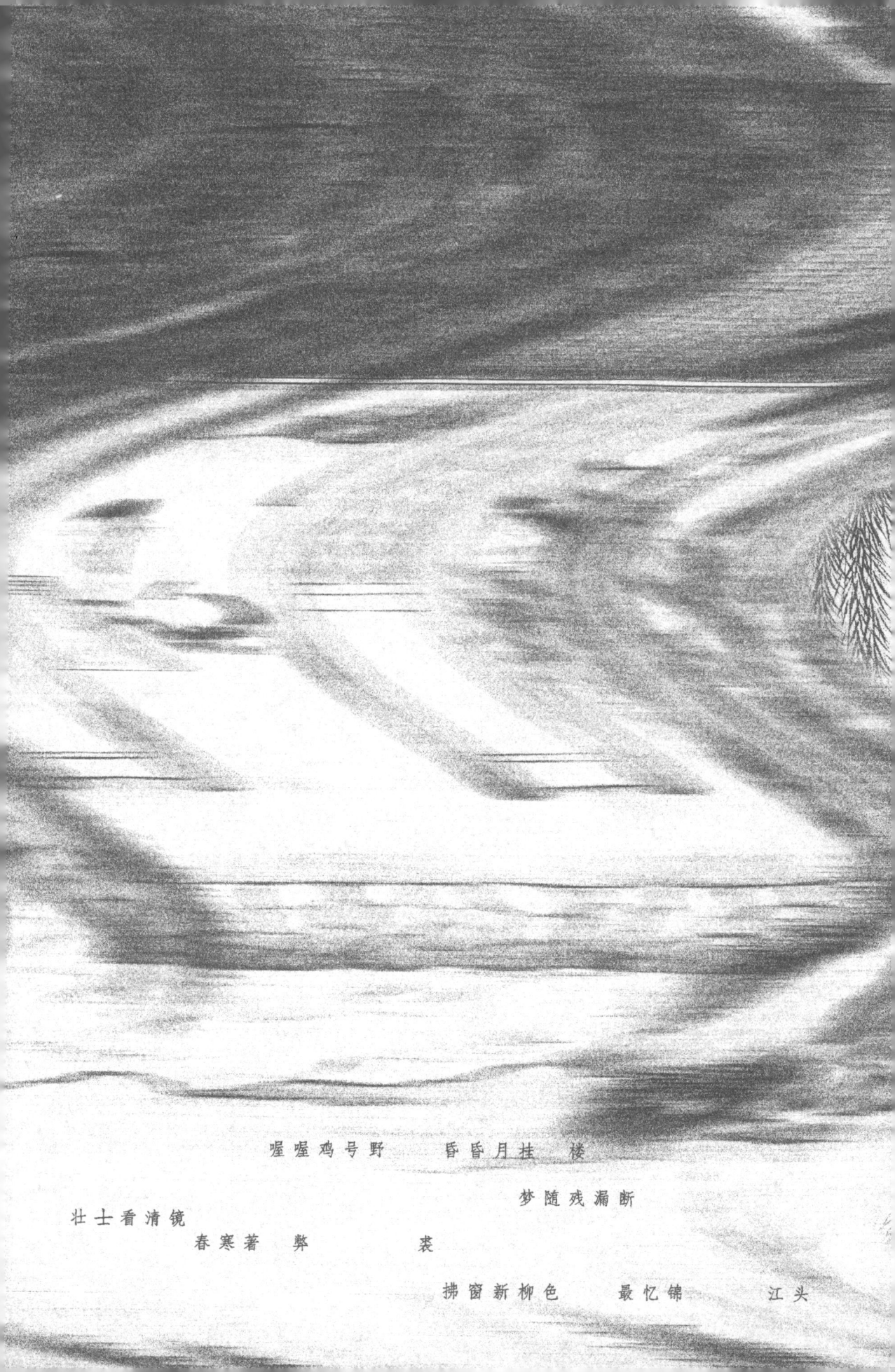

喔喔鸡号野　　昏昏月挂　楼

梦随残漏断

壮士看清镜

春寒著　弊　　裘

拂窗新柳色　　最忆锦　　江头

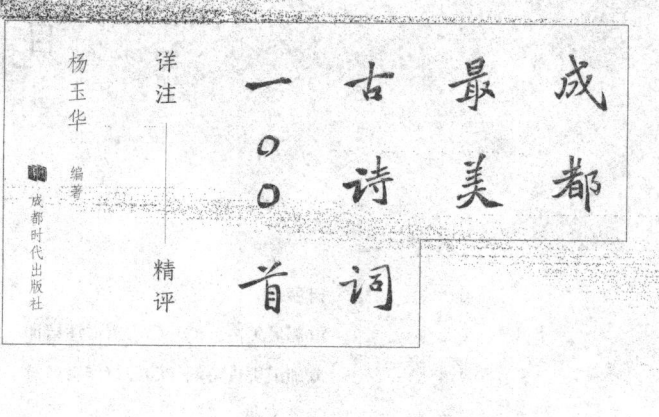

成都最美古诗词一〇〇首

杨玉华 编著

详注 ——— 精评

成都时代出版社

目录

0 1 8		自序
0 2 9		成都最美古诗词一〇〇首详注精评
2 4 5		成都最美古诗词一〇〇首作者名录
2 6 8		参考文献
2 7 0		跋

0 3 2	〇〇一	上皇西巡南京歌十首（其二）唐·李白
0 3 4	〇〇二	荆门浮舟望蜀江 唐·李白
0 3 6	〇〇三	春夜喜雨 唐·杜甫
0 3 8	〇〇四	绝句四首（其三）唐·杜甫
0 4 0	〇〇五	赠花卿 唐·杜甫
0 4 2	〇〇六	成都府 唐·杜甫

0 4 4	〇〇七	登楼 唐·杜甫
0 4 6	〇〇八	怀锦水居止二首（其二）唐·杜甫
0 4 8	〇〇九	水槛遣心二首（其一）唐·杜甫
0 5 0	〇一〇	石犀行 唐·杜甫
0 5 4	〇一一	万里桥 唐·岑参
0 5 6	〇一二	成都为客作 唐·田澄
0 5 8	〇一三	成都曲 唐·张籍
0 6 2	〇一四	浪淘沙（其五）唐·刘禹锡
0 6 4	〇一五	玩半开花赠皇甫郎中（节选）唐·白居易
0 6 6	〇一六	锦城曲 唐·温庭筠
0 6 8	〇一七	锦城写望 唐·高骈
0 7 0	〇一八	万里亭 宋·吕大防
0 7 2	〇一九	送戴蒙赴成都玉局观将老焉 宋·苏轼
0 7 6	〇二〇	成都书事二首（其一）宋·陆游
0 7 8	〇二一	春晓 宋·陆游
0 8 0	〇二二	梅二首（其一）宋·陆游

082 〇二三 十二月十一日视筑堤 宋·陆游
084 〇二四 归蜀 元·虞集
086 〇二五 锦江 明·冯任
088 〇二六 送黄子羽之任四首（其一）成都 清·吴伟业
090 〇二七 锦江绝句 清·尉方山
092 〇二八 府江棹歌十二首（其一）清·顾印愚

094 〇二九 赋成都景物 清·向日升
096 〇三〇 下里词送杨使君入蜀（选六首）近代·赵熙
098 〇三一 文翁讲堂 唐·卢照邻
100 〇三二 登锦城散花楼 唐·李白
102 〇三三 茅屋为秋风所破歌 唐·杜甫
104 〇三四 客至 唐·杜甫
106 〇三五 西郊 唐·杜甫
108 〇三六 绝句三首（其二）唐·杜甫
110 〇三七 琴台 唐·杜甫
112 〇三八 蜀相 唐·杜甫

114 〇三九 石笋行 唐·杜甫
116 〇四〇 文公讲堂 唐·岑参
118 〇四一 升仙桥 唐·岑参
120 〇四二 送客游蜀 唐·张籍
122 〇四三 竹枝词九首（其四）唐·刘禹锡
124 〇四四 寄赠薛涛 唐·元稹
126 〇四五 经杜甫旧宅 唐·雍陶
128 〇四六 酒垆 唐·陆龟蒙
130 〇四七 乞彩笺歌 前蜀·韦庄
132 〇四八 浣花泛舟和韵 宋·吕陶
134 〇四九 和子由蚕市 宋·苏轼
136 〇五〇 梅花绝句 宋·陆游
138 〇五一 梅花 宋·陆游

140	○五二	夜闻浣花江声甚壮　宋·陆游
142	○五三	龙泉山顶远望　近代·吴芳吉
144	○五四	青羊宫小饮赠道士　宋·陆游
146	○五五	锦花笺　元·张玉娘
148	○五六	蜀江春晓　元·丁复
150	○五七	竹枝词　明·姚青娥
152	○五八	青羊宫　清·张问陶
154	○五九	锦城竹枝词　清·杨燮
158	○六○	锦城竹枝词　清·杨燮
160	○六一	成都竹枝词　清·吴好山
162	○六二	锦城竹枝词·咏麻婆豆腐　清·冯家吉
164	○六三	花会场竹枝词　清·谢家驹
166	○六四	竹枝词　清·王光裕

168	○六五	丈人山　唐·杜甫
170	○六六	又于韦处乞大邑瓷碗　唐·杜甫
172	○六七	到蜀后记途中经历　唐·雍陶
174	○六八	题彭州阳平化　前蜀·徐太妃
176	○六九	游海云寺唱和诗　宋·吴中复
178	○七○	题凤凰山后岩　宋·文同
180	○七一	送冷金笺与兴宗（节录）　宋·司马光
182	○七二	临江仙·送王缄　宋·苏轼
184	○七三	鹊桥仙·乘槎归去　宋·苏轼

186	○七四	满江红·寄鄂州朱使君寿昌　宋·苏轼
190	○七五	题黄筌芙蓉图　宋·赵构
192	○七六	信相寺水月亭　宋·冯时行
194	○七七	剑南盆景　宋·王十朋
196	○七八	蔬食戏书　宋·陆游
198	○七九	九月三日同吕周辅教授游大邑诸山　宋·陆游

2 0 0	〇八〇	九日试雾中僧所赠茶　宋·陆游
2 0 2	〇八一	杂咏　宋·陆游
2 0 4	〇八二	戏题索桥　宋·范成大
2 0 6	〇八三	虞美人·李敷文席上　宋·王质
2 0 8	〇八四	题王庶山水　元·虞集
2 1 0	〇八五	鹤鸣山　明·张三丰
2 1 2	〇八六	送福上人还青城　明·杨慎
2 1 4	〇八七	黄要叔富贵春　明·汪珂玉
2 1 6	〇八八	川扇　明·陈三岛
2 1 8	〇八九	新都弥牟镇八阵图　明·曹学佺
2 2 0	〇九〇	筹边楼　清·傅作楫
2 2 2	〇九一	新津县渡江　清·王士禛
2 2 4	〇九二	离堆　清·李调元
2 2 6	〇九三	咏法藏寺　清·李调元
2 2 8	〇九四	同庆阁　清·李调元
2 3 0	〇九五	杜鹃城　清·卫道凝

2 3 2	〇九六	二王庙落成陪徐明府恭谒纪事　清·张凤翥
2 3 4	〇九七	宝光寺　清·王树彤
2 3 6	〇九八	和青城题壁诗　清·骆成骧
2 3 8	〇九九	题宋蜀本南华真经（选二）　近代·傅增湘
2 4 0	一〇〇	朝华词·赞川剧名旦陈碧秀　近代·吴虞

自古 诗人 皆 入蜀　自序

一提起成都，人们就会想到优越的地理气候条件、雄伟秀丽的山川景致、丰盈富饶的方物特产、富足安逸的游乐生活……就会想起"（成都）沃野千里，号为陆海。旱则引水浸润，雨则杜塞水门。故记曰：水旱从人，不知饥馑，时无荒年，天下谓之天府也"（《华阳国志·蜀志》），以及"益州险塞，沃野千里，天府之土，高祖因之以成帝业"（《三国志·诸葛亮传》）等诸多赞颂成都平原的论述。诚然，自李冰父子治水之后，成都平原由十得都江堰自流灌溉系统之利，社会经济得到持续发展。到了汉末三国时代，本用来指称关中平原的"天府之国"的美誉，悄然被成都平原取而代之。这当然只是成都物质文明昌盛的一个方面。事实上，"蜀居华夏之坤，号称天府。岷峨江汉，载育其英，汉唐以来，原为人文之薮"（《锦里新编·序》），成都作为中国首批历史文化名城，有着4500多年的文明史和2300多年的建城史。以成都平原为核心区的天府文化历史悠久、内容丰富、博大精深、特色鲜明，具有浓郁的地域文化特色。它以旺盛的生机活力，创造了许多的"世界第一"和"中国第一"，为世界文明发展做出了杰出的贡献。在其琳琅满目的优秀文化遗产中，各种艺术门类都精彩纷呈，而在文学诸体中，诗歌（词曲）无疑是一颗最璀璨耀眼的明珠。天府文化是诗性文化，成都是诗歌沃土，杜甫草堂是诗歌殿堂。成都历代名家名作辈出，真可谓灿若星辰、艳如桃李，彬彬之盛，叹为观止，是名副其实的诗歌之城，并且在中国文学史上形成了著名的"文宗自古出西蜀""自古诗人皆入蜀""诗家律手在成都"等具有一定规律性的"巴蜀文学定律"，为中华文学的创新发展做出了巨大贡献。

那么，为什么会形成"自古诗人皆入蜀"的文学现象和规律性总结呢？或者说，"自古诗人皆入蜀"的原因是什么？认真梳爬，我认为有如下数端：

其一是"得江山之助"。蜀中山川雄伟，风景秀丽。入蜀诗人得蜀地"江山之助"，能激发奇情壮采，提高作诗技巧、诗歌境界，催生名篇佳作。于是，诗人作家竞相入蜀，争取受到蜀中山川景物的感发而提升文情诗艺，即把入蜀"锻炼"（也可叫"采风""体验生活"）作为诗人作家成长的必由之路。这方面，杜甫是典型的例子。据王兆鹏、孙凯云《寻找经典——唐诗百首名篇的定量分析》一文研究，在唐诗名篇百首中，杜甫以16首高居榜首；且据《杜诗详注》《杜诗镜铨》等对这16首诗作地点的一一考察，其作于巴蜀者有7首（《蜀相》《春夜喜雨》《茅屋为秋风所破歌》《丹青引赠曹将军霸》《闻官军收河南河北》《旅夜抒怀》《登高》），远胜于在其他地域时的作品（京洛6首，荆湘2首，齐鲁1首），这有力证明了杜甫在蜀中诗歌的"登峰造极"。由此，"入蜀"与"杜甫"就自然联系在一起。既然中国文学史上最伟大的诗人的最好作品都诞生于

蜀地，那就说明蜀中（成都）是催生名篇佳作的沃土和圣地，诗人们竞相入蜀，膜拜"朝圣"，追攀前贤，希望得到灵感和加持，也就理所当然了。甚至可以说，"自古诗人皆入蜀"的论断，其最典型的个案和榜样就是杜甫。程敏政等在联句诗中云"入蜀杜陵诗益壮"，李调元诗云"猿啼万树裹斜月，马踏千峰剑阁霜。自古诗人例到蜀，好将新句贮行囊"，赵熙诗云"万山一一来时路，尽谱乡心上竹枝。从古诗人多入蜀，花潭杜老望君时"，"自古诗人皆入蜀"之论由此定型。此外，从中国文学史上看，历代有名的作家诗人，或为蜀人（如司马相如、王褒、扬雄、李白、花蕊夫人、"三苏"、虞集、杨慎、李调元、张问陶、赵熙、吴虞乃至现当代的郭沫若、巴金、艾芜、沙汀、李劫人等），或有过入蜀经历（如司马迁、"初唐四杰"、杜甫、元稹、薛涛、白居易、韦庄、陆游、范成大、汪元量、王士禛等），或虽未至蜀地，但却对成都心驰神往，形诸歌咏（如张籍、金圣叹等），都和蜀地有或深或浅的关系。这是一个值得深入研究的现象。

其二是蜀中物丰居易。成都平原因其得天独厚的自然地理条件，历来土地肥沃、物产丰富，生活成本较低，居之颇易。在历代诗人题咏成都之作中，有不少赞颂成都美食美景的作品。如扬雄、左思都在其《蜀都赋》中对成都丰富的物产进行了铺张扬厉的描写，杜甫对青城乳酒、大邑白瓷的赞颂，"三苏"诗文中对故乡风物的怀念，以及陆游诗中对成都诗酒游乐生活的眷恋追怀等，无不透露出成都因生活的富足与安适而独具的吸引力、感召力、诱惑力。可以说，正是成都物产的丰富和安居乐业较为容易吸引了大批文人作家入蜀。

其三是"诗家律手在成都"。白居易有诗云"诗家律手在成都"，较为概括地描述了唐宋时代许多重要作家在同一历史时段集聚成都，形成"奇文共欣赏，疑义相与析"的相互切磋的研究氛围和优良的文学生态，为诗人作家提供了最理想的创作环境的情形。比如女诗人薛涛与西川节度史韦皋、高崇文、武元衡、王播、段文昌、李德裕等六镇皆有唱和，与著名诗人王建、元稹、白居易、刘禹锡、杜牧等亦有唱和，其中元稹、白居易、刘禹锡都到过蜀地，俨然形成一"蜀中文学集团"。至于《花间集》的编撰、以"三苏"为首形成的蜀中诗人群（如韩驹、唐庚等），以及南宋时以范成大和陆游为中心的西蜀作家群，则完全是蜀中文学生态的具体体现。

其四是蜀地本土文化的浪漫神秘。蜀中地域文化特色突出，神仙方术等神秘文化流行，使蜀文化具有了一种神秘浪漫的气质。鳖灵死后，尸体逆流而上，后又复活；望帝之魂变为杜鹃鸟，啼血化为杜鹃花的传说；五丁迎金牛拽大蛇而"地崩山摧壮士死"的神话；讲述严君平精于《易经》竟能观天象从而发现有人进入银河冲犯了牵牛星的小说家言；生长于"都广"（经学者考证，应为"广都"，即今双流区）之野的神木——扶桑；道

教创始人张道陵、晋代高隐范长生的种种神迹逸事等，无不神秘传奇、浪漫玄幻。文人好奇尚变，最喜寻幽探秘，蜀地这种神奇而浪漫的本土文化，形成了天府文化的别样精彩，对文人具有独特的吸引力。

其五是蜀中高度发达的游乐文化。宋初张咏有诗云"蜀国富且庶……狂佚务娱乐"（《悼蜀四十韵》），苏轼也说"蜀人游乐不知还"（《和子由蚕市》），前蜀后主王衍《醉妆词》云"者边走，那边走，只是寻花柳。那边走，者边走，莫厌金杯酒"等，都生动描述了当时成都的游赏玩乐生活盛况，且他们都几乎异口同声地指出了蜀人好游乐及蜀地游乐文化发达的特点。蜀中的游乐风气在秦汉时即已流行，到唐宋时到达极盛，而宋以后记载尤多。仅以《岁华纪丽谱》所载，宋代成都人的游乐活动一年即有23次之多，大致有游江、游山、游寺、郊游等几大类，并且参与者众，官民同乐、城乡同乐。"邺落闾巷之间，弦管歌诵，合筵社会，昼夜相接"（张唐英《蜀梼杌》卷下），单是唐安（今崇州市），就有"三千官柳，四十琵琶"（陆游《雨夜怀唐安》诗自注）。游乐是文学创作的温床和触媒，高度发达的游乐文化，为诗人作家感物抒情提供了对象、平台和机缘，且文学史告诉我们：许多作品往往就是在游戏中、玩乐中滋生其情志，并最终孕育成为作品的。"自古诗人皆入蜀"，与此种游乐文化的吸引力不无关系。

其六是蜀中文学批评发达。文学批评与文学创作之间可以互相促进，形成良性循环。青年诗人作家入蜀投师请益，切磋诗艺，往往能提高写作技巧，写出优秀作品，故蜀中文学批评的发达也成了吸引诗人作家竞相入蜀的一个重要原因。关于蜀中文学批评的发达，需要做专题深入研究，在此只能略引端绪。首先，司马相如、扬雄、李白、欧阳炯、田锡、"三苏"、韩驹、唐庚、杨慎、李调元、张问陶等蜀地作家、理论家的文学理论及批评，丰富了中国古代文论宝库，是中国古代文学批评的重要组成部分。特别是苏轼的文学理论及批评，在中国文学批评史上占有重要地位。其次，通过对诗人作家作品的笺注及研究来进行文学批评，其风气也是从蜀中开始的，如赵次公、郭知达等注杜诗，王十朋注苏（轼）诗，任渊、史容、史季温注宋祁、山谷（黄庭坚）、后山（陈师道）诗，李壁注王荆公（王安石）诗等。这样一种通过对重要诗人作家作品的笺注和诗人生平事迹的考索来更精准地理解评价具体作品的阐释活动，其实质上也是一种文学批评。这也是造成蜀地文学兴盛、形成良好文化传统的一个重要原因。最后，杜甫、陆游等流寓蜀中的诗人作家产生于蜀地的文学批评，也应当成为蜀中文学批评不可或缺的部分。因为其经验体会来自于蜀地，因而也就带有更鲜明的地域文化特色。

此外，如蜀中女性文化的发达、司马相如与卓文君才子佳人型爱情的榜样，以及"美酒成都堪送老，当垆仍是卓文君"的独特的人酒俱美的市

井风情，都可看作是"自古诗人皆入蜀"的原因。

作为诗歌之城，千百年来，无数的诗人作家留下了数以千计的描写歌咏成都的诗词作品，仅以南宋袁说友等编的《成都文类》、明代杨慎编纂的《全蜀艺文志》、清代孙桐生编辑的《国朝全蜀诗钞》等几部收录成都诗文的总集来看，数量已相当可观。而改革开放后的《历代诗人咏成都》"从三千多篇诗词曲赋中淘滤出具有代表性的一千余首"（该书"前言"），冯广宏、肖炬主编的《成都诗览》则"最终采用二千零数十首"（该书"后记"），可见历代歌咏描写成都的诗词作品数量是巨大的，除专业工作者外，一般读者恐难有时间和精力进行全面研读。

为了更好地普及传承天府文化，重新精选一批人们喜闻乐见的历代咏颂成都的名篇佳作，让普通市民于对"成都诗词"的吟咏鉴赏中加深对天府文化"创新创造、优雅时尚、乐观包容、友善公益"特质的领悟理解，并通过创造性转化和创新性发展，重现天府文化之繁盛，再续成都之历史荣光，便成为当务之急。有鉴于此，《成都商报》发起了"评选成都最美诗词一百首"活动。经过吸纳各方面意见的层层遴选，最终选出李白《上皇西巡南京歌十首（其二）》等诗词一百首（实为100题111首，为照顾习惯，仍称"100首"），并名之曰"成都最美诗词一百首"，在媒体上公布，得到了社会各界的欢迎和认可。为了使一般读者能很好地理解和赏析这一百首浓缩了天府文化精华的诗词，为天府文化的"九个融入"提供一个较为规范权威的读本，笔者编著了这本《成都最美古诗词一〇〇首详注精评》。其编著体例如下：

1. 全书100首诗词的顺序按媒体所公布版本排列，因排列先后顺序与评选时的得票多少有关，虽现在看来这种排序不一定合理。除排列的轻重失序外，"一百首"也有遗珠之憾，如民国诗人吴芳吉，选了他的《龙泉山顶远望》，而遗漏了更有名的《成都》（成都富庶小巴黎），李调元、张问陶等入选的作品亦非其成都诗中的上乘之作。当然，这只是笔者的一己之见。正是如此，才放弃了把所有作品按时代顺序排列，且把同一个诗人的作品排列一起的想法，因为那样虽然符合著述体例，眉目也更清楚，但势必打破按得票多少排列的初衷。

2. 每一首诗词一般包括四部分，即（1）作品：指入选的一百首诗词原文，主要依据媒体公布的版本，间有字句错误、数首混为一首及虽为节录而未注明者，根据流行版本改正，并作说明。（2）作者简介：对入选作品的作者做简要介绍，以资知人论诗之助，内容主要从各种辞典、工具书中选取。（3）注释：一般又包括三项内容：①作品写作背景简介，亦可称之为"解题"。对于杜甫、陆游等入选作品较多者，尽量根据前人研究成果确定其作品系年，以求对作品的写作背景有更深入的了解。②难解词语、

典故浅释。③对一些重要的专有名词，力求从"史"的角度加以解释描述，以增强历史纵深感和鲜活现时感，如对"锦江""成都""锦官""川扇"等阐释即是如此。(4)评析：这是全书用力最多的部分，体现了笔者多年研习中国古代文学、文化的心得体会。鉴于目下各类鉴赏辞典书籍汗牛充栋的情况，笔者力求选取独特角度，与读者分享独到之见和会心感悟。有话则长，无话则短。发挥想象，贯串古今，力求深掘诗人诗旨文心，揭示名篇佳作艺术奥秘。举一反三，以小见大，试图通过"百首"诗词的品鉴论析，纵观成都诗词的丰富多彩、气象万千，探索成都作为"诗歌之城"的文化基因，以及蜀人生活艺术化的人生美学高境。

天府文化博大精深，成都诗词惊采绝艳、成就独绝。由于水平有限，书中所论或不周不详，所言或可商可议，讹误不妥，在所难免。敬希博雅君子，有以教我。是为序。

杨玉华

2020 年 6 月 24 日

于成都东苑小区澡雪斋

杨玉华，文艺学博士，成都大学党委常委、副校长，成都大学文新学院教授，四川大学文新学院客座教授、博士生导师，研究领域为文艺学、中国古代文学、巴蜀文化等。出版专著 5 部，共发表专业论文 30 余篇，其中多篇发表在 CSSCI 期刊或被人大复印资料全文转载。参与国家社科基金项目、国家"九五"社科重点课题研究。先后获得省市各类奖项 10 余项，其中获四川省哲学社会科学优秀成果奖一等奖 1 项、成都市哲社奖多项。

〔一〕天宝十四载（755），安禄山在范阳起兵造反，第二年六月攻陷长安，玄宗仓皇奔蜀。八月，太子李亨即位于灵武，尊玄宗为太上皇，以成都为南京。肃宗至德二载（757）十二月，玄宗还长安。《上皇西巡南京歌十首》乃李白在宿松（今属安徽安庆）闻玄宗还都后所作。李白为蜀人，熟悉蜀中山川形胜，热爱蜀中土地之肥沃、环境之优美，故借上皇幸蜀之由，写下同题十首的组诗，赞美歌颂故乡的美好。诗中以成都比长安，一则曰："草树云山如锦绣，秦川得及此间无"（其二）；再则曰："柳色未饶秦地绿，花光不减上阳红"（其三）；三则曰："水绿天青不起尘，风光和暖胜三秦"（其九），认为成都与帝都长安相比而无愧色，表现出李白对成都的热爱、依恋与作为蜀人的自信自豪，从中也可看出成都的美丽繁盛。看来，汉代"五都"之一，唐代"扬一益二"的成都乃名副其实！

〔二〕九天：古代传说天有九重，"九天"是天的最高层。"九天"又指中央及四方四隅、九方之天。《楚辞·离骚》："指九天以为正兮，夫惟灵修之故也。"王逸注："九天谓中央八方也"。"九天"还可称"九野"（《吕氏春秋·有始》）。诗中的"九天"指天地、大自然。谓大自然鬼斧神工，竟开辟构造出如此美轮美奂之成都，乃极言成都之美丽富庶为大自然之造化所为，可谓得天独厚。李白诗喜用"九天"，如"疑是银河落九天"（《望庐山瀑布》）、"如上九天游"（《登锦城散花楼》）等，然含义不尽相同。现成都东边沙河畔之塔子山公园中的九天楼，其名即从李白此诗而来。

〔三〕秦川：指关中平原。

天地开辟，巧构成都，足见成都之"既丽且崇"，不同于其他之城邑。以"九"天之合力开"一"富饶美丽之成都，于数字对比之间，愈见造化之竭心尽力与成都之不同凡响。万户千门，皆如图画般美丽，亦为对成都风物的赞美之词。杜甫有诗云："城中十万户，此地两三家"（《水槛遣心二首》其一），足见当时成都的恢弘壮丽。成都平原，沃野千里，气候温润，水旱从人，植物繁茂，生态优美。"草树云山"，乃自然风物之较著者；"如锦绣"，则以享誉中外的蜀锦蜀绣比天然之风光景致，谓蜀之所产，自然、人工各臻其妙、相得益彰。前三句合力写足成都之美，逼出最后一问，秦川之不及成都便不言而喻、不答而答案自明。

荆门浮舟望蜀江〔一〕

唐·李白

春水月峡来〔二〕，
浮舟望安极〔三〕。
正是桃花流〔四〕，
依然锦江色。
江色绿且明，
茫茫与天平。
逶迤巴山尽〔五〕，
摇曳楚云行。〔六〕

雪〔七〕照聚沙雁，
花飞出谷莺〔八〕。
芳洲却已转，
碧树森森迎〔九〕。
流目浦烟夕〔十〕，
扬帆海月〔十一〕生。
江陵识遥火，
应到渚宫城。〔十二〕

作者名录 → 247

〔一〕此诗乃李白遇赦后东归由蜀入楚，船行至荆门山，目睹长江两岸春景，怀念故乡蜀江锦水而作。全诗十六句八十字，描绘了乘舟江行的美丽春景，抒发了遇赦后轻松愉快的心情，可与《早发白帝城》对读。荆门：即今天的湖北省荆门市，在湖北中部，因其有荆门山而得名。蜀江：即锦江，成都二江于合江亭合流后，一路向南，于乐山汇入长江，最后流入东海。

〔二〕月峡：即重庆巴县的明月峡，峡上石壁有孔，形如满月，故称。

〔三〕望安极：怎么能望到尽头呢？即一望无际之意。

〔四〕桃花流：即春汛，指桃花盛开时上涨的江水。

〔五〕逶迤：曲折连绵的样子。巴山：即大巴山，绵延于川、渝、甘、陕、鄂五省市边境。

〔六〕摇曳：缓慢地飘荡。楚云：荆门古时属楚国，故称荆门一带的云为楚云。

〔七〕雪：指初春未消融的积雪。

〔八〕出谷莺：语出昭明太子《锦带书》："啼莺出谷，争传求友之音。"此处指飞出山谷的黄莺鸟。

〔九〕森森：树木繁盛的样子。杜甫《蜀相》："丞相祠堂何处寻？锦官城外柏森森。"

〔十〕流目：游目，放眼四望。烟夕：云烟弥漫的傍晚。

〔十一〕海月：即江月。

〔十二〕遥火：远处的灯火。渚宫：春秋时楚成王所建的别宫，故址在今湖北江陵县。两句谓江陵灯火遥遥在望，该是到了渚宫城了。

李白因参与永王璘的幕府获罪，被流放夜郎（今贵州遵义一带）。中途遇赦，十分高兴，在归途中写下了《早发白帝城》等一系列感情强烈、格调明快、韵调流畅的作品，此诗即是其中之一。全诗写舟行春江，心情愉快。两岸美景，应接不暇。忆念锦水多情，随自己一路东下，自己将带着淡淡的家情乡愁，笑傲江湖。景中含情，情景交融，意象生动，描写传神，不愧名作。

一二句开首即抒思乡之情。诗人展开想象的翅膀，设想眼下舟行之春水是从故乡明月峡一路流经来的（古时巴蜀一体，李白为蜀人，明月峡所在的巴县亦可视为故乡），江面宽阔，一望无边。不言思乡而乡思乡愁自在其中。

第三句到第六句正面写江水。仲春之月，桃花盛开，春水方涨，故古人把此时的水叫"桃花水"。诗人行舟于一江春水，不禁联想起故乡锦江之水。它们是那样的清，那样的绿，那样的亮，那样的美（如桃花般美丽），且一望无际、水天一色。这很容易使我们联想起张若虚《春江花月夜》中的"春江潮水连海平"的名句佳境，也依然是于写景中抒发爱家思乡之情。

"逶迤"两句写舟行水中，回首已离开故乡（巴山），前方又入楚地，即所谓的"蜀尾楚头"。诗人选择了这样一个能"瞻前顾后"的地理位置来写景抒情，容易使人产生故乡、他乡，过去、将来，回顾、前瞻等对比联想，拓宽了想象的空间，增加了诗的容量。

"雪照"以下八句写舟行所见。初春时节，山上积雪未消，映照着沙滩上的雁群。从山谷中飞出的黄莺鸟在花间啼唱嬉戏。转过芳草萋萋的水中小洲，就看到碧绿繁茂的树木似乎在迎接我。举目远眺，小溪云烟弥漫，时间已是傍晚。扬帆疾驰，一轮明月从江中冉冉升起。渐渐地，江陵城的灯火已遥遥在望，该是到了渚宫城了吧！其中"雪照"两句对仗整饬，色彩对比鲜明。李白虽不以烹炼字句见称，但其锤炼之功亦不可小视。而"扬帆海月生"则很容易使我们想起"海上生明月，天涯共此时"的前贤名句而暗暗绾合思乡怀人之情。此外，前人谓李白诗具有"善状物"与用字"工巧"的特点，这也是鉴赏李白诗时应该注意的。

春夜喜雨[一]

唐·杜甫

好雨知时节，
当春乃发生[二]。
随风潜入夜，
润物细无声。

野径[三]云俱黑，
江船火独明。
晓看红湿[四]处，
花重锦官城。[五]

作者名录 → 247

〔一〕此诗乃上元二年（761）春在成都草堂所作，唐代百首名篇之一。据王兆鹏、孙凯云《寻找经典——唐诗百首名篇的定量分析》（载《文学遗产》2008年第2期）研究，在唐代百首名篇中，杜甫以16篇高居榜首。又据《杜诗详注》《杜诗镜铨》等对这16篇的创作地点一一考察，作于巴蜀者7篇（《蜀相》《春夜喜雨》《茅屋为秋风所破歌》《丹青引赠曹将军霸》《闻官军收河南河北》《旅夜抒怀》《登高》）。

〔二〕发生：《庄子·庚桑楚》有"春气发而百草生"之说，后遂称某种事物的产生、出现为"发生"。

〔三〕野径：沈约有诗句"野径既盘纡"，指田野间的小路。

〔四〕红湿：指红花被雨水浸润。

〔五〕花重（zhòng）：花因饱含雨水而显得沉甸甸的。锦官城：汉代成都是中国的织锦中心之一，美丽的蜀锦畅销全国，成为朝廷重要的贡赋来源。于是朝廷专门设置"锦官"进行管理，并在城西南筑"锦官城"（"锦官城"又称"锦城"）。晋代以后，锦官这一管理机构未再设置，但锦官城长期存在。《初学记》卷二十七引任豫《益州记》说："锦城在益州南笮桥东，流江南岸，蜀时故锦官也。其处号锦里，城壕犹在。"据近年的研究，锦官城的故址就在今成都百花潭公园一带。

全诗紧扣一个"喜"字描述春夜雨景，表现了诗人的喜悦心情。这是一场期待了许久的春雨，是一场珍贵的春雨，也是一场"善解人意"的春雨！故当诗人一听到风雨之声，确定一场春雨确已降临之时，"好雨"二字便脱口而出，喜悦之情跃然可见。不仅如此，诗人还把春雨拟人化，认为它"知时节"而降临。什么时节呢，当然是正当万物生长萌芽、花红草绿而急需雨水的"当春"。通过雨的"当春""知时节"而降临，具体描述了"好"的内涵而凸现了"喜"的主题。

颔联乃进一步表现"雨"之"好"，谓春雨适时而下，随风入夜，于万物有功而不炫耀；润物无声，于大自然有利而不声张。通过具体细节，表现了大自然化生万物、使人间福泽广被的救世济物精神，构建了人与自然的一种亲和关系，使人们在庆幸春雨降临的同时，也对大自然的慷慨恩赐顿生感恩之心。

颈联写作者之所见。如果说第一联乃诗人所"听"，第二联乃诗人所"想"（想象），那么第三联乃诗人之所见。诗人由风雨之声而确认春雨正降临，并想象春雨滋润万物的情形，紧接着就出门"看"雨：但见野外全是黑沉沉的云，连平日里夜间依稀可辨的小路也看不见。再看江面，也是一片黑暗，唯有船上的灯火在烟雨迷蒙中透出光亮。此联描写细腻真切，非有切身体验者不能道。

尾联乃诗人想象中的天明后美景，是千古传诵的名句。诗人由听雨而想雨而看雨，最后绾合到看雨之后的锦城美景，仍是写雨之"好"与人之"喜"。诗意谓：经一夜春雨，明朝可以看到红花被雨水浸润而娇艳欲滴。饱蘸雨水的花朵显得沉甸甸的，似乎重了许多，春色满城，风光无限！用浓墨重彩之笔，描绘锦城风光旖旎之美，而诗人之"喜"也借美景展现得淋漓尽致。

绝句四首（其三）[1]

唐·杜甫

两个黄鹂鸣翠柳，

一行白鹭上青天。

窗含西岭[2]千秋雪，

门泊东吴万里船。[3]

作者名录 → 247

〔一〕宝应元年（762），成都尹严武入朝，蜀中发生动乱，杜甫一度避往梓州。翌年安史之乱平定，再过一年（764），严武还镇成都，杜甫于春末从阆州（今四川阆中）返成都草堂。故人再镇成都，诗人感到有了依靠，况时值春日，万象更新。诗人心情畅快，即景抒情，写下了这组诗。

〔二〕西岭：指成都西边的山。杜甫草堂位于成都西郊，天气晴好无云时，开窗即能见西山的积雪。

〔三〕东吴：泛指古吴地，相当于长江中下游地区。万里船：航行万里之船。从成都走水路顺长江而下，到东吴的中心南京一带，路途遥远，故称万里。

此诗短短四句，明白如话。但千百年来，脍炙人口，体现了杜诗高超的艺术技巧。归结起来，此诗的艺术特色有如下数端：

一是客观抒情之法。四句诗中，作者只是客观如实地描写眼前的所闻所见，而通篇没有使用一个表现喜怒哀乐主观感情的字眼。但掩卷默思，反复吟味，又分明能感受到作者的轻快喜悦之情。这实际上用的是"移情"之法，即作者带着强烈的情感来观照外物，把自己的主观情感投射到外物上，而又通过客观描写外物来婉曲地表达自己的感情。这样的抒情方法具有婉曲、厚重、深刻的特点，比起直白浅露的主观抒情更具感人的艺术力量。老杜诗歌，专擅于此。

二是景物叠加之法。短短四句诗，像四幅画，又像四个电影的特写镜头，全诗意蕴，须我们把四个画面拼合在一起观照才能呈现出来。这种技巧，每个画面的事物之间、画面与画面之间，作者省去了一些连缀（表明事物之间关系）的字词，需读者做想象性补充，作品的意义才完整。类似手法，历代诗人作家多有运用，如："春山暖日和风，阑干楼阁帘栊，杨柳秋千院中。啼莺舞燕，小桥流水飞红。"（白朴《天净沙·春》）其手法就与此诗酷肖。

三是多角度的对比映衬。（1）数量词对比。诗中"两个""一行""千秋""万里"等数量词的对比，不但增加了诗的张力，而且增添了趣味；（2）色彩对比。"黄""翠""白""雪""船"等色彩的对比，给人以生动感、画面感；（3）时空对比。从诗人的观察角度看，第一句是近观时所闻所见，第二句是仰视时所见，第三句为远眺所见，第四句又为近观所见。"千秋""万里"时空交错，给人一种悠远阔大之感，这也是杜诗中常见的对语。此外，此诗虽以实写眼前之景为主，但亦充分发挥想象，如"千秋雪""万里船"即为想象之词，如此虚实结合，更增添了诗的容量与纵深感。

赠花卿[一]

唐·杜甫

锦城丝管日纷纷[二]，
半入江风半入云[三]。
此曲只应天上[四]有，
人间能得几回闻。

〔一〕花卿：名敬定，唐朝武将，是成都尹崔光远的部将（"西川牙将"），曾因平叛立功。但他居功自傲、骄恣不法，放纵士卒大掠东蜀，"妇女有金银钏者，多断腕以取之，蜀人之受毒甚矣"（《杜诗详注》引《崔光远传》）；又目无朝廷，僭用天子礼乐。杜甫赠诗予以委婉规讽。此诗主旨，历来颇多异说。有人认为它只是一般的赞美乐曲、赠送歌姬之作（《杜臆》引王应麟《困学纪闻》之说），并无弦外之音；而杨慎却认为花卿在蜀僭用天子礼乐，子美作此诗讥之，而意在言外，最得诗人之旨。沈德潜《说诗晬语》也说："诗贵寄意，有言在此而意在彼者……杜少陵……刺花敬定之僭，窃则想新曲于天上。"仇兆鳌、浦起龙也认为此诗为讽刺花氏而作。细究诗意，杨、沈、仇、浦诸家的说法是有据可凭的。

〔二〕从西汉以来，蜀中人文繁盛，歌舞音乐高度发达。早在天宝年间，崔圆任剑南节度使驻于成都时，所见游江活动中就已是"十数里丝竹竞奏，笑语喧然"（《太平广记》卷三〇三《崔圆》）。到了宋代，依然是"邨落闾巷之间，弦管歌诵，合筵社会，昼夜相接"（张唐英《蜀梼杌》卷下），单是唐安就有"三千官柳，四十琵琶"（陆游《雨夜怀唐安》诗自注）。可见蜀中音乐歌舞之盛。一直到民国著名诗人吴芳吉的诗里还说"夕阳处处闻歌管，芳径人人赛锦衣"，可见流风余韵，一直传承至今。了解了这样的背景，我们对"锦城丝管日纷纷"的"锦城"就会有更深的了解。日：每日、整日。

〔三〕指乐曲韵调高低错落，轻清者随江风而回荡，高亢者响遏行云。

〔四〕天上：寓意天子所居之皇宫。亦可指朝廷。

此诗明白如话，一旦弄清其主题为讽刺花敬定骄恣不法、僭用天子礼乐，诗意也就豁然可解了。

首句写锦城歌舞音乐之繁盛。"日纷纷"即每日如此之意，描绘出锦城作为音乐歌舞之城"弦管歌诵……昼夜相接"的习俗与繁荣。第二句写丝竹并奏，五音繁会，乐声优美，不绝如缕。其清柔者与和风而飘荡江干，其高亢者偕白云而上达九霄，乃极写乐曲之美妙。第三、四句一气贯注，想入天外，用"无中生有"的手法再次赞美了音乐之美。谓如此美妙动听的音乐只属"天上"（天子、朝廷）而不属"人间"。问题在于：不属人间而竟然"得闻"，并且是"日纷纷"，在"无中生有"中，在矛盾的对立中，诗人的讽刺既含蓄委婉又确切有力地表现了出来。

据《旧唐书》载，唐朝建立后，高祖李渊即命太常少卿祖孝孙掌管大唐雅乐，"皇帝临轩，奏《太和》；王公出入，奏《舒和》……皇太子轩悬出入，奏《承和》……"这些等级森严的乐制都是当时的法律，稍有违背，即是紊乱纲常、大逆不道，处罚相当严厉。杜甫忠君爱国，本诗人之旨以讥之，希望花卿"闻者足戒"，其用心颇为良苦。当然，一般读者是把此诗当作描写美妙乐曲的诗来欣赏的：花卿或为演奏乐曲的歌伎，或为诗人的好友，其主旨或为赞美歌伎演奏技艺之高超、音乐之优美，或为抒发在美丽的锦城、在美妙的音乐声中与好友相会的喜悦之情，亦无不可。

此诗被认为是杜甫绝句之最，且"虽太白、少伯，无以过之"，历来脍炙人口，评价颇高。《杜诗详注》引"朱注"云："唐曲《水调歌》后六叠入破第二，即此诗。见郭茂倩《乐府诗集》。"可见此诗在唐代已入乐传唱，影响深远。

成都府

唐·杜甫

翳翳桑榆日，[一]

照我征衣裳。

我行山川异，

忽在天一方。

但逢新人民，

未卜见故乡。

大江东流去，

游子日月长。

曾城填华屋，[二]

季冬树木苍。

喧然[三]名都会，

吹箫间笙簧。[四]

信美无与适，

侧身望川梁。

鸟雀夜各归，

中原杳茫茫。[五]

初月出不高，

众星尚争光。

自古有羁旅，

我何苦哀伤！

〔一〕翳：朦胧之貌。桑榆日：犹言日在桑榆，指太阳西垂天色将暮。

〔二〕曾：重也，高也。填：注也，满也。谓城市壮丽绵延、建筑鳞次栉比。

〔三〕喧然：热闹，犹言喧赫。谓成都热闹繁盛。

〔四〕此句言笙箫齐奏、歌声缭绕，亦《赠花卿》诗"锦城丝管日纷纷"之意。

〔五〕杳：遥远。此句谓夜晚鸟雀各归其巢，而中原扰攘，自己无家可归。乡关之思、家国之忧，于此可见！

此诗乃杜甫由同谷赴西川途中所作的十二首纪行组诗的最后一首。肃宗乾元二年（759）十二月一日，诗人举家从同谷出发，艰难跋涉，终于在年底到达成都。这首诗真实地描绘了诗人初到成都时喜忧交错的复杂而又沉厚的思想感情。诗用古体，颇有汉魏乐府风调。语言质朴，娓娓道来，如话家常，然情感深挚，字字皆从肺腑流出。赋中有兴，平中见深，体现了老杜古体诗的真淳本色。纵观全诗，其特色体现在以下几个方面：

第一，喜忧交织的主题线索。诗人经长途跋涉，来到了号称"天府之国"的成都，看到成都的美丽与繁荣，想到自己今后便要在此定居生活，其喜悦之情不言而喻；想起王粲《登楼赋》中"虽信美而非吾土"的思乡之句，看到黄昏天黑后鸟雀各归其巢，而自己却因中原扰攘、战乱未息，致使有家难归，其忧伤之情又如在目前。全诗正是通过由薄暮至星出月升的时间及景物的变化，来曲折、深层地表达诗人忽喜忽忧、亦喜亦忧、喜忧交织的复杂心情的。

第二，"赋"中有"兴"的写作特色。桑榆之日，难道不是诗人垂暮飘零的写照？"鸟雀夜各归"两句又何尝不是通过鸟雀之有家可归来反衬自己的无家可归？"中原杳茫茫"也很容易使我们想起李白《古风五十九首》（其十九）中"俯视洛阳川，茫茫走胡兵。流血涂野草，豺狼尽冠缨"的描写，其中也暗寓对国事的忧虑与对安史叛军的愤恨。而"初月出不高"两句则分明暗寓对国家胜局未彰、寇乱未平的忧思。

第三，深婉含蓄的抒情手法。论析杜诗的艺术特色，一般都要论及客观的抒情之法，即杜甫诗歌的抒情往往不是直白地表明自己的爱憎和喜怒哀乐之情，而是用"移情"的手法来间接而婉转地表达自己的感情，这也是"李杜"诗歌间最大的不同。这首诗同样如此。诗中的山川、日月、城郭、原野、星空等等景物，都带有作者的情感。故虽然句句质朴如话家常，但却饱含感情、思想深刻。正如胡应麟论及《古诗十九首》时所言："蓄神奇于温厚，寓感怆于和平。意愈浅愈深，词愈近愈远，篇不可句摘，句不可字求。"（《诗薮》）验之于杜甫此诗，可谓若合符节。

登楼 [一] 唐·杜甫

花近高楼伤客[二]心，
万方多难[三]此登临。
锦江春色来天地，
玉垒浮云变古今。[四]

北极朝廷[五]终不改，
西山寇盗[六]莫相侵。
可怜后主还祠庙，[七]
日暮聊为梁甫吟[八]。

〔一〕此诗为唐代宗广德二年（764）春末，杜甫从阆州（今四川阆中）初返成都后所作，此时诗人客蜀已是第五个年头。

〔二〕客：作者自称。

〔三〕万方多难：指广德元年（763）官军平定安史之乱，继而吐蕃攻陷长安，随后郭子仪收复京师，年底吐蕃又破松、维、保等州（在今四川西北部）及剑南、西山诸州等事。

〔四〕玉垒：山名，在成都西北部都江堰市。变古今：与时俱变。

〔五〕北极朝廷：北极，北极星，古人常用以代指朝廷。此指广德元年（763）吐蕃攻占唐首都长安，代宗东奔陕州，后来郭子仪收复长安，代宗返回京城，唐代政权仍然稳固。

〔六〕西山寇盗：指入侵的吐蕃人。西山：指川西与吐蕃交界地区的雪山。此句指注释三中所提及的吐蕃攻陷川西诸州事。

〔七〕"可怜"句：后主，指三国蜀国后主刘禅，他降魏而成为亡国之君。这句是说连蜀后主这样的人竟然还有祠庙，歆享后人香火！这是借后主之事暗讽唐代宗偏信宦官招致祸患。代宗李豫重用宦官程元振、鱼朝恩，造成国事维艰、吐蕃入侵之局面，同刘禅重用黄皓而亡国极其相似。

〔八〕梁甫吟：即《梁父吟》。乐府楚调曲名。据《三国志·蜀志·诸葛亮传》载，诸葛亮"躬耕陇亩，好为梁父吟"。聊：姑且。诗意谓吟诵《梁父吟》而想起诸葛亮的丰功伟绩，感叹时局维艰而良臣不再，危楼独立，四顾茫茫，聊吟诗以自遣而已。

首联用因果倒装句法，借乐景以写哀情。春天花发，登楼赏景，锦绣天府，尽入眼帘，本来是极赏心悦目的乐事、快事，但诗人却说"伤客心"，这不合常理常情的意象一下就使读者聚精会神，寻思推究其中缘由，吸引读者继续往下阅读。直到读了第二句，我们才知道春而成悲、花而伤心的原因是"万方多难"，且还作客他方呢！像这种倒因为果或因果倒装以收警策、新颖、奇异之效的手法，杜甫用得最为娴熟，如大家所熟知的"香稻啄余鹦鹉粒，碧梧栖老凤凰枝"等都是其中的典型例子。

颔联写登楼所见。春到蓉城，锦江水涨，天地间春意盎然。玉垒山上，浮云飘忽起灭，正如古今兴亡盛衰变化无常。这两句是今古传诵的名句，其特色在于站位高远、境界阔大、气象雄浑，有囊括四海、并吞八荒的气势。且时空交融、山水对举，抚四海于一瞬，观古今于须臾，真可谓熔宇宙精神与人间情怀于一炉矣。

颈联则回应首联，紧承"万方多难"，揭示时局艰难。上句说唐王朝虽屡遇危机，京城几度失守，但失而复得、政权稳固。一个"终"字，还留有对大唐王朝高度自信的"盛唐气象"余辉。下句则用劝导语气告诫吐蕃不要寻衅猖獗。"寇盗"一词，表明了对侵略者的义愤。

尾联则就登楼所见发议抒情。诗人思接千载、视通万里，心系时势，感慨良多。最后收视反听，把思绪和目光聚焦于眼前：在暮色苍茫中，城外的先主庙、庙西的武侯祠、庙东的后主祠都依稀可见。想到后主身降国灭为天下笑，竟还能像诸葛亮一样享受后人的祭祀香火，而代宗李豫与后主刘禅又何其相似。于是，诗人更加仰慕诸葛亮"三顾频烦天下计，两朝开济老臣心"的高风亮节和丰功伟绩，更加感叹国运维艰而时无良宰，更加期盼有诸葛亮那样的贤臣良相来力挽狂澜、扶危济颠，维护国运的昌隆而"不改"。而想到自己万里他乡，报国无门，唯有吟诵《梁父吟》托志前贤以自遣而已。读完全诗，我们似乎能看到一个满脸沧桑的老人于落日楼头低吟徘徊、四顾苍茫的身影，并且永远定格在千古名作《登楼》里。

清人沈德潜《唐诗别裁》卷十三说此诗"气象雄伟，笼盖宇宙，此杜诗之最上者"，是颇中肯綮的。

怀锦水居止二首（其二）[一]

唐·杜甫

万里桥[二]南宅，　　雪岭界天[五]白，

百花潭[三]北庄。　　锦城曛[六]日黄。

层轩[四]皆面水，　　惜哉形胜地[七]，

老树饱经霜。　　回首一茫茫。

〔一〕此诗当作于永泰元年（765）秋。该年五月，杜甫全家离开浣花溪草堂，乘舟东下。九月到云安（今重庆云阳），因肺病加重，在云安养病，暂住在严明府的水阁里。十月，汉州刺史攻郭英义，郭奔简州，为普州刺史韩澄所杀。柏茂琳等起兵讨崔旰，蜀中大乱。诗人怀念成都草堂而写下了这组诗，此为组诗的第二首。居止：指住所。谢灵运《山居赋》"若乃南北两居"，自注："两居谓南北两处，各有居止。"唐姚合《春日闲居》诗："居止日萧条，庭前唯药苗。""锦水居止"，指杜甫草堂。

〔二〕万里桥：成都历史上著名的古桥（即现在的老南门大桥）。三国时，蜀汉丞相诸葛亮曾在此设宴送费祎出使东吴，费祎叹曰："万里之路，始于此桥。"该桥由此得名。万里桥为成都著名的文化地标，在所有成都名胜古迹中，历代文人题咏最多，杜诗里也多次提及，如"万里桥西一草堂，百花潭水即沧浪"等。

〔三〕百花潭：在成都市西郊。杜诗"百花潭水即沧浪"即指此地。

〔四〕层轩：指多层的带有长廊的楼阁。

〔五〕界天：接天。

〔六〕曛（xūn）：日落时的余晖。曛日：指天色已晚。

〔七〕形胜地：山川壮美、风景秀丽之地。

此组诗第一首写因避乱而去川东，此首诗写避乱川东而怀念草堂旧居。杜甫在草堂所居时间并不长，但由于草堂的创建是白手起家，苦心经营，友朋相助，从无到有，倾注了诗人的殷殷深情与美好期许，所以一草一木都令诗人倍加珍惜看重。因而草堂实际上成了杜甫"诗意栖居"的精神家园，也成为产生杜诗中众多名篇佳作的温床。讲到杜甫的生平事迹、诗歌创作、心路历程，都不能不提及草堂，可见草堂在杜甫生活与诗歌创作中的重要地位，因此诗人才离开草堂不久便分外怀想、念兹在兹，乃至于形诸歌咏也就可以理解了。

诗为五律，共八句。首联写"居止"所在：草堂乃在万里桥之南、百花潭之北。万里桥、百花潭皆为成都名胜，又距草堂不远，是诗人平日里经常流连徜徉之地。一方面指出了草堂的空间位置，另一方面也暗寓草堂所在之地乃名胜栉比、不同凡俗。颔联写的是草堂的近景。层轩面水，见"居止"之通透爽敞、主人之闲适放逸；老树经霜，显树龄之古老、枝叶之婆娑、生命之旺盛。只此两句，就已描绘出"水木草堂"的幽雅神韵。颈联写草堂远景。如果说上联写的是近观所得，那么此联则写远望（眺）所见，即草堂之远景。看哪，西边的雪山呈现出接天的白色，夕阳中的锦城一片金黄。用颜色的对比，写出了雪山的洁白无瑕与"喧然名都会"的繁荣。

尾联则回应第一首中起"岂重过"，仍结到"怀"字，总括对草堂旧居的怀念。"形胜地"既指草堂周围，也指整个成都城。"晓看红湿处，花重锦官城"，这是杜甫笔下花团锦簇、春雨霏霏而又风光旖旎的成都，而如今却战乱不休、有家难归。诗人四顾茫茫，长叹不已。一个"惜"字写出了诗人厌恶战乱，渴望承平，盼望回家的心情。"茫茫"一词，在杜诗中常用，如前面《成都府》中"中原杳茫茫"及《赠卫八处士》中"世事两茫茫"等，大都含有忧心忡忡、彷徨忧伤乃至伤心失望之意。总之，它表达的是一种复杂深沉而难以名状的愁绪。

从艺术上说，此诗最大的特点是充分发挥了艺术联想，即《文心雕龙·神思》所言："故寂然凝虑，思接千载；悄焉动容，视通万里。吟咏之间，吐纳珠玉之声；眉睫之前，卷舒风云之色。"诗人当时身在云安，通篇所写，全为想象（在诗人而言也可以说是回忆），而细品全诗，又感到诗人是直写眼前所见，万里桥、百花潭、层轩碧水、老树婆娑，乃至千年的雪山、黄昏的落日，无不贴切自然，宛然在目。一直读到"惜哉"两句，方知乃回忆想象之词。这乃因作者对草堂思之深、念之切，且一草一木都是诗人平常所熟悉怜惜之物，故而如此鲜活传神、生动感人。

水槛[一]遣心二首（其一）

唐·杜甫

去郭[二]轩楹敞，细雨鱼儿出，

无村眺望赊[三]。微风燕子斜。

澄江平少岸[四]，城中十万户，

幽树[五]晚多花。此地两三家。

作者名录 → 247

〔一〕水槛：临水的栏杆，是专供垂钓、眺望的长廊，乃草堂的附属设施。

〔二〕去郭：远离城郭。

〔三〕赊：远。

〔四〕澄江平少岸：清澈的江水几乎与岸齐平，只能见到很少的江岸。

〔五〕幽树：幽暗的树木。

《水槛遣
首，写出了草

首联写草
村落遮蔽，可

中间四句
澄澈的江水似
花。春雨如丝
中掠过⋯⋯真
乐道的"孔颜
梦得《石林诗
工巧而不见其
字，殆无一字
伏而不出。燕
'轻燕受风斜'
此四句一句一
春色图"！老
一个真正的大
独特的题材而
在于发现并表
奇、旧题出新
《红楼梦》都是

最后一联
更显此处的幽
人也不是随便
117889户，74
占剑南道的26
《成都通史·两
代，与现在相
城市），草堂已
也是当时情形

石犀[一]行

唐·杜甫

君不见秦时蜀太守[二]，高拥木石当清秋。

刻石立作三犀牛，先王作法[八]皆正道，

自古虽有厌胜法[三]，鬼怪何得参人谋。

天生江水向东流。嗟尔三犀不经济[九]，

蜀人矜夸一千载[四]，缺讹[十]只与长川逝。

泛溢不近张仪楼[五]，但见元气常调和[十一]，

今年灌口损户口[六]，自免洪涛恣凋瘵[十二]。

此事或恐为神羞[七]。安得壮士提天纲[十三]，

终藉堤防出众力，再平水土犀奔茫[十四]。

〔一〕石犀：《蜀王本纪》《华阳国志》《水经注》《成都记》皆云李冰作犀牛五头，后来只二犀可见，其三头已不存。唯20世纪在扩建天府广场时挖出一只，据专家考证，确为历代记载中的石犀。

〔二〕蜀太守：秦孝文王时李冰为蜀郡太守，前250年左右，主持修建了举世闻名的都江堰水利工程，形成了都江堰自流灌溉系统，至今仍造福后人。李冰治水的故事，在蜀地流传甚广，后世人们建庙祭祀他。今都江堰的二王庙即为祭祀李冰与他的儿子所建。

〔三〕厌胜法：古代方士的一种巫术。古时人们认为运用厌胜法就可以制服他们想要制服的人和物，俗称"下镇物"。此法亦可施之于人对自然灾害的征服。据说李冰沉石犀于水就是为了镇压水蛟。

〔四〕一千载：李冰作石犀镇水至杜甫作诗，恰好1000年左右。

〔五〕张仪楼：《元和郡县志》："（成都）城西南楼，百有余尺，名张仪楼，临山瞰江。"张仪为秦惠文王时相国，曾奉命灭巴蜀，修建成都城。

〔六〕灌口：即现在的都江堰。损户口：指因水灾而人口减少。

〔七〕为神羞：指神（李冰）不能够阻止水灾，因为自己的无能为力感到羞惭。

〔八〕作法：犹言措施，指应对自然灾害（水灾）的处理方法。

〔九〕经济：经世济民。"不经济"指石犀不能阻止水灾而济世救民。

〔十〕缺讹：《杜诗详注》引"朱注"云："缺，损其数；讹，易其处也。"

〔十一〕元气由阴阳组成，而阴阳组合的最佳状态是"和"，犹如高超的厨师可把不同味道的食物组合成一道美食一样，一个出色的管理者（一般指宰相）能博采众长形成合力，共同成就事业。

〔十二〕凋瘵：衰败，困乏，此处用作动词。

〔十三〕《杜诗详注》引《杜臆》："壮士，谓才相；天纲，谓国柄。"

〔十四〕平水土：指措置得宜、土肥水美。奔茫：犹奔亡、逃亡。谓风调雨顺之后，石犀已无用处，只好逃之夭夭了。

从艺术上看，严正的议论与幽默的讽刺相结合，讥厌胜之谬与倡正道以杜神怪相结合，同情灾民与盼望清明政治、贤相秉政相结合，使"破""立"愈加坚实，"正""反"愈加分明，并且始终贯穿着一种人力胜鬼怪的自信和科学精神，从一个侧面表明杜诗客观求实的特色。《唐宋诗醇》云"斥不经之谈，归之正道，笔力杰昊，不落言筌"是颇中肯繁的。

此诗作于上元二年（761），此年七月霖雨（持续时间很长的大雨），到八月，都江堰发生水灾，死伤者众，以致"户口"减损，诗人有感于此，写了此诗，表达了力倡科学防灾治水的扶正道以杜鬼神的思想感情。

全诗可分为两段。首段八句讥厌胜之谬。自李冰修建了都江堰水利工程后，成都平原"沃野千里，号为海陆。旱则引水浸润，雨则杜塞水门。故记曰：水旱从人，不知饥馑，时无荒年，天下谓之天府也"（《华阳国志·蜀志》）的富庶繁荣优势才得以保持和巩固，故李冰是功臣，是治水英雄，是蜀人心中的"神"。然而，任何历史人物都有其历史局限性。李冰以因势利导、取法自然的理念修建了都江堰水利工程虽然是伟大壮举，但他迷信厌胜之法，造石犀以镇水精的做法同样也对后代造成了不良的影响，乃至于千百年来老百姓津津乐道，认为成都无十分严重的洪灾水患，即使涨水也淹不到地势较低的张仪楼，这完全是拜石犀所赐。然而"今年灌口损户口，此事或恐为神羞"，当年的水灾导致百姓遭殃死亡，神也应为自己的无能为力感到羞愧吧！这是对夸饰石犀神力的当头棒喝，至此，石犀不灵、厌胜荒谬已昭然若揭。在此，杜甫并没有否定李冰的治水之功，所批评的乃是石犀镇水的荒谬。

后面十句为第二段。主要写扶正道以杜神怪。"终藉堤防"以下四句指出治水防灾的正道乃是"修筑堤防""高拥木石"，这也是历代贤明的君主治水的常法，河神水怪怎能与人的智慧谋略相比呢？再次阐明人力胜鬼神的思想。"嗟尔"以下四句，从反面落笔：你石犀不能济世救民，且会随着时间的流逝而残缺或灭失。只要政治清明、贤才在位，自然风调雨顺，任凭洪涛肆虐也不会使人民遭灾受难。再次强调了人力胜神、治世无灾的思想。换言之，只要政治清明、措置得当，即便出现了自然灾害，也不会使老百姓流离失所、因灾死亡。应当说，这种见解是十分深刻的。最后两句重申此意，盼望贤人在位，掌握国柄，造就海晏河清、风调雨顺之局面，这样，石犀就会自惭形秽、无所用之而逃之夭夭了。于正大严肃之中透露出一点轻松幽默，这也是杜诗中常见的手法。

万里桥 [一]

唐·岑参

成都与维扬 [二]，

相去万里地。

沧江 [三] 东流疾，

帆去如鸟翅。

楚客 [四] 过此桥，

东看尽垂泪。

〔一〕此诗作于永泰二年（766）至大历四年（769）之间，岑参任职成都、嘉州之时。万里桥：即"七星桥"中的长星桥，相传为李冰所建。刘光祖《万里桥记》："今罗城南门外笮桥之东，七星桥之一，曰长星桥者，古今相传，孔明于此送吴使张温，曰：'此水下至扬州万里。'后因以名。或则曰：费祎聘吴，孔明送之至此，曰：'万里之道，从此始也。'"此即桥名之来历。成都平原水系发达，桥梁众多，许多桥梁成为著名的文化地标，承载着深厚的文化记忆，如七星桥、驷马桥、廊桥、安澜索桥、九眼桥等，其中以万里桥最为有名。万里桥位于人流、商品辐辏的码头边，不但是一个游览名胜、送往迎来之地，而且是繁华的娱乐之所，故历代文人多有题咏。唐陆肱有《万里桥赋》，宋刘光祖有《万里桥记》，杜甫、刘禹锡、张籍、陆游等都留下过描绘万里桥的作品。桥址约在今天老南门大桥，为当时由大城南出干道所必经之处。

〔二〕维扬：扬州的别称。

〔三〕沧江：指流经万里桥下的锦江（南河），因江水湍急而呈青苍色，故称。

〔四〕楚客：作者自称。岑参故乡是荆州江陵（今属湖北），属楚地，在成都之东。

此诗六句，为古体。主要是通过锦水东流，抒发自己托水寄意、东向思乡的心情。理解及鉴赏此诗的关键，在于了解古代锦江的流域及成都与维扬的文化联系。唐宋时成都的水路交通十分发达，其途程是从成都出发，沿锦江而下，经黄龙溪，汇入乐山之长江干流，然后经宜宾、泸州、重庆，进入长江中下游，亦即杜甫诗中所说的"门泊东吴万里船"（"维扬"就属东吴范围）。而特别要强调成都与维扬的关系，则主要是受到三国时诸葛亮饯别吴使张温之语的感发，因"万里桥"可能正是得名于此历史故实的。此外，之所以把成都与维扬联系在一起，还与唐时成都与扬州皆为全国高度繁荣发达的城市，有"扬一益二"之说有关（当然，就具体诗意而言，也许作者是在送别客人，而客人的目的地正是扬州）。唐人卢求《成都记序》说："大凡今之推名镇为天下第一者，曰扬、益，以扬为首，盖声势也。人物繁盛，悉皆土著，江山之秀，罗锦之丽，管弦歌舞之多，伎巧百工之富，其人勇且让，其地腴以善熟，较其要妙，扬不足以侔其半。"卢求生活的年代晚于岑参，岑参生活的盛唐时期是否即有"扬一益二"之说亦不能确考，但时人好把"扬、益"相提并论可看作是当时人的共识。成都与扬州的关系，不仅仅由于历史故事而发生联想，实际上二者也确有许多相似之处。诗人骚客对此最为敏感，故宋人范成大有诗云："新街如拭过鸣驺，芍药酴醾竞满头。十里珠帘都卷上，少城风物似扬州。"（《三月二日北门马上》）明乎此，诗意就很醒豁了。

反复吟咏此诗，眼前似乎出现了这样的画面：一个晴朗的午后，诗人岑参在万里桥上倚栏远眺，桥下是清澈迅疾的锦江向东流去（以成都的方位而言是向南流），或许他刚刚送别了要到万里之遥的扬州去的好友，心里充满了依依不舍的眷恋之情。渐渐地，友人乘坐的船越来越小，犹如仰望高飞的鸟渐渐消失于天空一般。诗的最后才写到自己：我数年流寓于蜀中，看水东流而自身不能东归，送客东行而自己仍滞留他乡，一时悲从中来，不禁黯然泪下了。古人有"诗谶"之说，谓诗人可从诗中不自觉地预言日后的祸福。岑参大历四年（769）罢官，后欲返故里，因蜀中战乱而终未成行，最后卒于成都，此诗也可算"诗谶"吧。

成都为客作

唐·田澄

蜀郡将之远，地富鱼为米，

城南万里桥。山芳桂是樵。

衣缘乡泪湿，旅游唯得酒，

貌以客愁销。今日过明朝。

作者名录
→ 248

此诗作者田澄，生卒籍贯仕履皆不详。只知道杜甫曾于天宝十三载（754）于长安作《赠献纳使起居田舍人》诗"献纳司存雨露边，地分清切任才贤。舍人退食收封事，宫女开函近御筵。晓漏追飞青琐闼，晴窗点检白云篇。扬雄更有河东赋，唯待吹嘘送上天"表达望其汲引之意。曹学佺《蜀中广记》卷一〇一："田澄《成都旅次》云：'地富鱼为米，山芳桂是樵'，俗云'鱼米之地'本此。澄，天宝上元间人。杜工部《赠田舍人》云：'扬雄更有河东赋，唯待吹嘘送上天'，盖澄以舍人奉使入蜀也。"杜甫投赠田澄之诗作于天宝十三载，则第二年"安史之乱"即爆发，故此诗应为田澄使蜀时在成都送友远行（作客远方）时所作。全诗通过对成都自然风物及富饶物产的描写，表现了对成都的热爱眷恋之情。

首联写好友（客）将远行，诗人到万里桥送别。"蜀郡"乃成都的旧称，秦汉时设蜀郡，治所即在成都。古代诗人为求典雅，在运用地名、官名、机构名等名物名词时，往往喜用旧称。"万里桥"为成都的文化地标，又是著名的风景名胜和送别之地，犹如长安之灞桥，而桥之得名似乎也和三国时诸葛亮送别费祎出使东吴的典故有关，故此二句自然而然地点出了送别的主题。

颔联是对友人离乡远行后的拟想之词。谓友人离开成都家乡后会因思乡而泪水打湿衣襟，亦会因忧愁而使得容颜憔悴。不说自己思念远行的友人，而设身处地拟想友人远行后的作客思乡况味，这是加一倍的写法。

颈联描述成都的富庶丰饶，以见天府之国的繁盛可居。诗意谓成都土地肥沃、物产丰富，实为鱼米之乡；蜀中山川秀丽，佳木成林，连烧柴都用桂树。对天府之国的美丽赞叹有加。

尾联勉励友人饮酒作乐，对于远行作客、对于未来，应当持一种旷达乐观的态度，不必过于计较思虑，即"今朝有酒今朝醉，明日愁来明日愁"之意。是宽慰语，亦是放旷语。

当然，由于没有过多的旁证材料，此诗的解说也可能发生歧义。标题《成都为客作》可理解为"我（诗人）在成都送别友人（作客远方）所作"，亦可以理解为"我（诗人）作客成都（流寓成都，即成都不是诗人的家乡）而作的诗。"我们的评析选择了前者，主要依据是起首两句："蜀郡将之远"即"将从蜀郡到远方去"的意思，而万里桥又是送别饯行之地。如果是第二种理解，那就是作者从长安避乱到成都"作客"，并且又将"之远"，总觉过于周折缴绕，故不取此说。

这是中唐诗人张籍描写成都的一首诗（此诗是写实还是想象之词，即张籍是否来过成都，说法不一。详见注释三），通过对美丽锦江、新雨丹果、酒楼游人、店家留客等细节描写，表现了成都这个"喧然名都会"的美丽、富庶、繁荣、和谐，表达了诗人对成都由衷的喜爱之情。

全诗四句，犹如四个特写镜头，强调了成都西郊、万里桥边的不同景致特色，而四句合观，又组成了一幅"锦江市井图"，其间有景有人、有动有静、有叙事有抒情，而共同指向"美好成都"的表达主题。

第一句写锦江的生态美。成都的富庶与繁盛乃以水为始、因水而成、治水而兴，故美丽的锦江成了成都的标志和代称。诗人抓住了这一特点，极写锦江的碧波荡漾、水汽飘荡，由此衬托出成都的美好秀丽。

第二句通过细雨中挂满枝头的荔枝丹果写成都的富庶丰盛。"蜀地沃野千里，土壤膏腴，果实所生，无谷而饱。女工之业，覆衣天下。名材竹干，器械之饶，不可胜用。"（《后汉书·隗嚣公孙述列传》可见，在成都平原丰富的物产中，各种水果应有尽有，果蔬占有独特地位。诗人虽是实写眼前所见，但仍是抓住描写对象特点的用心之笔。此外，第一、二两句绿红映衬，色彩对比鲜明，有画面感。

如果说第一、二句写的是外围的大环境、自然环境的话，那么第三句则把镜头缩小，聚焦于万里桥边林立的酒家，当然也可想见其游人如织、热闹非凡的盛况，烘托出了成都的繁荣兴盛。

最后一句则以一幅酒楼主人竞相留客图，展示了成都人的热情好客和生活的安宁和谐。掩卷默思，我们眼前似乎展现出当垆文君，天生丽质，殷勤留客，酒美肴香，客商游人依恋不舍的情景。

王安石评张籍诗云："看似寻常最奇崛，成如容易却艰辛。"此诗颇可当之。短短四句二十八字，直抒眼前所见，且明白如话、妇孺能解。然反复吟诵，咀嚼回味，却颇有弦外之音、韵外之旨，令人悠然神远、称叹叫绝，确乎为"绚烂之极归于平淡"之佳作。

浪淘沙[一]（其五）

唐·刘禹锡

濯锦江[二]边两岸花，
春风吹浪正淘沙。
女郎剪下鸳鸯锦[三]，
将向中流匹晚霞。[四]

作者名录 → 249

〔一〕浪淘沙：唐教坊名曲，后用为词牌。刘禹锡任夔州刺史期间，曾仿当地民歌形式，创作《竹枝词九首》《竹枝词二首》《杨柳枝词九首》《浪淘沙九首》等反映当地风土民情的作品。这些作品含思宛轻、清新流畅，多用谐音双关、托寓比兴，具有浓厚的生活气息和高超的文艺技巧，不愧为雅俗共赏的佳作。此篇即《浪淘沙九首》中的第五首，描绘了女郎于锦江濯锦的生动画面。

〔二〕濯锦江：即锦江。传说蜀人织锦，濯于锦江中则锦色鲜艳非凡，濯于他水则锦色暗淡，故名。成都织锦业历史悠久，闻名于世。大约在东汉时期，朝廷即在成都设置专门机构"锦官"，以管理蜀锦的生产，其官署就设在成都西南的"流江"岸边，是为"锦官城"。江称"锦江"，城称"锦城"，皆与织锦业发达有关。

〔三〕鸳鸯锦：绣有鸳鸯的蜀锦。

〔四〕中流：水流中央、深处。匹晚霞：与晚霞媲美争艳。

此诗通过濯锦江两岸及江面景色的渲染烘托，集中刻画了女郎锦江濯锦的美丽动人画面，表现了景美、人美、锦美的主题。

第一句写锦江两岸开满了鲜花。成都的著名除由于自然地理气候条件的优越而形成的富足、繁盛外，自然风光的美丽亦是其显著特点，而其中最引人注目就是茂林修竹、四季鲜花。李白的"柳色未饶秦地绿，花光不减上阳红"（《上皇西巡南京歌十首》其三），杜甫的"晓看红湿处，花重锦官城"（《春夜喜雨》）、"黄四娘家花满蹊，千朵万朵压枝低"（《江畔独步寻花七绝句》其六）、"风含翠筱娟娟净，雨裛红蕖冉冉香"（《狂夫》），王建的"万里桥边女校书，枇杷花里闭门居"（《寄蜀中薛涛校书》）等等，不胜枚举。因而成都不仅是蓉城，亦可称花都。

第二句谓时值春日，和煦的春风吹拂着锦江清澈的水面，江底的白沙似乎也随着波浪在荡漾。因这组诗名为《浪淘沙》，故每首都有波浪及沙的意象，以回应主题，如"九曲黄河万里沙，浪淘风簸自天涯"（其一）、"千淘万漉虽辛苦，吹尽狂沙始到金"（其八）、"美人首饰侯王印，尽是沙中浪底来"（其六）等。

第三、四两句缩小范围，拉近镜头，以女郎拿着刚织就的绣有美丽鸳鸯图案的蜀锦走向锦江濯漂的具有动感的叙事，拟想经锦江水濯洗过的蜀锦将更加艳丽华贵，完全可以与美丽的晚霞媲美。"剪下"与"江中匹晚霞"并非诗人亲眼所见，而是拟想之词。高明的诗人常能寻到一个极具延展性的聚焦点来状物抒情，而读者可根据作品提供的视域做回溯或前瞻的联想，以此来补足作者省略或跳跃过的部分，形成完整的诗意事件或图画。诗中提供的信息还不止于此，它同时也给我们留下了这样的印象：春风如此和煦，锦江如此清澈，岸边的鲜花如此娇艳，织出的锦绣如此巧夺天工，那么，那位在诗中未多做介绍的"女郎"也必定是心灵手巧、美貌多情、怀揣着美好爱情理想（鸳鸯）的美女了。

全诗韵调流畅、风格清新，颇具民歌风调。反复咏诵，回味无穷，给读者留下无限遐想。

玩半开花赠皇甫郎中（节选）[一]

唐·白居易

勿讶春来晚，　紫蜡黏为蒂，
无嫌花发迟。　红苏[二]点作蕤。
人怜全盛日，　成都新夹缬[三]，
我爱半开时。　梁汉碎胭脂。

作者名录 → 249

〔一〕此诗题目为《玩半开花赠皇甫郎中（八年寒食日池东小楼上作）》，共28句，此处只选取前8句。

〔二〕红苏：一年生草本植物。具特异香味，可入药。

〔三〕夹缬：镂空型版双面防染印花技术。将织物夹持于镂空版之间加以紧固，再将夹紧织物的刻板浸入染缸，刻板留有让染料流入的沟槽让布料染色，被夹紧的部分则保留本色。"夹缬"作为一种古老的印染技术，始于秦汉，盛行于唐宋。而成都由于丝织业发达，蜀锦蜀绣闻名于世，故"夹缬"技术及图案形式也独步全国，所以白居易用成都的夹缬图案来比喻美丽的鲜花。

此诗白集诗题下有自注云："八年寒食日，池东小楼上作。"联系白氏生平事迹，"八年"乃指元和八年（813），此时白居易在京中任职。到了元和十年（815），他因上书请捕刺杀武元衡的凶手，被贬为江州司马。媒体所发布的"成都最美诗词一百首"所选仅前8句，然全诗共28句。此处主要论析"百首"中节选的前8句。

诗为古体，起首两句用"勿讶""无嫌"的否定句法，给人以新生之意，虽感突兀但却具有一种召唤读者往下阅读一看究竟的诱惑力。人们不禁要问："春来晚""花发迟"乃世间憾事，人们对此嗟叹惋惜乃情理之中，然作者为何要一反常情，劝人们对如此反常而"煞风景"之事不要抱怨，不要大惊小怪呢？三、四两句马上就解答了读者的疑问：人们赏花都喜爱开得最繁盛最艳丽的时候，但我却与大家不同，喜欢观赏半开之花、含苞初放之花。作者在这里是通过赏花而揭示一种好景不长、物极必反的道理。因为全盛之花，很快就会凋落、飘零，而半开之花则还会更美更艳，更有希望和美好的明天。这是自然界兴替荣枯的规律，也是人生乃至世间事物发展变化的规律。这种戒盈忌满而又以饮酒赏花为喻的表述，以北宋邵雍的"美酒饮教微醉后，好花看到半开时"（《安乐窝中吟》其七）两句最为典型。应当说，这种"凡事只道半中央便止"的思想，对中国古代大多数文人都有影响。而"全盛"一词，亦会使人联想起唐代刘希夷的《代悲白头翁》中今日"全盛红颜子"与他日"半死白头翁"的惊心对比，从而感叹"年年岁岁花相似，岁岁年年人不同"的自然规律的无情。

"紫蜡"以下四句，乃多方比喻，描绘所赏之花的形色状貌，衬托花的珍贵与美丽。你看，此花可不同凡俗呵：花蒂犹如紫烛黏合而成，花蕊似乎用红苏点染过，花朵形状犹如成都有名的"夹缬"图案，其艳红处又犹如用汉梁出产的胭脂染过一般。

白居易对成都的人文之盛是颇为倾心的，他不但与当时著名女诗人薛涛有过唱和，而且对当时成都的文人荟萃、大家云集深表钦慕。

锦城[一]曲

唐·温庭筠

蜀山攒黛留晴雪，巴水漾情情不尽，

簇笋蕨芽萦九折[二]。文君织得春机红[六]。

江风吹巧剪霞绡[三]，怨魄未归芳草死，

花上千枝杜鹃血[四]。江头学种相思子[七]。

杜鹃飞入岩下丛，树成寄与望乡人，

夜叫思归[五]山月中。白帝荒城五千里[八]。

作者名录 → 249

〔一〕锦城：锦官城的简称，为成都别称。

〔二〕簝笋：李贺《长平箭头歌》："南陌东城马上儿，劝我将金换簝竹。"指簝竹的嫩茎（笋），味美可食。九折：阪名，在四川邛崃山。山岩回曲，九折乃至，故名。

〔三〕霞绡：彩色的丝织品。这里指像云彩的蜀锦。

〔四〕杜鹃血：传说古蜀国王杜宇死后，其魂化为杜鹃鸟，春来则哀鸣啼血，染红杜鹃花。李商隐《锦瑟》诗"庄生晓梦迷蝴蝶，望帝春心托杜鹃"。

〔五〕夜叫思归：杜鹃鸟的叫声好像"不如归去"，故云思归。

〔六〕文君：指西汉时临邛才女卓文君。她与司马相如的爱情故事成为后世才子佳人型爱情的典型，卓文君也成为中国历史上有名的美女、才女。机：指织机。

〔七〕相思子：指红豆树。它的种子名"红豆"，颜色鲜红，古代文学作品中常用来象征相思，故又称"相思子"。王维《相思》诗："红豆生南国，春来发几枝？愿君多采撷，此物最相思。"

〔八〕白帝荒城：即白帝城。古城名，位于今重庆奉节县瞿塘峡口的长江北岸，奉节东白帝山上。西汉末年公孙述据蜀，至鱼复而见白气如龙出井中，以为祥瑞，因改鱼复为白帝，且在山上筑城称帝，故名。五千里：形容蜀地广远。

锦城写望[1]

唐·高骈

蜀江波影碧悠悠，
四望烟花匝[2]郡楼。
不会[3]人家多少锦，
春来尽挂树梢头。

〔一〕写望：即纵目远眺所见。

〔二〕匝：绕，环绕。

〔三〕不会：不知道。

唐僖宗乾符三年（876），剑南西川节度使高骈创筑罗城，又名"太玄城"，城略具方形，城周二十五里，高二丈六尺，以砖包砌，面积超过隋城数倍，为此后成都城垣范围奠定了基础。又筑糜枣堰，塞郫江故道，迁郫江行城北、东两面后（改称"清远江"，又称"府江"，即府河）再与流江合，始形成成都"二江抱城"的城市格局。此诗即为高骈在剑南西川节度使任上所作。

全诗短短四句，却写尽写足了成都的锦江碧水、"花重锦官"、锦绣蓉城的美艳繁荣，描绘了一幅"锦城春色图"，使人留下了深刻难忘的印象。

成都是一座因水而兴、因水而盛、因水而美的城市，美丽清澈、碧波荡漾的锦江犹如美人顾盼的秋波，首先给人留下了成都美丽的第一印象，故诗的第一句即入手点穴，从锦江的碧波荡漾写起。"悠悠"二字，强化了江水自古至今日夜流淌的历史悠远感和纵深感，留下了悠悠不尽的余味。第二句点题。所谓"写望"，即是写眺望所见。既要眺望，即须登高。可以想见，诗人登上郡楼，首先看到城下锦江碧波悠悠，然后再看到郡楼四面花团锦簇、万紫千红，实为"花重锦官城"的最好注脚。然后放眼望去，但见枝头树梢，都挂满了美丽鲜艳、流光溢彩的蜀锦，这是织女们将锦在锦江中濯洗后，进行晾晒。作为当时成都最高军事行政长官，看到了成都的水碧花繁以及满眼数不尽的蜀锦，呈现出一派繁盛景象，作者的心情是高兴的，内心是喜悦的，于是突发奇想，提出了一个在当时也许难以回答的问题：这枝头树间数不清的锦会有多少呢？来自多少织户呢？是啊，成都之所以被称为"锦城"，就是因为织锦业高度发达。千百年来，通过多少家多少人的辛劳，才创造了闻名遐迩的蜀锦美誉，创造了锦城的繁荣与辉煌，而今满眼锦绣，说明老百姓安居乐业，作者又怎能不高兴和自豪呢？

杜甫诗云："城中十万户，此地两三家。""十万户"是杜甫时成都的大致户数，如果再考虑到"安史之乱"后许多人入蜀避难而最终定居成都，高骈时代成都的人户也应该与杜甫时差不多。成都是当时全国的大城市，为唐王朝之"南京"，有"扬一益二"之美誉，是名副其实的"国家中心城市"。故有论者说：此诗于描写成都的美丽繁盛中表达了诗人当时坐镇西南拥十万精兵，御敌捍城舍我其谁的气概，也是有一定道理的。

万里亭[一]

宋·吕大防

万里桥[二]西万里亭,

锦江春涨与堤平。

挐舟直入修篁里,[三]

坐听风湍彻骨清。[四]

〔一〕吕大防在仁宗时曾担任青城知县，神宗元丰年间（1078—1085）任成都知府，诗或作于任职成都之时。万里亭：此首诗前原有一篇小序："万里桥西有僧居曰圣果，后濒锦江，有修竹数千竿。僧辩作亭于竹中，予与诸公自桥乘舟，溯流过之，因名亭曰万里。盖取其发源注海，与桥同名而实异，作小诗识之。"记叙了本诗写作的由来。

〔二〕万里桥：见岑参《万里桥》注释。

〔三〕挐舟：即用浆划（撑）船使行。修篁：挺拔浓密的竹林。

〔四〕风湍：风急、风劲。彻骨：入骨、透骨。

诗为七绝，短短四句，用语浅近，明白如话。然反复吟味，又觉得句句入画，意境优美。

诗第一句便写出万里亭之方位在"万里桥"之西。万里桥为成都悠久灿烂的文化史上最著名的地标，历代文人多有题咏，早已闻名遐迩。此处用名桥来标注亭的位置，不仅使人容易辨识，而且也增加了亭的知名度。正可谓亭因桥名，相得益彰，共同构成了锦江的著名景观。

介绍完了亭的位置，诗人的视线即转向了与桥亭相依的锦江。但见春水方涨、锦江潮涌，那一江春水似乎都要漫出堤岸，且不停地流向远方。读到这儿，我们不禁想起"锦江近西烟水绿"（张籍《成都曲》）、"春江绕双流"（李白《登锦城散花楼》）、"锦江春色来天地"（杜甫《登楼》）、"蜀江波影碧悠悠"（高骈《锦城写望》）等描写锦江的优美诗句，从而对锦江顿生怜爱难舍之情。

根据作者自序，万里亭边、锦江岸边"有修竹数千竿"，于是诗人登舟入船，"溯流过之"，但觉风起水涌、涛声阵阵，一种入骨的清凉、清幽、清爽注满心扉，融遍全身，使人但感爽适清雅，却无法用语言形容。一个"清"字，不但写出了风清、水清、竹清、境清，而且写出了幽篁行舟、风起水兴的清雅高境，使诗意诗境都得到升华。成都多竹，锦江两岸更是翠竹万竿、修篁成林。此种意境，至今仍存，如四川大学旁的望江公园即树木蓊郁、翠竹成林，且竹子种类繁多，各显风姿。民国时期的著名诗人吴芳吉描写成都的诗也说"艇子打从竹里过，茶亭常傍柳荫低"。可见船行水中，两岸风景如画，已成为成都的典型景致。

吕大防存诗不多，但此《万里亭》却历代传诵，不愧名作。

送戴蒙赴成都玉局观将老焉[一]

宋·苏轼

拾遗被酒行歌处，
野梅官柳西郊路。[三]
闻道华阳版籍中，[四]
至今尚有城南杜。[五]
我欲归寻万里桥，
水花风叶暮萧萧。
芋魁，径尺谁能尽，
榾木，三年已足烧。

百岁风狂定何有，[一]
羡君今作峨眉叟。[二]
纵未家生执戟郎，[三]
也应世出埋轮守。[一〇]
莫欺老病未归身，
玉局他年第几人。[一一]
会待子猷清兴发，[一二]
还须雪夜去寻君。[一三]

〔一〕戴蒙：据宋人旧注，戴蒙本名庄，吴兴人。庆历六年（1046）贾黯榜登第，后改蒙。成都玉局观：唐宋时全国著名道观之一。道教传说，后汉时，"李老君与张道陵至此，有局脚玉床自地而出，老君升座为道陵说《南北斗经》。既去，而座隐地中，因成洞穴，故以'玉局'名之"（见明曹学佺《蜀中广记》卷三引彭乘《玉局记》）。据后人考证，玉局观曾数次迁址，苏轼此诗中的玉局观当在成都城南（详见《成都城坊古迹考》）。宋朝为了优待官僚士大夫，设置宫观使、提举宫观等官，只领俸禄而不做事。宋初员数较少，神宗时，为了推行新法，苦于那些年老无能的官员碍事，于是免去他们的实职，给他们提举某宫某观的名义，好领薪俸，叫"祠禄官"。戴蒙年辈长于苏轼，而苏轼此诗作于元丰八年（1085）五十岁时，可知戴蒙赴成都玉局观，是领祠禄终老，故此题中有"将老焉"之语。

〔二〕拾遗：指杜甫。唐肃宗至德二年（757），杜甫谒肃宗于凤翔，拜左拾遗。被酒：喝醉了酒。行歌：唱歌，边走边唱。

〔三〕"野梅"句：成都西郊往草堂的路，即杜甫当年醉后行吟处。杜甫《西郊》："时出碧鸡坊，西郊向草堂。市桥官柳细，江路野梅香。"

〔四〕华阳：唐宋时成都府附郭两县为成都、华阳。城西、北、东北属成都县，东、南、西南属华阳县，新中国成立后方废县。版籍：户籍。

〔五〕城南杜：唐时京兆杜氏为西汉杜周、杜延年，西晋杜预后裔，是魏、晋以来数百年的高门望族，与另一大家族韦氏，都世居长安城南的韦曲、杜曲。唐时长安谚语："城南韦杜，去天尺五。"杜甫系出襄阳，但与京兆杜同为杜预之后，且曾居于长安城南杜陵，自称"杜陵布衣"、"少陵野老"，也算是"城南杜"。以上二句说，

杜甫虽已逝去两三百年，但听说直到现在他的后裔还在成都附郭居住。

〔六〕万里桥：见岑参《万里桥》注释。现在成都的老南门大桥，旧时也叫万里桥，但已非东坡此诗所欲寻者。

〔七〕"水花"句：是对万里桥畔景色的描写。水花风叶，指水边的花、风中的叶，一说指荷花。

〔八〕芋魁：大芋头，极言芋头肥大，径尺是夸张。

〔九〕桤木：桤（qī），桦木科，落叶乔木。芋魁二句举特产芋、桤，以见蜀中之富饶，足为隐居终老之资。

〔十〕"百岁"句：言人生短促，终归虚无。古诗《今日良宴会》云："人生寄一世，奄忽若飙尘。"韩愈《此日足可惜赠张籍》："男儿不再壮，百岁如风狂。"

〔十一〕峨眉叟：隐居峨眉的老者。就大区域而言，成都也算在峨眉山下，峨眉自古为神仙、隐逸之士所居，可羡之意在此。

〔十二〕执戟郎：指西汉著名学者、词赋家扬雄。雄字子云，蜀郡成都人，待诏岁余，奏《羽猎赋》，除为郎。见《汉书·扬雄传》。

〔十三〕埋轮守：指东汉张纲。纲字文纪，犍为郡武阳人，"虽为公子，而厉布衣之节"。顺帝时为御史。"汉安元年，选遣八使，徇行风俗，皆耆儒知名，多历显位，唯纲年少，官次最微。余人受命之部，而纲独埋其车轮于洛阳都亭，曰：'豺狼当路，安问狐狸！'"于是上书揭露大将军梁冀的罪恶，"书御，京师震竦"。"纵未"二句举出扬雄、张纲，以见蜀中风教之美，古多贤人，戴蒙举家去蜀，实为得计。后代子孙，即使不出文章名世之人，也会有义行可风之士。

〔十四〕"莫欺"二句：是诗人对戴蒙说："你不要以你先去成都优游自得而傲视我。我眼下虽然老病未归，但我归志已决，你

且拭目以待，将来玉局观中，我算得第几人？"这样写，是对戴蒙终老成都更进一层的赞许，同时也表露了诗人不甘宦海浮沉，眷念乡土的感情。

〔十五〕"会待"二句：紧承上文，言"你我目前行止虽异，将来归趋必同，后会有期"。会，预有所期。会待，将待。子猷，晋王徽之字，东坡在此用以自比。《世说新语·任诞》："王子猷居山阴。夜大雪，眠觉，开室，命酌酒，四望皎然。因起仿偟，咏左思《招隐诗》，忽忆戴安道。时戴在剡，即便夜乘小船就之。经宿方至，造门不前而返。人问其故，王曰：'吾本乘兴而行，兴尽而返，何必见戴？'"

成都书事二首（其一）

宋·陆游

剑南山水尽清晖，
濯锦江边天下稀。
烟柳不遮楼角断，
风花时傍马头飞。

芼羹笋似稽山美，
斫脍鱼如笠泽肥。
客报城西有园卖，
老夫白首欲忘归。

作者名录 → 251

〔一〕此诗宋孝宗淳熙二年（1175）作于成都。

〔二〕剑南：唐代剑南道西川的简称。相当于当今四川成都平原及其以北以西和雅砻江以东地区，此处指成都平原。中国古代文人为求古雅，往往在诗文中涉及地名时用其旧称，陆游时成都为成都府治州，作者使用剑南旧称，便属此种情形。清晖：谢灵运诗《石壁精舍还湖中作》："山水含清晖。"指山水秀丽明净。

〔三〕芼羹：用菜杂肉做成的羹。成都竹子种类繁多，春笋、苦笋、燕来笋都非常有名。稽山：会稽山，此处指诗人家乡山阴（今浙江绍兴），其竹笋亦很有名。此句谓成都竹笋做的芼羹与稽山（竹笋做的）一样美味。

〔四〕脍：指用肉或名贵的鱼细切的肉，古人认为是美味，故有"脍炙人口"成语流传。笠泽：指吴江，本名"松江"，又名"松陵"，又名"笠泽"，其中多生鲈鱼，即晋代张翰所思制作"鲈鱼脍"者（《世说新语·识鉴》），此处指成都的鱼亦如笠泽鲈鱼之肥美。民国《华阳县志》卷三四"物产三"："鳜，……东坡诗：'桃花春水鳜鱼肥'（玉华按：此乃改写唐人张志和《渔歌子》'桃花流水鳜鱼肥'），江乡风味可想。吾县唯中兴镇至江口八九十里最多，他处不多产也。俗或名曰刺拨，亦殊雅饬，登盘荐客，最为珍脍矣。"

陆游自乾道八年（1172）岁暮抵成都做安抚使参议官，至作此诗时的淳熙二年（1175）被范成大推荐为成都府路安抚司参议官兼四川制置司参议官，他在蜀中已四年。在这四年中，他辗转于蜀州（今成都崇州）、嘉州（今四川乐山）、荣州（今四川荣县）之间，但都以成都为中心，并且写下了一系列歌咏成都风物、饱含深情、艺术上乘的作品，《成都书事》七律二首即为其中之一，本书选取的是第一首。

首联写蜀中山水秀丽、风景妖娆，而尤以锦江边最为优美。"天下稀"已是赞颂之词的最高级，充分体现了诗人对锦江的挚爱，甚至是偏爱之情。

颔联则用具体的景物阐释"天下稀"的丰富内涵。看哪，烟柳深处，不时出现隐藏在竹下树中的屋角；纵马缓行，不时有微风吹起花片从马头旁飘飞而过。好一派美丽如画的川西田园风光！川西民居常常是前有鱼塘、后有林盘，绿树掩映，花柳浓密，最能体现农耕文化的特色与自然和谐的理念。因此，在加速推进城市化的进程中，成都市注重保护"川西林盘"，这是颇有远见的。而诗中"烟柳"等意象，亦在历代诗人作品中经常出现，民国诗人吴芳吉《成都》诗中"艇子打从竹里过，茶亭常傍柳荫低"即是其例。

颈联则聚焦成都的美味，仍是在具体写"天下稀"。诗意谓用成都的竹笋做成的羹，其味道与用自己家乡稽山的竹笋所做的一样鲜美；用成都的鳜鱼所做成的鱼脍就如用笠泽（吴越相连，亦可看作是作者故乡）的鲈鱼所做的一样美味。人都会有家乡情结，在诗中常见的是"虽信美而非吾土"（王粲《登楼赋》）的异乡（风物）不如故乡（风物）的感慨，而放翁在此则表达的是异乡（成都）处处颇堪与故乡媲美的情怀，可见其对成都的热爱的确是异乎寻常的。这从他晚年闲居山阴时的众多怀念成都的作品中可以得到验证。如作于绍熙二年（1191）的《蔬食戏书》就是在故乡山阴而怀念成都美食的。诗人怀念新津韭黄、东门彘肉以及珍贵的薏米饭，认为"还吴此味那复有，日饭脱粟焚枯鱼"，简直把家乡的美食说得一无是处，从中亦可见诗人的"成都情结"。尾联乃结穴于终老成都之想。

陆游是唐宋作家中作诗最多的诗人，曾自言"六十年间万首诗"，细检《剑南诗稿》，载诗九千余首，而作于成都（及其周边）者有数百首之多，值得认真研究。

十二月十一日视筑堤 [一]

宋·陆游

江水来自蛮夷 [一] 中，
五月六月声摩空。
巨鱼穹龟牙须雄 [二]，
欲取阛市为龙宫。
横堤百丈卧霁虹，
始谁筑此东平公 [四]。
今年乐哉适岁丰，
吏不相倚勇赴功。
西山 [五] 大竹织万笼，

船舸载石来亡穷。
横陈屹立相叠重，
置力尤在水庙东。
我登高原相 [六] 其冲，
一盾可受百箭攻。
蜿蜿其长高隆隆，
截如长城限羌戎。
安得椽笔记始终，
插江石崖坚可礱 [七]。

作者名录 → 251

〔一〕此诗乾道九年（1173）十二月作于嘉州（今乐山市）。筑堤谓修筑吕公堤也。吕由诚，字子明。通判成都府，知雅、嘉、温、绵四州，复知嘉州，皆有治绩。《宋史》卷四四八有传。

〔二〕蛮夷：此处指松潘一带之崇山峻岭，乃岷江之源。

〔三〕穹龟：指巨大的龟。雄：锋利、凶猛。

〔四〕东平公：即吕由诚（钱仲联说。见《剑南诗稿校注》）。

〔五〕西山：嘉定府城西之山。

〔六〕相：仔细观察、考查。

〔七〕砻：磨。

这是对陆游乾道九年（1173）五六月间亲自见证并参与的一次筑堤防洪活动的描写。诗人作为嘉州知州，组织民众抢险救灾亦为职责所在。由于是亲自参与、现场感受，所以对于洪水的凶猛、众人齐心协力筑堤的描写以及对堤坝创始者的钦佩赞颂都生动传神、情真意切，风格壮浪纵恣、奔放流走，体现了陆游诗歌中大声鞺鞳的一面。

诗分三层，分别写江水冲堤、众人筑堤和登高观堤。

"江水来自蛮夷中"以下四句为第一层，写五六月间正是蜀中雨季，岷江水涨，从岷山松潘山岭间奔腾而下，响声震天，波涛翻滚，形势危急。诗人于淳熙二年（1175）五六月间在成都作《夜闻浣花江声甚壮》，其中有句云："浣花之东当笮桥，奔流啮桥桥为摇。分洪初疑两蛟舞，触石散作千珠跳。壮声每挟雷雨横，巨势潜借鼋鼍骄。"所写情形与此四句相似，可以参看，其中也可见农历五六月间确实是岷江洪水泛滥的时节。"巨鱼""穹龟""龙宫"等乃作者想象之辞，但亦可见出诗人一贯的浪漫风格。

"横堤百丈卧霁虹"以下八句为第二层，写原堤基础之牢固及众人筑堤之齐心协力，易于为功。诗意谓面对汹涌的江水，百丈长堤如长虹卧波，基础牢固，这得归功于首创此堤的东平公。恰好今年是丰收之年，官员们（由于有了修筑堤坝的开支）也不像以前那样相互推诿，而是勇于担责，组织民众筑堤。从西山砍伐大竹编织成千上万的竹笼，把用大船运来的石头充实笼中并加以固定，然后横竖有序地层层码砌好（加高筑牢堤坝），在小庙之东的（原堤坝）薄弱之处，尤其要特别注意加厚筑牢。虽为诗歌，但犹如图画，栩栩如生，使人有身临其境之感，可据此绘制"嘉州官民筑堤图"。

"我登高原相其冲"以下六句为第三层，写险情过后登高观堤时胸中涌起战胜灾情与困难后的喜悦与自豪。诗意谓加高堤坝战胜险情后诗人登高观堤，但见蜿蜒而高厚的大堤犹如一面坚固的盾牌经受住了如箭般迅疾的江水冲击而岿然不动，更像万里长城把羌戎等少数民族挡在了塞外。这众人齐心协力筑堤抗洪抢险的壮举须如椽巨笔才能记录描绘。只要不懈努力，那直插江中、坚如磐石的崖壁都可随意削磨，更遑论筑堤抗洪之事。慷慨激昂，以人定胜天、有志者事竟成的自信与豪情结束全诗，充满了昂扬向上的乐观主义精神。

归蜀[一]

元·虞集

我到成都住五日，鹧鸪轻筏下溪足[四]，

驷马桥[二]下春水生。鹦鹉小窗呼客名。

过江相送荷[三]主意，赖得郫筒酒易醉[五]，

还乡不留非我情。夜深冲雨汉州城[六]。

〔一〕此诗原题"代祀西岳至成都作",应是作者代皇帝祭祀华山后到成都,五日后又匆匆离开至汉州(今四川广汉)时所作。

〔二〕驷马桥:见岑参《升仙桥》注释。

〔三〕荷(hè):感谢。

〔四〕溪足:溪边。

〔五〕赖得:幸得,幸好。郫筒酒:酒名,产于成都郫县,为蜀中名酒,历代诗人多有提及。相传晋代名士山涛(字巨源,嵇康《与山巨源绝交书》即写给此人)在郫县(今成都市郫都区)做官时,把上等糯米蒸熟加曲药后装入竹筒密封发酵,一月即成酒。

〔六〕冲雨:冒雨。汉州:即今四川广汉。唐置,时辖雒、什邡、德阳、绵竹、金堂五县,民国废。民国二年(1913)改名广汉县,1988年撤县建市。著名的三星堆遗址即在此地。

虞集,号道园,为宋丞相虞允文五世孙,祖籍仁寿,为蜀中著名文化世家。他博学多文,诗文俱工。文章为有元一代冠冕,诗歌与杨载、范梈、揭傒斯先后齐名,人称"元诗四大家"。王叔载于四大家中,特推举虞集,谓其"诸体咸备,当推道园,如宋朝之有坡公也"(见明代瞿佑《归田诗话》下卷),足见后人对其评价之高。而在诸体之中,以七律七绝最为擅长,本诗即为表现乡愁乡情的名作。

首联写回乡又别,无限依恋。元代在元世祖至元二年(1265)就规定了每年祭祀华山的制度。皇帝不能亲自祭祀时,则派人代祀。从标题可知,虞集此次即是完成代祀公务后回乡的。"住五日",言时间短暂;"春水生",谓风景正美。而对如此春景却行色匆匆,其无尽的遗憾、不舍、依恋之情自在不言中。"驷马桥"也容易使人联想起司马相如的爱情与励志故事,更使诗人的乡思乡情增添了浪漫色彩。

颔联写好友渡江相送,自己有"还乡不留"的苦衷。换言之,回家乡来去匆匆,自己也是情非得已。虞集原籍虽为四川仁寿,但随父虞汲寓居临川崇仁(今属江西),且"飘泊栖迟近百年"(《至正改元辛巳寒食日示弟及诸子侄》)。诗中未明言回乡匆遽的具体原因,给读者留下丰富的想象空间:或因公务催迫,或因家事急需,甚或是官场中有重大变局……这种回乡而不能久留、叶落而不能归根的漂泊羁旅之苦可谓古今相续、如出一辙,这其实是人类历史发展的悖论:外面的世界、远处的精彩对我们具有强大的吸引力,而原生之地、故乡母亲又不时地召唤我们、拉拽我们回到原处,人类正是在这样的矛盾历程中走向未来。

颈联写舟行水中之景。鱼鹰从小舟上到溪水中捕鱼,鹦鹉站在小窗外呼唤客人的名字,真是一派川西田园美景。作者故乡在仁寿,从故乡回京先要乘船逆流而上到成都,然后由古蜀道一路北行。故此两句应是描写由故乡返程的江行之旅。作者越是把故乡之美、田园之趣写得惬意动人,就越是能表现对故乡的依恋不舍之情。

尾联写借酒消乡愁。一场大雨把酒浇醒,才发现已到汉州。吟读至此,我们会很容易想起宋代词人柳永的名句:"今宵酒醒何处?杨柳岸,晓风残月。"(《雨霖铃》),只不过柳词为拟想之词,而虞诗则为实写,但所抒发的怅惘之情却是一样的。虞集此类思乡思家之作还有不少。他的从孙虞堪亦能诗,同样有描写蜀中风物之作。

锦江[一]

明·冯任

峨峨雪色涉苍龙[二]，

直上汶江[三]锦万重。

蜀纻于今夸丽密[四]，

浪花堆里缬[五]芙蓉。

作者名录 → 251

〔一〕锦江：见张籍《成都曲》注释二。

〔二〕峨峨：高貌。《楚辞·招魂》："增冰峨峨，飞雪千里些。"此处指雪山（岷山）的高峻。苍龙：指清澈奔腾的江水。

〔三〕汶江：即岷江。

〔四〕蜀纻：指蜀锦。丽密：华丽而细密。

〔五〕缬：在丝织品上印染出图案花样。

与其他描写锦江濯锦而使蜀锦倍增鲜艳美丽的大多数诗歌风格多清新雅丽者不同，这首七绝写得气势奔放、境界阔大，有一种大气磅礴之壮美，显示了作者将军诗人的气质与风格。

第一句写巍峨险峻的岷山上的积雪融化为碧涛滚滚的岷江流经成都。由"雪色"到"苍龙"，从江水颜色的变化可以看出岷江水势的由急而缓以及水色由"白"而"苍"（青）。事实上，岷江水经都江堰水利工程拦截分流后，不但水质变清，而且水势平缓，有利于交通运输和生产生活之用。而流经成都时已消退了桀骜不驯的狂暴，人们看到更多的是"蜀江波影碧悠悠"（高骈《锦城写望》）与"锦江近西烟水绿"（张籍《成都曲》）的明媚与温柔。

第二句写锦江（岷江的一段）沿线千家万户都在锦江中濯锦，千匹万片，连绵不断，形成一幅颇具川西特色的"锦江濯锦图"。作为成都的知府，作为"父母官"，面对如此现象，诗人的心情显然是欣慰的、快乐的，一种"与民同乐"的亲民情怀跃然字里行间。

第三、四句是因果关系：试问为什么蜀锦从古至今一直以华美密实著称呢？那是因为其美丽鲜艳的芙蓉图案都是在锦江碧浪中濯洗出来的。用拟人化方法，说"浪花"能"缬"出芙蓉，不但见出诗人的巧思，而且赞颂锦江濯锦的增色添彩之功，而实际上暗寓妙手巧工与自然之力结合方能成就精妙绝伦之蜀锦的道理。

全诗总体格调豪迈奔放，但三、四两句又呈现出清新雅丽之美，统一中有变化，变化中见统一，显示了作品高超的艺术表现力与感染力。

送黄子羽之任四首（其一）成都

清·吴伟业

鱼凫[二]开国险，

江流人事胜，

花月锦城香。

台榭霸图[四]荒。

巨石当门观，[三]

万里沧浪客，[五]

奇书刻渺茫。[三]

题诗问草堂。

〔一〕鱼凫：传说中的古蜀王。李白《蜀道难》有"蚕丛及鱼凫，开国何茫然"。据现代学者研究，公元前316年秦灭巴蜀前，古蜀帝王世系依次为蚕丛、柏灌（亦称柏濩）、鱼凫、望帝、丛帝（即开明王朝），著名的广汉三星堆即为鱼凫王朝国都。

〔二〕"巨石"句：言石笋相对如门阙。杜甫有《石笋行》诗。

〔三〕"奇书"句：传说蚕丛氏开国时立有镇水之碑，上刻奇字，唯晋代蜀中隐士范长生能识。

〔四〕霸图：指历史上建都于成都的蜀汉、公孙述、成汉、前后蜀乃至明末清初的大西等历代小王朝。

〔五〕"万里"句：化用杜甫"万里桥西一草堂，百花潭水即沧浪"（《狂夫》）诗意，把入蜀友人比喻为当年流寓成都的杜甫。

此诗为作者送友人入蜀组诗四首之一，故诗中所写成都胜迹风物，可能只是拟想之词。当然，作者或来过成都，或从别人记载中了解过成都，所以他对成都的历史掌故与自然风物是相当熟悉的。

首联写成都地势险要，锦城月明花香，自古为繁盛之地。成都平原被称为"四塞之地"，易守而难攻，在封建时代最易形成地方割据政权。特别是北边的剑门关，自古有"一夫当关，万夫莫开"（李白《蜀道难》）之称，故云"险"。

第二联写蜀中胜迹石笋及镇水之碑。石笋及碑今已不存，但历史上确实存在过。古蜀文化中有大石崇拜的特点，现在街名中的"五块石""天涯石""支矶石"，以及历史记载中的石笋、石镜、石犀、金牛（能粪金之石牛）等都与此有关。"奇书"应指古蜀图语，这是古蜀先人创造的古蜀文字，大部分今天仍不能释读，成为古蜀文化的"未解之谜"。"渺茫"写出了成都历史的悠远感和纵深感。

第三联说锦江日夜奔流，经过几十年的移民及发展经济，战争创伤逐渐愈合，成都又呈繁盛之象。舞榭歌台依旧，而历史上在此建都称霸的小王朝都已成为历史的陈迹。质言之，即是说锦江流水带走了昔日的历史，也常来了目下的"人事（之）胜"。反复吟咏此二句，会使我们联想起孟浩然的《与诸子登岘山》中"人事有代谢，往来成古今。江山留胜迹，我辈复登临"的诗句以及杨升庵《临江仙·滚滚长江东逝水》的意境，从而产生一种深深的古今兴替之感。

最后一联乃劝慰友人入蜀后，要像前贤杜甫那样，遍游名胜，恣意吟咏，把成都的历史文化与优美风景都写入诗中。

众所周知，明末清初的成都饱受战乱之苦，再加上张献忠的残杀掳掠，成都已断壁残垣、衰草丛生。于是，清政府开始招抚流亡，并且大量移民，这就是历史上有名的"湖广填四川"。移民促进了经济发展，一直到雍正初年，成都才恢复到战乱前的水平。而在作者写此诗的时期，成都应该还没有完全恢复元气。本诗中的"人事胜"，揆诸历史事实，可能并不是当时的真实情况，乃是作者送别友人时的想象之词，这也是诵读此诗时应当注意的。

锦江绝句

清·尉方山

锦里名花开炯炯[一]，

花光掩映秋光冷。

渔舟一叶荡烟来，

划破锦江三尺锦[二]。

〔一〕锦里：即锦官城。《华阳国志·蜀志》："州夺郡文学为州学，郡更于夷里桥南岸道东边起文学，有女墙，其道西城，故锦官也。锦江织锦，濯其中则鲜明，濯他江则不好，故命曰锦里也。"后即以锦里代指成都。炯炯：明亮或光亮貌，此处指花盛开时的艳丽鲜明。

〔二〕三尺锦：即蜀锦。

此诗描述锦江及两岸景色，勾勒出一幅荡舟锦江、花开锦官的美丽图景。诗中有"秋光"之语，可知写的是秋景，但仍给人以"不是春光，胜似春光"的美好印象。

成都沃野千里、气候温润，冬无严寒、夏无酷暑，一年四季树木葱翠、鲜花盛开。故起首一句便说虽已是深秋，但仍呈"花重锦官城"之象，锦城仍是鲜花盛开、明艳照人。"名花"虽未实指，但以节候论，非常有可能是指成都的市花芙蓉花。此花自前后蜀以来即为锦官城名花，亦多在秋天盛开，历代文人多有歌咏。

第二句写岸上的花，可谓冷暖相融、相得益彰。花开得明艳照人（花光）是暖色调，"秋光冷"是冷色调。二者搭配，意味着锦官城风光中既有秋天的清远又有春天的热烈。

三、四两句则写水中的小船和正在濯洗的蜀锦。诗意说目光由岸上移向江中，但见一叶渔舟从烟波中驶入正在濯洗的美丽蜀锦中。

府江棹歌十二首（其一）[一]

清·顾印愚

锦城南下寄篷艭[二]，

可爱磷磷[三]石底江。

行尽青衣[四]三百里，

白沙翠竹日推窗。

〔一〕府江：即今天所称之府河。自晚唐高骈筑縻枣堰、开清远江，使郫江（内江）水向成都城东北流，成都"二江抱城"的格局始形成，而清远江即现在的府河。府河与南河（流经成都的部分称锦江）汇合于合江亭后南流，经黄龙溪一直流到乐山，与青衣江一同流入长江，故从成都到乐山的江流，可称"岷江""锦江""府江"等，因府河可通青衣江，故因联想而及，又可称青衣江。棹歌：船歌，划船曲。《府江棹歌十二首》是一组描写由成都走水路到乐山沿途风物景致的诗歌，共12首，此为第一首。

〔二〕篷艭（shuāng）：小船，乌篷船。

〔三〕磷磷：形容江水清澈明净。

〔四〕青衣：指青衣江，这里指府江。

全诗写景如画，勾勒描绘了从成都行舟到乐山三百里水路的美丽风光，使我们对昔日锦江水清沙白、竹翠天青的美景无限向往。

首句说在锦城南边的九眼桥一带上船，准备沿江而下。当时九眼桥一带是一热闹而人物辐辏的码头，走水路远行的人一般都在此上船。

次句写江水清澈，江底之石磷磷可辨。《府江棹歌十二首》另一首中有句云"春江滟滟縠纹平"也可证当时锦江的波平如镜与清澈见底。据史料记载，锦江水质的污染变差有一个渐进的过程。过去的锦江水为成都市民的生活用水，由于水质比井水好，甚至出现了专门以挑水为业的"挑水工"。20世纪50年代可在锦江淘米洗菜，60年代可洗衣，70年代后则逐渐污染黑臭。从21世纪初开始，随着府南河整治工程的开展，水环境治理也相继展开。经过多年的努力，锦江水质已逐渐变好。

第三、四两句一意贯串，诗意说从成都到乐山的三百里水路，风景绝佳，每开窗眺望，都可看到江边的白沙和岸边的翠竹。"三百里"乃约数，"日开窗"说明不止一日。描述船行水中，两岸风景如画的名作很多，如李白《早发白帝城》"朝辞白帝彩云间，千里江陵一日还。两岸猿声啼不住，轻舟已过万重山"，主要写心情之愉快、水流之湍急、两岸高山之连绵陡峭以及舟行之迅疾。还有一篇南朝（梁）吴均写的《与朱元思书》，也广为传诵。文曰："风烟俱净，天山共色。从流飘荡，任意东西。自富阳至桐庐一百许里，奇山异水，天下独绝。水皆缥碧，千丈见底。游鱼细石，直视无碍。急湍甚箭，猛浪若奔。夹岸高山，皆生寒树，负势竞上，互相轩邈；争高直指，千百成峰。泉水激石，泠泠作响；好鸟相鸣，嘤嘤成韵。蝉则千转不穷，猿则百叫无绝。鸢飞戾天者，望峰息心；经纶世务者，窥谷忘反。横柯上蔽，在昼犹昏；疏条交映，有时见日。"主要写著名的富春江一带风景，其里程是"一百许里"。郦道元《水经注·三峡》为描写三峡沿途风光之名篇："自三峡七百里中，两岸连山，略无阙处。重岩叠嶂，隐天蔽日，自非亭午夜分，不见曦月。至于夏水襄陵，沿溯阻绝。或王命急宣，有时朝发白帝，暮到江陵，其间千二百里，虽乘奔御风，不以疾也。春冬之时，则素湍绿潭，回清倒影，绝巘多生怪柏，悬泉瀑布，飞漱其间，清荣峻茂，良多趣味。每至晴初霜旦，林寒涧肃，常有高猿长啸，属引凄异，空谷传响，哀转久绝。故渔者歌曰：'巴东三峡巫峡长，猿鸣三声泪沾裳'。"其里程是"七百里"。这三篇作品所描写的水路两岸皆为深山峭壁，气象雄伟，而《府江棹歌》所描写的锦江两岸则多为川西平原，乃炊烟平畴、林盘农舍，具有独特的川西田园风味。

一二九

赋成都景物

清·向日升

作者名录 → 253

湖山历尽漫栖迟〔一〕，琴台〔五〕寂寞迷荒径，地因劫火悲芳草，

凭吊蓉城一赋诗。镜冢〔六〕沉埋宿怪鸱。客为残春怨子规。

万里桥南诸葛庙，卖卜风高真不泯，好购鸾笺临薛井〔七〕，

百花潭北少陵祠。当垆佳话亦堪嗤。暂沽郫酿〔八〕泛酴醾。

探奇频访支机石〔二〕，筹边驿上吹霜角，岷山雪净千峰外，

览胜还摹誓水碑〔三〕。濯锦江头卓酒旗。犀浦梅黄四月时。

蜡屐青羊寻羽客，处处新秔藏白屋，更踏碧鸡坊〔九〕里路，

扶筇威凤采灵芝。〔四〕家家慈竹覆东篱。海棠经雨湿胭脂。

〔一〕栖迟：漂泊失意。

〔二〕支机石：传说为天上织女用以支撑织布机的石头。《太平御览》卷八引南朝宋刘义庆《集林》："昔有一人寻河源，见妇人浣纱，以问之。曰：'此天河也。'乃与一石而归。问严君平，云'此织女支机石也'。"现成都市区中仍有支矶石街。

〔三〕誓水碑：后人为纪念秦时蜀郡守李冰兴建都江堰的历史功绩，刻李冰石像竖立水中作为测量水量的标志——水则，旧称"誓水碑"。石人的肩部和足部，表示水位的上下准点。"水竭不至足，盛不没肩"，以合理用水，备洪防涝。

〔四〕"蜡屐"二句：蜡屐：涂蜡的木屐，典出《世说新语·雅量》。引申为悠闲、无所作为的生活。筇：即邛竹杖。

〔五〕琴台：见杜甫《琴台》注释。

〔六〕镜冢：成都老城区西北角武担山，相传为古蜀王妃墓冢。其上有一石镜，"径五尺，厚五寸，莹彻可鉴，号曰石镜"，故又称武担山为"镜冢"。

〔七〕薛井：即薛涛井。相传唐代诗人薛涛晚年曾移居城南（现望江公园），留下汲水之井，且其墓亦在附近。

〔八〕郫酿：指郫县名酒郫筒酒，史载源于山涛。

〔九〕碧鸡坊：在成都城内西南角。

明末清初，成都饱受战乱之苦，城乡凋敝，经济社会遭到极大破坏。随着清初"湖广填四川"移民政策的实施，到了本诗作者生活的康熙中期，成都的人口已逐渐增加，生产得到一定恢复，但远未恢复到战乱前水平。作者此诗，即写于四川成都恢复发展漫长历程（从清政府实施移民政策到发布停止移民文书近90年）的中期，故而诗中既缅怀了成都昔日的历史人物、古迹名胜和繁盛景象，对目下的残败景象充满忧伤之情，同时也对未来充满了殷殷的期待之情。

诗为七言歌行，共二十四句，可分三层来进行论析。

开头至"家家慈竹覆东篱"为第一层：历数成都历史古迹、风景名胜以及游览凭吊时的所见所思，抒发了古今沧桑巨变的历史感喟。诗人犹如一名导游，引领读者穿越历史时空，通过对古迹及景观的游览与想象，重温了成都历史，领略到了成都这座中国历史文化名城的文化底蕴、昔日荣光，同时也为她的饱受战乱蹂躏感到痛心疾首，唏嘘不已。

"地因劫火"两句为第二层：承上启下，起过渡作用。诗意谓战火烧光了萋萋芳草，连大地都为之哀伤；暮春时节子规"不如归去"的啼鸣，更增添了乡愁，使得客子怨恨起子规来。"地悲""客怨（鸟鸣乃自然规律，客何须"怨"）都是"无理有情"的写法，与老杜"感时花溅泪，恨别鸟惊心"有异曲同工之妙。

"好购"以下六句为第三层：以成都的美食美景来自我宽慰，对成都的未来寄托美好愿景。薛涛笺可以书写好诗佳作，郫筒酒可以畅饮消愁，岷山上千年积雪皑皑耀眼，四月时犀浦梅已黄熟。乘兴寻访唐宋以来的著名景点碧鸡坊，沿路的海棠花经雨淋后，鲜艳如胭脂的红色染红了道路，使锦城更加艳丽迷人，好一派锦城乐国的旖旎风光。

全诗韵调流美、音节谐婉，于对成都历史繁盛的怀念中带有抚今思昔的淡淡忧伤，于对成都节物风光的赞叹中寓托历史沧桑之变的深深感喟，于用美食美景来消忧解愁中蕴含对美好未来的期许。古今相续，情景交融，不愧为歌咏成都历史风物的佳作。

下里词送杨使君入蜀（选六首）

近代·赵熙

作者名录 → 253

行尽青山见锦城，
菊花天气雨初晴。
马头树色殊秦栈[二]，
大野青浮一掌平。

少城花木称公园，
冬日红梅夏日莲。
莫向武担寻石镜[五]，
摩诃池[六]水亦桑田。

锦城东下路萧然，
九眼桥[九]南绿接天。
西岸渐多黄竹子，
女儿耕得华阳[十]田。

张仪城楼文翁室[三]，
逸少[四]驰心广异闻。
不到成都争识得，
当垆人有卓文君。

青羊一带野人家，
稚女茅檐学煮茶。
笼竹绿于诸葛庙[七]，
海棠红艳放翁花[八]。

九天开出一成都，
华屋笙箫溢四隅。
半壁由来天府重，
独怜刘禅是人奴。

〔一〕下里词：由民间歌谣形成的竹枝词一类。"下里巴人"与"阳春白雪"都是战国时楚国歌谣，前者为俗调，后者为雅乐。典出宋玉《对楚王问》。杨使君：即作者诗友杨昀谷。其于清宣统二年（1910）授四川补用知府，赴任前作者在京作此组诗六十首送行。

〔二〕秦栈：秦时自秦入蜀所修的栈道。

〔三〕张仪城楼：秦汉成都少城西南宣明门城楼，传为张仪所建。文翁室：即汉景帝时郡守文翁所建石室，今石室中学即其旧址。

〔四〕逸少：西晋书法家王羲之的字。为广异闻，曾写信问成都情况，今存其墨迹拓本。

〔五〕武担山：山名，相传为蜀王妃坟冢。石镜：武担山上有一圆石，传为蜀王妃墓石，今已不存。

〔六〕摩诃池：隋蜀王杨秀时所建，明初渐淤废，在现今后子门一带。

〔七〕诸葛庙：即今武侯祠。

〔八〕放翁花：指海棠。陆游号放翁，因其咏成都海棠诗不下数十首，故名。

〔九〕九眼桥：在成都东城外，桥有九孔，故名。始建于明代，今已改建。

〔十〕华阳：今九眼桥一带，原属华阳县。

这是一组送友人入蜀的组诗，共六十首，此处选录六首。因诗人自己为蜀人，熟悉成都风景名胜和史事典故，故能如数家珍，向即将入蜀的友人饱含深情地介绍成都风物，使友人（包括读者）未到蜀时即已"神游"成都，且激发起"目游""身游"的好奇心与强烈愿望。全诗犹如一幅"成都风景名胜图"，引导着读者即目赏景、寻幽探胜，思接千载、视通万里，在欣赏美丽的自然风光和绝胜的人文景观时，深感成都的历史悠久、文化沉淀丰厚，从而滋生歆羡向往及喜爱之情。诗人在描写成都的古迹名胜时，多化用前人诗句故实，又平添了一份对前贤游历、题咏成都的史事逸闻的联想，拓展了诗的意蕴与容量，达到了虽语调浅俗（作者亦谦称为"下里词"），却情景深厚、意味隽永的艺术效果，成为一幅栩栩如生的"成都导游图"。

第一首写初到成都。中唐诗人张籍《送客游蜀》诗云："行尽青山到益州，锦城楼下二江流。杜家曾向此中住，为到浣花溪头。"第一句只把张诗中的"到益州"换作"见锦城"，便觉成都周边山清水秀、绿意盎然。"菊花天气"指农历九、十月菊花盛开、秋高气爽的季节。"马头"二句写蜀中的树木及颜色与秦地有别，但见良田弥望的成都平原一片青葱、平衍如掌。这是对成都平原肥沃、生态、富庶、平旷等特点的高度赞美。

"张仪城楼"以下四首逐一写成都重要的风景名胜、文物古迹。诗意说成都作为"喧然名都会"（杜甫诗），历史悠久，底蕴深厚，有闻名遐迩的张仪楼、文翁石室，以及当年书圣王羲之书信中提到的奇闻逸事。没到过成都的人根本想象不到：现在仍有像当年的卓文君那样美丽的女子在当垆卖酒呢！在少城，花木繁茂之地已辟为公园（少城公园），最美丽难忘的莫过于冬天的红梅和夏日的荷花。武担山的石镜和摩诃池的烟波已杳不可寻，时移世改，变化如沧海桑田。青羊宫一带疏疏落落住着人家，茅草屋里小女孩还在学着煮茶（招待客人）。周围的竹林比武侯祠中的还绿，红艳的海棠花比当年陆放翁笔下的还美。成都东郊景色萧疏清远，九眼桥南的锦江两岸禾黍连云、一片青翠。其西岸（现望江公园）金竹成林，这已然是华阳县地界了。十六句诗，熔描写、议论、想象与抒情于一炉，在赞美天府锦城的美好风物名胜的同时，也抒发了古今沧桑变化的历史感喟。

最后一首是诗人"游览"完成都风景名胜的感慨和议论。"九天开出一成都"为李白诗句，"华屋笙箫"为杜甫《成都府》"曾城填华屋""吹箫间笙簧"中的字词意象。最后两句乃画龙点睛之笔，所谓的全诗结穴所在：天府之国历来受到重视，被看作是国家的半壁江山；历史上蜀地出现过许多英雄人物，唯独蜀汉后主刘禅不做抵抗就投降了魏国，把大好河山拱手让人，自己也做了仰人鼻息的奴才，真叫人扼腕叹息呀！

文翁讲堂[一]

唐·卢照邻

锦里淹中馆,[二]
岷山稷下亭。[三]
空梁无燕雀,
古壁有丹青。[四]

槐落犹疑市,[五]
苔深不辨铭。[六]
良哉二千石,[七]
江汉表遗灵。[八]

〔一〕文翁：(前156—前101)，名党，字仲翁，庐江舒城人（今庐江县县城西南），西汉循吏。汉景帝末年为蜀郡太守，兴教育、举贤能、修水利。政绩卓著。《汉书·地理志下》："景、武间，文翁为蜀守，教民读书法令，未能笃信道德，反以好文刺讥，贵慕权势。及司马相如游宦京师诸侯，以文辞显于世，乡党慕循其迹。后有王褒、严遵、扬雄之徒，文章冠天下。由文翁倡其教，相如为之师……"常璩《华阳国志》卷三亦云："学徒鳞萃，蜀学比于齐鲁。巴、汉亦立文学。孝景帝嘉之，令天下郡国皆立文学，因翁倡其教，蜀为之始也。"是知文翁兴教，不但奠定了蜀中文教兴盛的基础，其所办学校，亦为中国历史上第一所地方性官办学校，成为全国学习的榜样。文翁讲堂：即文翁石室，文翁为蜀郡太守时以石头修建的地方性官学。故址在今成都市文庙前街，现为石室中学（四中）。

〔二〕锦里：成都的别称。淹中：春秋时鲁国里名，古文《礼经》所出之处，后指儒家学术中心。

〔三〕岷山：指成都。因成都为岷江冲积而成的平原，故可有此称。稷下：指战国时齐国都城临淄西门稷门附近地区。齐威王与齐宣王曾在此建学宫，广招文学游说之士讲学论政，成为当时中国的文化学术中心，其中荀子"最为老师"。此处是用稷下比成都。

〔四〕丹青：红色与青色，为绘画原料，引申为绘画、图画。

〔五〕市：即槐市。汉代长安读书人聚会、贸易之所，因其地多槐而得名。后借指学宫、学舍。

〔六〕铭：指石室中的碑铭。

〔七〕二千石：汉代郡守俸禄为二千石，此处指文翁。

〔八〕江汉：指长江与汉水之间及其附近地区，这里指蜀地。表：表彰，显扬。遗灵：前贤的神灵，这里指文翁。

卢照邻曾为新都尉，此诗乃其观览瞻仰文翁石室时所作。通过对讲堂环境及遗迹的描写，并与历史上重要的文化事件联想对比，肯定了文翁兴学的重要意义，表达了对先贤的怀念敬仰之情。

首联谓文翁石室犹如鲁国的淹中和齐国的稷下，曾经是全国著名的学术文化中心。通过缅怀石室讲堂的繁盛，反衬目下的衰零。

颔联写眼前所见。因年深日久，已无燕雀栖息喁啾于梁屋之中，仔细辨认，古老陈旧的墙壁上还有依稀可见的绘画。一个"空"字，一个"古"字，写出了讲堂的年久失修和寥落，也寄寓了诗人对历史的感喟。

颈联说石室讲堂周围的槐树正在落叶，不由得使人想起汉代读书人常聚会的槐市；由于年久苔深，石碑上的铭文已模糊不清。仍是以过去的繁盛与眼下的衰落相对比，抒发繁华不再的深深怅惋之情。

尾联是作者对眼前景象所发的感慨，也可以说是篇末点题。谓文翁石室、文翁讲堂眼下虽已颓圮衰落，但文翁仍不愧是汉代优秀的高级官员（二千石为高官之俸），他的业绩与教泽将如江汉东流，永存于世间。岑参《升仙桥》诗说司马相如"名共东流水，滔滔无尽期"，与此诗的最后两句可谓异曲同工，又是同咏蜀地蜀事，更可见出诗人的文心文思相契相通了。

此诗的最大特点是密集使用典故，以历史上的同类人物事件联想对比，使古与今、眼前实景与历史事件、怀古与抒情等构成一系列对比，从而较为婉曲地表达自己的感情。最后两句则一反前六句隐情于古事今景的写法，纯以议论出之，鲜明地表达自己的感情，使诗情得到升华。

登锦城散花楼[一]

唐·李白

日照锦城头，
朝光散花楼。
金窗夹绣户[二]，
珠箔[三]悬银钩。
飞梯绿云中[四]，

极目散我忧。
暮雨向三峡[五]，
春江绕双流[六]。
今来一登望，
如上九天[七]游。

〔一〕此乃李白于青年时期游览成都时所作。散花楼：在摩诃池畔，为隋蜀王杨秀所建。故址在今成都市体育中心南侧。散花楼为成都风景名胜，历代诗人多有歌咏。

〔二〕金窗：华美的窗户。绣户：雕饰华美的门。

〔三〕珠箔：即珠帘。指用珠子串成的帘幕。

〔四〕飞梯：高梯。绿云：青云。此指散花楼高入云霄。

〔五〕三峡：即长江三峡。此言作者极目远眺，暮雨似随流水洒向三峡一带。成都距三峡其远，此乃拟想之词。

〔六〕春江：指锦江。双流：指流经成都西南的郫江与流江（检江）。扬雄《蜀都赋》"两江珥其市，九桥带其流"，亦即《史记·河渠书》所云李冰"穿二江成都之中"之"二江"。

〔七〕九天：见李白《上皇西巡南京歌十首》（其二）注释。

此为李白早年作品，但已显示了青年诗人的诗歌天才。诗以时间为主轴展开描述，通过对楼的外在形貌及自己登楼所见所感的描写，勾勒出散花楼的华丽雅致和宏伟壮观，抒发了对家乡风物名胜的热爱自豪之情。在众多题咏成都的作品中特点鲜明、脍炙人口。

第一、二两句写日出锦城，朝霞满楼，流光溢彩，气象万千。城、楼互见，一片繁盛景象。第三、四两句正面描写楼之华丽。"金窗""绣户""珠箔""银钩"，珠光宝气，炫人眼目，极写楼之"美"。第五、六两句则极写楼之"高"及登高望远的快意，从中亦可体会诗人顺"飞梯"拾级而上，不时停下来眺望观赏，直到最高一层，乃披襟迎风，长啸呼快的情景。登高不仅可望远，而且还能散忧解愁，此意古诗之中常见。如"建安七子"之一的王粲的《登楼赋》开篇就说："登兹楼以四望兮，聊暇日以销忧"即是例证。第七、八句写登楼时的所见所想。作者登楼眺赏，流连忘返，不觉已由"朝"到"暮"。当此时也，天空中下起了绵绵春雨，作者往东而望，想象此雨似乎会一路向东，洒向三峡。盖因雨水流入锦江，最终流经三峡顺长江而下，故作者有此联想。作者再往南眺望，则看到郫江、检江双双从成都城边流过，此句为实写眼前所见。因写景生动贴切，千年传诵，不愧名句。最后两句写登楼远眺之所感：此番之登楼玩赏，惚如游天宫，"浩浩乎如凭虚御风，而不知其所止；飘飘乎如遗世独立，羽化而登仙"（苏轼《赤壁赋》），真是爽哉快哉，叹为"游"止了。

此外，全诗色泽秾丽、对仗工巧，特别是"金窗"和"暮雨"两联，奔放流走，整饬中夹有散句，体现出参差错落之美，代表了李白早期诗歌的风格特色。

茅屋[一]为秋风所破歌　唐·杜甫

作者名录 → 247

八月秋高风怒号，卷我屋上三重茅。

茅飞渡江洒江郊，高者挂罥[二]长林梢，下者飘转沉塘坳[三]。

南村群童欺我老无力，忍能对面为盗贼。

公然抱茅入竹去，唇焦口燥呼不得，归来倚杖自叹息。

俄顷风定云墨色，秋天漠漠向昏黑。

布衾[四]多年冷似铁，娇儿恶卧踏里裂。[五]

床头屋漏[六]无干处，雨脚如麻未断绝。

自经丧乱[七]少睡眠，长夜沾湿何由彻[八]！

安得广厦千万间，大庇天下寒士俱欢颜，[九]风雨不动安如山。

呜呼！何时眼前突兀[十]见此屋，吾庐独破受冻死亦足！

〔一〕茅屋：即杜甫草堂。

〔二〕挂罥（juàn）：缠挂。

〔三〕塘坳：低洼积水的地方，池塘。

〔四〕布衾：棉被。

〔五〕恶卧：睡姿不好。踏里裂：把被里都蹬破了。

〔六〕屋漏：屋子西北角，古人由此开天窗，便于采光。"床头屋漏"，泛指整个屋子。

〔七〕丧乱：战乱，指安史之乱。

〔八〕彻：彻晓，指天亮。

〔九〕大庇：（全部）遮盖、保护起来。寒士：本指贫寒的士人、读书人，此处泛指贫寒的人们。

〔十〕突兀：高耸的样子。

客[一]至

唐·杜甫

舍[二]南舍北皆春水，
但见群鸥日日来。
盘飧市远无兼味，
樽酒家贫只旧醅[六]。
花径[三]不曾缘客扫，
蓬门[四]今始为君开。
肯[七]与邻翁相对饮，
隔篱呼取尽馀杯。

〔一〕客：指崔明府。杜甫题后自注"喜崔明府相过"。明府，在唐代是对县令的尊称。

〔二〕舍：指杜甫在浣花溪畔的草堂。

〔三〕花径：长满花草的小路。

〔四〕蓬门：以蓬草为门，形客住处贫寒简陋。

〔五〕盘飧（sūn）：盘中的熟食。兼味：多种菜肴。

〔六〕旧醅（pēi）：旧酿的没有过滤的米酒。当时的美酒以新酿为佳。亦可指家里留存的酒，言外之意是家贫不能新沽。

〔七〕肯：能否允许，肯不肯。

这是杜甫成都诗中的名作。草堂落成后，杜甫常盼客来共享清幽闲适生活。老杜为人忠厚，看重友情，在他的成都诗里，就有数篇作品是专写与友人交往情形的。此篇亦是如此，题为"客至"，通篇围绕"客"来写，是一篇能表现杜甫日常生活情态的作品。

首联写"盼客"。春天岷山冰雪融化，锦江水涨，位于浣花溪畔的草堂濒临锦江，但见草堂南北皆春水浩荡，一群群海鸥每天都来飞翔觅食。言外之意是说只有群鸥日日来而不见"客"来，一种因清幽孤寂而盼客来访的期待之情跃然纸上。

颔联写迎客。由于来客颇稀，故两旁栽满鲜花的小径（花径）从来不打扫，而简陋的蓬草之门今天也是专为你（来客）而敞开啊。一种稀客到门的喜悦之情宛然目前。

颈联写"待客"。诗意说我这儿远离市区，家里准备的东西不丰富也只好将就，酒嘛也只有喝以前剩下的，实在是家贫而不能专门购买（且路远不便）。至此，一个忠厚的穷困、殷勤而又面带歉疚之情的诗人形象已站立在我们面前。他日日盼望客人来访，一旦客人来访又因没有丰盛的酒食待客而深感愧疚、局促不安。这就是杜甫的忠厚肫笃处、感人动情处、博爱伟大处。一般人只看到杜甫才艺超人，然杜诗之所以千古传诵，更重要的还在于"仁者爱人"，在于它始终以深厚的情感震撼着读者的心扉。

尾联写"陪客"。刚开席时的不安渐渐被推杯换盏的热烈氛围所替代，诗人与来客酒酣耳热，已渐入佳境。于是，全诗的高潮来了，因为虽不太合乎礼节但却表现主人好客的戏剧性场面出现了：诗人竟提出要招呼隔壁的老翁过来陪客人喝酒助兴，因为两家仅隔一层篱笆。这有两点不合礼节：一是对客人来说，忽然要请一个老翁（没有身份地位）陪自己喝酒，含有太突兀，至少是不周到的感觉；对老翁来说，开始时没叫人家来，到只剩"余杯"时才叫，也含有对其不尊重的感觉。但这些都只是在清醒及常情状态下的计较与顾虑。要知道，此时的杜甫与客人都已忘形尔汝、醉意朦胧了，故而老杜的举动除了说明他尽心待客的诚意及与老翁如同家人般随便外，你还真是找不出任何瑕疵。至此，三位老者便构成了一幅"草堂醉饮图"，而盼客、迎客、待客、陪客的四幅连环画面，生动表现了杜甫对人的亲善及仁者的风范。

西郊

唐·杜甫

时出碧鸡坊[一]，傍架齐书帙[三]，

西郊向草堂。看题检药囊。

市桥[二]官柳细，无人觉来往，

江路野梅香。疏懒意何长。

〔一〕碧鸡坊：在城内西南角。

〔二〕市桥：传说李冰所建"七星桥"之一，在郫江上。

〔三〕帙（zhì）：书皮、书壳。

此诗亦为描写杜甫草堂附近风光及诗人日常生活的作品，表现了诗人居住成都草堂时期生活的宁静、闲适与安定，表现出诗人生活"静穆"的一面。

诗意说，我经常游览完碧鸡坊就走回西郊的草堂，市桥两头的官柳在风中摇曳，江边的小径上传来野梅的芳香。回到家里后，我倚扶着书架把里面的书摆放整齐，查看药书从药箱里拣药配方。自去自回，自游自乐，没有客人来访，过着慵懒而随心所欲的日子。

你看，就是这样一首非常平凡且极其生活化的小诗，其中却蕴含着诗人游乐的兴趣、观物的细致、物我的融谐，以及状物的工细、属对的精切、字词的烹炼等诸多丰富的内涵。且不说还有出游与家居、视觉形象（官柳细）与嗅觉效果（野梅香）等对比映衬的艺术手法，前四句与后四句分写"外出""家居"的严谨结构等，在在都可体现出诗人小中见大、平中见奇的艺术匠心。

○三六

绝句三首（其二）

唐·杜甫

水槛温江口，
茅堂石笋西。
移船先主庙，
洗药浣花溪。

〔一〕温江：唐时成都属县，在成都西五十里，即今温江区。

〔二〕石笋：石笋街，在成都西门外。

〔三〕先主庙：即刘备庙，后与诸葛亮祠合为现在之武侯祠。

此诗仇兆鳌《杜诗详注》谓"单氏编在永泰元年（764）成都诗内"，乃"见成都形胜，而仍事游览"之作。

此诗短小精炼、构思奇巧。四句中各有一成都地名，而"水槛""茅堂"则是草堂及附属设施名称。四句之中，二十字内，六用地名，但却不嫌叠床架屋、板滞沉闷，仍觉吐语天然、自然流畅，显示了诗人独特的匠心和高超的语言驾驭能力。

前两句写草堂所在的位置。说自己草堂前修建的专供垂钓、眺望的长廊（水槛）下的江水是从温江流到这儿的（事实是否如此是另外一回事），而自己的草堂位于石笋街之西。

后两句写草堂的闲居生活。诗人经常乘小船到刘备庙游览，在临近草堂的浣花溪洗药。杜甫时代，郫江（内江）和流江（外江）自都江堰西来，从成都南边流过。故李白诗云"春江绕双流"（《登锦城散花楼》）。当时的北边和东边都没有河流，直到高骈筑糜枣堰（今九里堰）使郫江改道，并开清远江以通郫江后，成都东北方始有河流（即府河），"二江抱城"的格局才得以形成，且杜甫时代先主庙位于流江边，从草堂乘船可达。至于"洗药"云云，乃因在古人的文化观念中，种药、洗药乃至"药炉""药香"皆是文雅之事，与我们今天视生病吃药为负面事件不同。在杜甫诗中，"药"的意象出现较多，这除了实际需要外，有其文化的原因。

大诗人往往能点石成金，化腐朽为神奇。就是这样一些再平常不过的生活琐事，一经诗人灵心慧思，巧加安排点染，便成意味隽永的绝妙好词。此即大诗人不同凡响处。

○三七

琴台[一]　　　　唐·杜甫

茂陵多病后，[二]
尚爱卓文君。
酒肆[三]人间世，
琴台日暮云。
野花留宝靥[四]，
蔓草见罗裙。
归凤求凰意，[五]
寥寥不复闻。

〔一〕琴台：西汉司马相如与卓文君在成都所居之地，旧称琴台，位于司马相如宅附近。据《益州耆旧传》《益州记》等记载：相如宅在城西，少城中笮桥北边一百多步之处。笮桥是锦江上的竹索桥，故址在今西较场与南较场之间，约在宝云庵东侧。1983 年曾在其地发掘出大楠木桩。由此可知，琴台故址，当在今通惠门附近，近代所传琴台路相如琴台，实为南北朝时青羊宫附近一座废弃陶窑，非其原址。

〔二〕茂陵：指司马相如。司马相如晚年退居茂陵，故以地名指代。多病：根据《汉书·司马相如传》所载，相如"常有消渴病"。

〔三〕酒肆：《汉书·司马相如传》："相如与（卓文君）俱之临邛，尽卖车骑，买酒舍。乃令文君当卢（垆），相如身自著犊鼻裈，与庸保杂作，涤器于市中。"

〔四〕宝靥：花钿。古代妇女首饰。

〔五〕"归凤求凰"句：据说卓文君妙通音律，相如弹了一曲《凤求凰》（但此为小说家言，不见于正史），以此撩动卓文君芳心，遂深夜奔相如。

首联起得突兀，凌空而下，从相如晚年多病的家居生活下笔，用回溯总结的方式，歌颂他与卓文君一生始终不渝的爱情。"多病后""尚爱"，说明"未病时"更爱——年轻时爱情更加热烈。古籍中有记载，司马相如晚年曾爱上茂陵富家女子，是卓文君的《白头吟》阻止了他的移情别恋，也正是这首千古传诵的诗篇挽救了一桩爱情。看来，杜甫是不相信这种传说的。在他看来，司马相如与卓文君的爱情始终如一，历久弥坚，堪称典范。仇兆鳌说："病后犹爱，言钟情独至。"（《杜诗详注》）还有人评论说："言茂陵多病后，尚爱文君，其文采风流，固足以传闻后世矣。"都是很有见地的。

颔联回溯相如文君当年蔑视世俗礼法的大胆爱情。"酒肆"与"琴台"，后者为琴挑定情、执子之手的见证，前者为"文君当垆，相如涤器"的"贫贱夫妻百事哀"婚后生活的写照，都成为二人爱情生活的重要事件。只不过诗人故弄狡狯，与读者开了一个小小的玩笑——把二人爱情故事中的"酒肆"移到了成都司马相如宅旁，这样，二者就有了一种对比的效果。"日暮云"很显然是化用江淹"日暮碧云合，佳人殊未来"诗意，感慨今日空见琴台，文君安在？物是人非，不禁产生古今沧桑之感。

颈联由眼前的野花蔓草而怀想文君的美艳和光彩。看到琴台旁的一朵朵野花，仿佛就是文君当年佩戴的花钿；一丛丛嫩绿的芳草，仿佛就是文君当年所穿的碧罗裙。想象浪漫而真切，描写生动而具体，真有文君再世、宛若目前之感。"蔓草"与"罗裙"，乃同类（绿色）联想，后来也演化成"记得绿罗裙，处处怜芳草"的名句。

尾联谓相如、文君爱情世无其匹、后无嗣响，既点明主题，又再次对二人千古至爱表达了赞叹之情。"归凤求凰意"是指司马相如以"琴心"传达出的爱慕、追求卓文君的情意。据说当时司马相如弹了一曲《凤求凰》，也称《琴歌》，歌中唱道："凤兮凤兮归故乡，遨游四海求其凰……胡颉颃兮共翱翔。"这是一曲以音通心、以歌求偶的爱情曲，二人的爱情故事遂成为知音相赏、终成眷属的佳话，成了中国爱情百花园中才子佳人型爱情的典范。

蜀相[一]

唐·杜甫

丞相祠堂[二]何处寻？
锦官城外柏森森[三]。
映阶碧草自春色[四]，
隔叶黄鹂空好音[五]。
三顾频烦天下计[六]，
两朝开济[七]老臣心。
出师未捷身先死[八]，
长使英雄泪满襟[九]。

〔一〕蜀相：指三国蜀汉丞相诸葛亮。作者诗题后自注云："诸葛亮祠在昭烈庙西。"

〔二〕丞相祠堂：即武侯祠。在成都城南，祀三国蜀汉丞相诸葛亮。

〔三〕锦官城：成都的别称。森森：茂密貌。

〔四〕自春色：空自形成一派春色。言虽值春色满园，但诗人心情冷寂不快。

〔五〕空好音：空自卖弄婉转的歌喉。言黄鹂歌声婉转动听，但自己因凭吊心情沉重，对此并无感觉。

〔六〕"三顾"句：指刘备三顾茅庐问计于诸葛亮事。频烦：犹"频繁"，多次地，反复地。

〔七〕两朝开济：指诸葛亮辅佐刘备开创帝业，后又辅佐刘禅守成。

〔八〕"出师"句：指诸葛亮"六出祁山"，多次出师伐魏都未取胜，鞠躬尽瘁，积劳成疾，于蜀建兴十二年（234）秋，病死于五丈原（今陕西岐山东南）军中。

〔九〕"长使"句：谓诸葛亮壮志未酬、赍志以殁，使得后来的仁人志士扼腕长叹、潸然泪下。

此诗乃唐肃宗上元元年（760）春，杜甫游武侯祠时所作。杜甫终生怀抱"致君尧舜上，再使风俗淳"的政治理想，故对历史上的能臣贤相颇多赞颂之词。特别是对三国蜀汉丞相诸葛亮更是一而再，再而三地表达膜拜钦慕之情，对他在蜀汉及历史上的丰功伟绩给予高度评价，同时也对其壮志难酬、抱恨而终的"英雄之恨"给予深切同情，从而留下了一系列名作，《蜀相》则是其中流传最广、最脍炙人口的名作。对于此诗，历代的解说已很多，且全诗亦无难解之词句，此处仅仅拈出其中几点来讨论。

第一是巧为问答，描绘武侯祠的萧瑟冷寂与诗人心情的低回寂寞。第一句先发问，第二句通过"锦官城外柏森森"的回答，点明了武侯祠的具体位置和周边环境。一个"何处寻"，一个"柏森森"，可见当时的武侯祠在郊外，较为偏僻。通过这自问自答，描述了环境，暗示了游踪。

第二是以"景语"抒情。"映阶"一联，是历来传诵的名句名联，但其独具匠心处不在于描写的工致细腻、穷形尽相，而在于融情入景而又借景抒情。其中关键又在于"自""空"二字的运用。此二字带有白白地、徒然地、无可奈何地、与己无关地等等丰富的含意，写出了无情的自然风光与诗人心情的强烈反差，自然而然引出下面的四句议论。至于"自""空"的字眼及句法，也是老杜诗中常见、常用的。如"自去自来梁上燕，相亲相近水中鸥""暗飞萤自照"等。仇兆鳌《杜诗详注》认为，"空字、自字，不胜寥落之感"，是有一定道理的。

第三是前后两部分写景与抒情，冷寂与热烈的强烈对比。"三顾"以下四句则是直抒胸臆，感情喷薄而出。"出师未捷"两句，虽写的是诸葛亮，但已从个别具体事件上升为英雄豪杰、仁人志士赍志以殁的典型情境，因而具有了普遍的文化意义，这也是此诗千百年来脍炙人口、赢得众多知音、引起强烈共鸣的重要原因。

至于此诗风格之沉郁顿挫、对仗之工稳精严、用典之准确丰赡、诗味之醇厚隽永等，各类鉴赏文章已多有论列，在此就不赘述了。

○三九

石笋[一]行　唐·杜甫

君不见益州[二]城西门，
陌上石笋双高蹲。[三]
古来相传是海眼[四]，
苔藓蚀尽波涛痕。
雨多往往得瑟瑟[五]，
此事恍惚难明论。
恐是昔时卿相[六]墓，
立石为表[七]今仍存。

惜哉俗态好蒙蔽，
亦如小臣媚至尊。
政化错迕失大体[八]，
坐看倾危受厚恩。
嗟尔石笋擅虚名，
后来未识犹骏奔[九]。
安得壮士掷天外，
使人不疑见本根[十]。

作者名录 → 247

〔一〕石笋：当时在成都西门外（今石笋街）有两个笋状大石，高一丈多，底围一丈左右，名"石笋"。传说是神人用来镇海眼的，实为古蜀国大石崇拜之遗物。据学者研究，古蜀文化中有大石崇拜之习，诸如石镜、石笋、石犀以及五块石、天涯石等都可视作其孑遗。仇兆鳌《杜诗详注》有"蜀人曰：'我州之西，有石笋焉，天地之堆，以镇海眼，动则洪涛大滥。'"的表述。

〔二〕益州：原指整个四川地区，因治所长期在成都，遂成为成都的代称。

〔三〕"陌上"句：《杜诗详注》引杜田曰："石笋，在西门外，二株双蹲，一南一北。北笋长一丈六尺，围九尺五寸。南笋长一丈三尺，围一丈二尺。南笋盖公孙述时折，故长不逮北笋。"

〔四〕海眼：《杜诗详注》引述《成都记》："距石笋二三尺，每夏六月大雨，往往陷作土穴，泓水湛然。以竹测之，深不可及。以绳系石而投其下，愈投而愈无穷。凡三五日，忽然不见。嘉祐春，牛车碾地，忽陷，亦测而不能达。父老甚异，故有海眼之说。"此处指传说中从地底与大海相通的孔眼。

〔五〕瑟瑟：碧珠。《杜诗详注》引《成都记》："石笋之地，雨过必有小珠，或青黄如粟，亦有细孔，可以贯丝。"

〔六〕卿相：古时高级长官或爵位的称谓，指高官贵胄。

〔七〕表：石碑。

〔八〕政化：政治和教化。错迕：矛盾，错乱。

〔九〕骏奔：如骏马般奔跑，指争先恐后跑来看石笋。

〔十〕本根：根由、根源，指事实的真相。

据《杜诗详注》，此诗作于唐肃宗上元二年（761）秋。杜甫于乾元二年（759）年底到达成都，至此还不满两年，仍时时关注国家大事及时局的变化，故而在此期间的咏物写景诗作中，仍多言此意彼、托物寓怀之作。此诗即是借题咏石笋来讽喻朝政的。

诗为古体，共十六句，可平均分为两层。

前八句为第一层，主要"斥世俗之传讹"（《杜诗详注》）。诗意谓成都西门外的大路边，两个高大的石笋南北对峙。相传那是用来镇塞海眼的，但年深日久，满布苔藓，已看不到波涛汹涌的痕迹了。大雨过后，这一带往往可以捡到称为"瑟瑟"的碧珠，（这些珠子）究竟是怎么来的？各种说法似是而非，确实难有准确的答案。也许这里是从前高官贵胄的坟墓，故立两巨石以为墓表也殊未可知。总之，诗人否定了此为海眼的讹传，提出了石笋或为卿相墓表的新见，为下文的议论抒情奠基蓄势。

"惜哉"以下八句为第二层，主要写"恶其（石笋）惑人而当去"（《杜诗详注》），即因为石笋混淆视听，犹如皇帝身边的奸臣，必当去之以正视听，以使政治清明。诗意说：可惜啊，俗人好神奇，喜造作不经之说以蒙蔽视听，犹如小臣谄媚主上、蛊惑君心，以致政乖民困、国运堪忧，而自己却因蒙皇帝信任而享受赏赐恩宠。感叹啊，你这徒有镇塞海眼之名的石笋，使得不明真相的人争先恐后地来看。怎么能够得到力大无比的壮士把你拖到遥远的天外，使人们看到你底下究竟有无海眼，从而消除人们的疑惑而弄清石笋的本来面目。

对于此诗所影射的本事，《杜诗详注》引赵彦材曰："上元元年，李辅国离间两宫，擅权蒙蔽，故赋石笋以讥之。"又引卢元昌曰："辅国本飞龙厩小儿，官判元帅，朝廷呼尚父，如石笋擅虚名，忘本根也。决事银台，关白承旨，可谓乖迕失政体矣。宰相率子弟礼，节度皆门下士，可谓后生皆骏奔矣。与张良娣表里禁中，其媚至尊，直侍帷幄，专事蒙蔽也。自灵武给事银珰，叠膺宠秩，其受厚恩，适足摇动东宫，倾危社稷耳。"可备一说。

文公讲堂[1]

唐·岑参

文公不可见，
空使蜀人传。
讲席何时散，
高台岂复全？
丰碑[二]文字灭，
冥漠[三]不知年。

〔一〕参见卢照邻《文翁讲堂》注。《元和郡县图志》卷三十一："（成都）南外城中有文翁学堂，一名周公礼殿。《华阳国志》云：'文翁立学，精舍讲堂作石室，一曰玉室。'"文公：即文翁。

〔二〕丰碑：文翁石室内似乎立有石碑记载文翁兴学及石室沿革始末，但初唐卢照邻游览时已"苔深不辨铭"，其文字已漶漫不辨。到了岑参游览时，则更连文字也"灭"（看不到）了。其具体情形待考。

〔三〕冥漠：沉寂，静默无声。

此诗当为作者任职嘉州（今乐山市）期间，到成都游览文翁讲堂后所作。除此诗外，诗人还写有《张仪楼》《升仙桥》《万里桥》等诗作，对成都的著名风景名胜多有题咏，抚今思昔，发思古之幽情，寄寓了自己对成都名胜的热爱以及深沉的古今沧桑之感。

全诗六句，通过对文翁石室凋零衰飒之景的描写，表达了盛世难再、兴衰无常的历史感慨，寄寓对古圣先贤的缅怀景仰之情。

第一、二句说当诗人到文翁讲堂游览之时，距文翁逝世已八百余年，文翁当时的许多创造建置已不可见，只是在蜀人中还传扬着他兴学育才的美好名声。一个"空"字，饱含着"前不见古人"（陈子昂诗）的无限惆怅之情，其用字之精妙，几可与杜甫"隔叶黄鹂空好音"（《蜀相》）之"空"字媲美。

第三句至结束一气直下，说文翁创制的讲堂（席）不知何时已停止（散）教学，当年巍峨轩敞的高台也破败不堪。记载文翁事迹的石碑，其文字已漫漶不辨，只是静静立在那儿，搞不清楚是何年所立，文字又是何年所刻。总而言之，在岑参的眼中，文翁讲堂已繁盛不再、破败不堪。如果把此诗与卢照邻的同题诗做对比，可以发现"诗人所见略同"，文翁石室确实年久失修、坍塌荒废了。唐代号称盛世，但并非所有的方面都能踵事增华、凌跨前代。特别是经过"安史之乱"的浩劫，战乱所经之处，人口减少，田地荒芜，古迹名胜惨遭破坏。蜀中虽未受安史战乱侵扰，相对安定繁荣，但藩镇军阀间攻城略地、兵变暴乱之事仍不绝于书，成都主政者忙于应对，无暇顾及对文物古迹的恢复修葺，这也是完全可能的。因而，岑参此诗对于历史名胜的喟叹惋惜中亦寓有对当局有司"不兴斯文"的委婉讥讽之意。

一〇四

升仙桥[一]

唐·岑参

长桥题柱[二]去，
犹是未达时。
及乘驷马车[三]，
却从桥上归。
名共东流水，
滔滔无尽期。

作者名录 → 247

〔一〕升仙桥：即现在成都市北的驷马桥，因司马相如过此题字励志而著名。相传为秦李冰所建。晋常璩《华阳国志·蜀志》："（成都）城北十里有升仙桥，有送客观，司马相如初入长安，题市门曰：'不乘赤车驷马，不过汝下也。'"桥由此得名。又作"升迁桥"，或谓"迁"形近仙（指繁体），转讹为"仙"。

〔二〕题柱：指上引《华阳国志·蜀志》中司马相如过升仙桥而题字事。

〔三〕驷马车：四匹马拉的高盖车，为富贵显达者所乘。也作"驷马高车""驷马高盖""赤车（古代显贵者所乘的红色的车）驷马"等。

岑参曾任职成都、嘉州等地，留下了一系列描写蜀中风物名胜之作，如《万里桥》《文公讲堂》等，《升仙桥》便是其中之一。诗为五古，诗人凭吊古迹，遂发思古之幽情，通过追忆司马相如其人其事，抒发了对先贤的仰慕之情。

司马相如为西汉著名文学家，是汉大赋的代表作家，也是成都历史上在全国有较大影响力的文化名人，他与卓文君传奇曲折的爱情故事，更是成为中国历史上才子佳人型爱情的典范。《史记》《汉书》皆有司马相如传，记载其生平事迹颇详，此诗仅截取了他生命中的一个重要场景描绘生发。

诗的第一、二两句说，司马相如由于其赋作传到宫中，深得汉武帝喜爱，又因宫中狗监同乡杨得意的推荐而蒙武帝征召，于是友朋饯别，桥柱题词，发下狠誓：不富贵显达不归故乡！此时，司马相如还未显达。是啊，虽蒙皇帝征召，但其结果如何还难以预料。司马相如曾"以赀为郎"，入朝为武骑常侍。后来以患病为借口辞官，游于梁园，其时已撰有《子虚赋》《美人赋》等作品。后来梁孝王死，相如返蜀，家境转贫。有过一次不成功的仕宦经历，此番入京，成败难以预料。然而，正因"未达"而有此"题柱"的豪言壮举，方显得相如抱负不凡与对自己才华横溢的自信，于一扬一抑之间，彰显了相如建功立业的信心与决心。因此，升仙桥也被后世称为励志之桥、转折之桥、走向成功之桥。

第三、四两句说相如最终实现了"高车驷马"的愿望，作为武帝的钦差特使荣耀回乡，并且为汉王朝开发西南地区做出了重要贡献。

第五、六两句说，司马相如的名声犹如升仙桥下的流水，日夜奔流，万古长存，表现了作者对司马相如的无限景仰之情。

《华阳国志》说相如过升仙桥题柱明志事发生在"初入长安"，似不确，因为那与题柱誓言不符。

送客游蜀

唐·张籍

行尽青山到益州，
锦城楼下二江流。
杜家曾向此中住，
为到浣花溪水头。

〔一〕益州：指成都。

〔二〕二江：指成都外由西流向东南的郫江和流江。张籍活动的时代成都还未修筑罗城，故东北边无大的河流。直到晚唐时高骈筑縻枣堰使郫江改道东流形成清远江，"二江抱城"的格局才最终形成。李白《登锦城散花楼》"暮雨向三峡，春江绕双流"之"双流"就指郫江和流江。

〔三〕杜家：指唐代诗人杜甫。杜甫晚年漂泊巴蜀荆楚，在成都西郊浣花溪畔建草堂，生活了三年零九个月，留下了二百四十余篇佳作，达到了诗歌创作的最高成就。而地因人传，杜甫草堂也成为中国文学史上最负盛名的文化遗存之一。

〔四〕浣花溪：成都西郊风景名胜区，其得名与浣花夫人的传说有关。据说浣花夫人姓任，原是唐代生活在浣花溪边的一个农家女，某日在溪畔洗衣，遇到一个遍体生疮的僧人跌进河里，要求为其洗满是污垢的袈裟。姑娘不嫌其脏，欣然应许。当她浣洗袈裟时，水中却随手漂浮起朵朵莲花来，霎时间遍池莲花泛于水面，故而起名为浣花溪。后浣花夫人嫁西川节度使崔旰，泸州刺史杨子琳趁崔旰入朝奏事起兵攻打成都，任氏英勇出战，击溃杨子琳，保全了成都。朝廷加崔旰为冀国公，赠名崔宁，并封任氏为冀国夫人，而民间则称她为浣花夫人，并立祠纪念，且形成了在每年四月十九日她生日那天游浣花溪的习俗。明代著名文学家钟惺有散文《浣花溪记》。

此诗名为"送客游蜀"，可见写作时并不在成都。但诗人了解成都、热爱成都（或许还游历过成都。但如果仅从生平履历看，张籍并无到蜀中任职的经历），并且还写过表现成都环境优美、人情淳美的名作——《成都曲》，所以诗人于饯别友人之际，向他描绘了成都的几个最著名的特色，既以此激发友人远行赴蜀的好奇心、兴奋感，同时也表现了自己对成都悠然神往，恨不得陪同友人亲身一游的心情。

可以想见，诗人于把酒饯别之际，以过来人的口吻，娓娓道来：你从这儿一直往前走啊走，沿路都是绿水青山，连绵不断，峰回路转就到了"喧然名都会"的成都了。登上锦城楼放眼望去，你可看到清澈透迤的郫江和流江从城边流过；漫步西郊，徜徉锦江，不知不觉到了浣花溪，这时，你会恍然想起：前辈诗人杜甫当年不是就住在这儿吗？看哪！草堂一角已若隐若现，赶快去凭吊瞻仰吧，那可是诞生伟大诗人和伟大作品的神圣之地啊！

与他的其他具有乐府风调的作品一样，张籍此诗的特色仍是纯用自描，不施丹彩，而又精粹凝练、意味深长。且四句各摄取一景，组成成都的美景集萃，起到以少总多、尺幅千里的艺术效果。

竹枝词[一] 九首（其四）

唐·刘禹锡

日出三竿春雾消，
江头蜀客驻兰桡[二]。
凭寄狂夫[三]书一纸，
家住成都万里桥[四]。

〔一〕竹枝词：古代四川东部人民口头传唱的一种民歌，原名"竹枝歌""竹枝曲"。人们边舞边唱，用鼓和短笛伴奏。赛歌时，谁唱得最多，谁就是优胜者。据史书记载，早在战国时期，楚国荆湘一带就有"下里"和"巴人"的流行歌曲，带有明显的巴楚地方风格，二者相互渗透、互相融合，遂演变成为后世的"竹枝词"。《竹枝词九首》乃刘禹锡于穆宗长庆二年（822）作于夔州（今重庆市奉节县）刺史任上。

〔二〕兰桡：华美的船桨，又称"兰枻""兰桨"。苏轼《赤壁赋》"桂棹兮兰桨，击空明兮溯流光。渺渺兮余怀，望美人兮天一方"中用的即是"兰桨"。

〔三〕狂夫：女子自称其夫的谦辞，亦指放荡不羁之人。

〔四〕万里桥：见岑参《万里桥》注释。

此诗以民歌风调写闺中思妇寄书"狂夫"，表达了盼其早日归来的愿望和心情。短短四句，犹如四个特写镜头，连缀为思妇"寄书"的整体画面。

蜀地冬春多雾，常常要到"日出三竿"（约十点左右）才会消散。一个"春"字，点名了事件发生的季节是春天。当日出雾散之际，出现了江头（码头）边停泊的一艘华美的船上一妇女正向"蜀客"交送家书的情景。使人最意想不到的是，此妇女在交送家书时还不忘叮嘱带信的人：请告诉我丈夫，我家就在成都万里桥边。既是丈夫（狂夫），岂不知道自己家住何处？何劳思妇再如此郑重叮嘱？原来，这里隐藏着一个关于万里桥的重要信息：在历史上，万里桥是成都最著名的文化地标，也是深深镌刻在历史中的城市记忆。它不但是商贾辐辏的码头、送往迎来的成都"灞桥"、诗酒流连的优美景区，而且是秦楼楚馆林立、灯红酒绿的热闹繁华之所。我们可以从张籍《成都曲》"万里桥边多酒家，游人爱向谁家宿"及王衍"者边走，那边走，只是寻花柳。那边走，者边走，莫厌金杯酒"等历代诗人骚客的吟诵中窥见其间消息。明乎此，我们才可以明白思妇此番叮嘱的潜台词：早点回家吧，要知道我就住在繁华热闹的万里桥边啊！这里"高富帅"很多，说不定我哪天就耐不住孤凄寂寞而跟别人走了。你看，这么一首短短四句的小诗，竟包含了那么多的言外之意、韵外之旨，这充分显示了作者高超的艺术技巧和独特的匠心，也是古往今来，以"竹枝词"为名的作品不胜枚举，而刘禹锡的《竹枝词九首》独放异彩、千年传诵的原因所在。

○四四

寄赠薛涛 [一]

唐·元稹

锦江滑腻 [二] 蛾眉秀，
幻出文君与薛涛。
言语巧偷鹦鹉舌 [三]，
文章分得凤凰毛 [四]。

纷纷辞客多停笔，
个个公卿欲梦刀 [五]。
别后相思隔烟水，
菖蒲花发五云高 [六]。

作者名录 → 254

〔一〕薛涛：（？—832），字洪度，长安人。幼时随父入蜀。后为乐伎，能诗，时称"女校书"。曾居浣花溪，创制深红小笺写诗，人称"薛涛笺"。《蜀笺谱》谓其卒年七十三，但亦有不同意其说者。现存涛诗以赠人之作为主，情调伤感，间有雄健高远之作。原有集，已佚，明人辑有《薛涛诗》，后人又辑录她与李冶诗合为《薛涛李冶诗集》二卷。

〔二〕锦江滑腻：指锦江的水清澈闪光而莹润。

〔三〕鹦鹉舌：鹦鹉经人调教后能说简单语言，故常以"鹦鹉舌"喻指言词婉转动听。

〔四〕凤凰毛：《世说新语》载：王劭风姿似其父王导，桓温称他"故自有凤毛"，故后世有"凤毛麟角"的成语。此处指先辈遗留的文采。

〔五〕欲梦刀：晋王濬梦见三刀，又益一刀，解为将主政益州之兆，故后世以"三刀"指益州（成都）。

〔六〕菖蒲：指唐菖蒲，亦名剑兰，花色极多。五云：指五色祥云，为吉瑞之象。

薛涛为唐代蜀中著名女诗人，她"出入幕府，自（韦）皋至李德裕，凡历事十一镇，皆以诗名受知……其间与涛倡（唱）和者，元稹、白居易、牛僧儒、令狐楚、裴度、严绶、张籍、杜牧、刘禹锡、吴武陵、张佑，余皆名士……"（钟惺《名媛诗归》卷十三）其诗惊采绝艳，为唐代女诗人之冠，亦为蜀中女诗人之冠，为天府文化史上的重要人物。有关她的故实及遗迹较多，如薛涛笺、薛涛井、薛涛酒、薛涛坟等，历代文人多有题咏。元稹此诗，就是赞美薛涛的美丽与绝世才华的。

首联写蜀中自然风光优美，钟灵毓秀，才诞育出卓文君与薛涛这样的才女。薛涛本"长安良家女"，随父入蜀。但她一生中大部分时间是在蜀中度过的，是蜀山蜀水哺育出她的才华与美丽，因此元稹把她的超群拔萃归因于蜀中山水的哺育助推还是有道理的。

颔联用两个典故来此喻薛涛善于言辞、巧于文章，当世少见，可谓凤毛麟角。前一句偏重说口头表达，后一句侧重说书面表达，薛涛可谓二者皆善，令人折服赞叹。元微之是见过薛涛的，据说二人还擦出了爱情的火花，因此才表现出那么一种带有爱怜的倾慕与赞叹。

颈联写薛涛才华出众、技压群雄，大家都竞相来到蜀中一睹其才华风韵。面对薛涛的高才佳作，"辞客"们都纷纷停笔，且极欲一睹风采。这乃是从别人的反应中渲染薛涛的不同凡响，是比正面描写更有力量和收效的写法。

尾联说别后相思，拟想薛涛诗才更盛。"烟水"乃指成都锦江之景物，张籍《成都曲》亦云"锦江近西烟水绿"，易于使人想起成都，而薛涛直到七十多岁去世都一直住在成都。至于菖蒲，则"薛涛尝好种菖蒲，故有是句"（钟惺《名媛诗归》卷十三），通过一个细节，表明了相思的真切。元稹与薛涛见面在元和四年（809），而此诗作于长庆元年（821），其间隔了十三年。十三年后元稹对薛涛犹有如此深浓之情，说明二人确是互相欣赏，知之较深。恋情之说，或真有其事。

〇四五

经杜甫旧宅 [一]

唐·雍陶

浣花溪里花多处，
为忆先生在蜀时。
万古只应留旧宅，
千金无复换新诗。

沙崩水槛鸥飞尽 [二]，
树压村桥马过迟 [三]。
山月不知人事变，
夜来江上与谁期。

作者名录 → 254

〔一〕杜甫旧宅：指成都浣花溪畔杜甫草堂。

〔二〕"沙崩"句："沙崩"指如沙岸崩塌。杜甫《将赴成都草堂途中有作先寄严郑公五首》(其四)"常苦沙崩损药栏，也从江槛落风湍"；《江村》"自去自来梁上燕，相亲相近水中鸥"；《旅夜书怀》"飘飘何所似？天地一沙鸥"等，陶诗此句的字面及意象皆从杜诗化出。

〔三〕"树压"句：此句亦化用杜诗《西郊》《后游》等诗句。

雍陶为成都人，一生游历甚广，但在其作品中，最能触动人们心弦的还是那些描写家乡风景名胜，字里行间饱含深情的抒发乡思乡愁之作。此诗便是其中之一。

诗为七律，明白如话，基本上不用作注释。但思深意远，情感深厚，具有反复唱叹而又挹之不尽的悠悠韵味，不愧为怀杜诗中的名作。

首联说浣花溪里花最多的地方，正是当年杜甫居住的草堂。"先生"二字，使人对杜甫肃然而生敬意。也说明经过六十多年的时间沉淀，杜甫作为诗歌的高峰，文化的丰碑，已得到了广泛的认同。

颔联说杜甫诗歌一字千金，杜甫草堂将永垂不朽。"万古""千金"相对，是杜诗中常用的句法。诗人在此加以运用，既说明自己的创作得益于杜诗的滋养，又进一步强化了杜甫及其诗作的宝贵与不朽。

颈联化用杜诗意境和字面，起到一种古今相续、穿越时空的作用。上句化用"常苦沙崩损药栏，也从江槛落风湍"(《将赴成都草堂途中有作先寄严郑公五首之四》)等杜诗成句，说沙崩水溢，草堂已颓圮破败，再也看不到杜诗中常见的"相亲相近水中鸥"(《江村》)的景象。下句则化用"市桥官柳细"(《西郊》)、"桥怜再度时"(《后游》)等句意，说树枝挡住了乡间过桥的路，因此骑马者只能慢慢通过。"鸥飞尽""马过迟"，一派低回寥落之景，作者内心的凄凉哀苦可以想见。

尾联说只有山月不知人世间的沧桑变化，还是一如既往从锦江升起，不知它（她）是否与谁有约？古人云："风景不殊，正自有山河之异。"说的是故国沦亡之后的"新亭对泣"，而此诗则别出心裁，面对风景的"殊"（"沙崩水槛鸥飞尽"等意象）与"不殊"（月亮照样升起），在作者心头所触起的都是斯人已逝、好景不再的哀伤叹惋，以及缅怀先贤、盘桓徘徊的依恋之情，而这一切，又都融入"不懂事"而照样皎洁的溶溶月色之中……

〇四六

酒垆[一]

唐·陆龟蒙

锦里[二]多佳人，数钱红烛下，
当垆自沽酒。涤器春江口。
高低过反坫[三]，若得奉君欢，
大小随圆甋[四]。十千求一斗[五]。

作者名录 → 255

〔一〕此诗是组诗《奉和袭美酒中十咏》中的一首。酒垆：垆，酒馆里安放酒瓮的土台，"酒垆"连文，指酒店、酒馆。

〔二〕锦里：成都里名，因织锦作坊集中成市而得名，现仍有"锦里东路""锦里西路"街名，此处代指成都。

〔三〕反坫：坫，土筑的平台。古人互相敬酒后，把空酒杯放还在坫上，故称"反坫"，为周代诸侯宴会的一种礼节。《论语·八佾》："邦君为两君之好，有反坫。"

〔四〕瓿（bù）：一种小瓮，用于盛酒或水，亦可用于盛酱。

〔五〕"十千"句：化用李白《行路难》"金樽清酒斗十千，玉盘珍馐值万钱"句意。

袭美即皮日休，乃诗人好友，二人颇相友善，多有唱酬之作，故世称"皮陆"。诗借"文君当垆"的历史故实，描绘蜀地美女美酒以及主客意气相投的豪纵情怀，寓托对成都的赞美之情。

诗共八句四联。首联说成都多美女，常常当垆卖酒，招徕过客。这乃是化用"文君当垆，相如涤器"的著名故事。从这个故事开始，在中国文学（特别是诗词）的意象中，卖酒与美女就结下了不解之缘，著名者如阮籍醉卧邻人美妇之侧、李白诗中"如花"的酒店老板娘"胡姬"，以及晚于陆龟蒙的韦庄词中"垆边人似月，皓腕凝霜雪"的卖酒女等，都是"文君当垆"的嗣响。

颔联写卖酒女殷勤待客，忙碌而动作娴熟。但见她来回奔忙，按照顾客的不同需求，从大小不同的酒瓮中取酒给客。所谓圆瓿之"大小"，盖因不同品牌或品质之酒须存放于不同的瓮中以示区别。如果说首联主要写卖酒女的美丽的话，那么此联则主要写卖酒女的勤劳敬业，善于招待宾客。

颈联写卖酒得钱、涤器待客的喜悦。忙碌了一天，夜深人静，小酒馆也打烊关门。红烛高烧，卖酒女就着烛光在计数一天的收获，心里充满了喜悦。天刚微明，便起床赶早到锦江边洗刷酒食用器，为新一天的生意做准备，怀揣着新的希望。"红烛""春江"，色彩对比鲜明而强烈，有极强的画面感和现场感，给人留下了深刻印象。

尾联写酒家女信奉顾客至上的服务理念：只要能使您满意快乐，我根本不在乎"斗酒十千"的美酒是何等名贵，您尽管开怀畅饮吧！此联写出了卖酒女除美丽、勤劳之外，还有豪纵爽快的一面。这样，就从不同侧面丰富了卖酒女的形象，立体地塑造出成都酒肆中女主人的形象。诗题虽曰"酒垆"，其实写的是"酒女"。剑南川西多美酒，天府成都多丽人。成都号称"三美之都"，即美景之都、美女之都、美食之都。动人的蜀女与醉人的蜀酒成为天府文化中靓丽的风景线、永久的文化记忆和特色鲜明的市井风情图而引起后人的无限遐想与缅怀向往，成了成都识别度较高的文化标识。

乞彩笺歌[一]

前蜀·韦庄

作者名录 → 255

浣花溪上如花客，
蜀客[四]才多染不供，
绿暗红藏人不识。
卓文[五]醉后开无力。
留得溪头瑟瑟[二]波，
孔雀衔来向日飞，
泼成纸上猩猩色[三]。
翩翩压折黄金翼。
手把金刀擘彩云，
须知得自神仙手。
有时剪破秋天碧，
人间无处买烟霞，
磨砻[六]山岳罗星斗。
满袖松花[八]都未有。
不使红霓段段飞，
班班[七]布在时人口，
开卷长疑雷电惊，
一纸万金犹不惜。
一时驱上丹霞壁。
薛涛昨夜梦中来，[十]
挥毫只怕龙蛇走。
殷勤劝向君边觅。

我有歌诗一千首，
也知价重连城璧[九]，

〔一〕韦蔼天复三年（903）癸亥所作《浣花集序》谓庄自广明元年庚子（880）至天复三年作诗"千余首"，又谓庄于天复二年（902）"浣花溪寻得杜工部旧址"，"因命芟夷，结茅为一室"。此诗云"浣花溪上如花客""我有歌诗一千首"，故疑此诗作于天复三年（聂安福《韦庄集笺注》）。彩笺：指浣花笺。

〔二〕瑟瑟：碧绿貌。

〔三〕猩猩色：鲜红色。

〔四〕蜀客：指司马相如，汉武帝时著名辞赋家。

〔五〕卓文：即卓文君。此句所言史事不详。

〔六〕磨砻（lóng）：磨砺，雕磨。

〔七〕班班：鲜明貌。

〔八〕松花：即蜀中松花纸。林登《续博物志》卷十："元和中，元稹使蜀，营妓薛涛造十色彩笺以寄，元稹于松华纸上寄诗赠涛。"

〔九〕连城璧：价值连城的碧玉，指和氏璧，喻无价之宝。

〔十〕"薛涛"句：费著《笺纸谱》："纸以人得名者，有谢公，有薛涛。所谓谢公者，谢司封景初师厚。师厚创笺样，以便书尺，俗因以为名。"而"涛侨止百花潭，躬撰深红小彩笺，裁书供吟，献酬贤杰，时谓之薛涛笺。晚岁居碧鸡坊，创吟诗楼，偃息于上，后段文昌再镇成都，太（大）和岁（827—835），涛卒，年七十三，文昌为撰墓志"。薛涛居成都，流传本事较多，此专着眼其制作彩笺吟诗之佳话。

韦庄居蜀，留下了不少诗词作品，而此篇专写成都的造纸技艺以及彩笺的美丽珍贵，尤为难能可贵。诗分两层：第一层写五色彩笺制作精工、色彩明丽、图案生动，异常珍贵；第二层写我有佳作千首，须最美丽珍贵的彩笺抄录誊写方能传之不朽，而才女托梦，叫我向你（即诗题中"乞"的对象）求取。

开头十二句为第一层，想象当年女诗人薛涛在浣花溪制造彩笺，以及彩笺的美丽绝艳、以笺吟诗作画的种种风雅妙趣。"如花客"，应指薛涛，因为当年她就居住在浣花溪。韦庄也曾找到杜甫草堂旧址而筑室居之，故想到了同在此居住过的先贤及往事。"绿暗红藏"一句是说当年浣花溪地僻人稀，薛涛隐居于此，甘于清寂而不为人知。"瑟瑟波"状溪水的碧绿清澈，浣花溪一带之所以能造出好纸名笺，端赖此水之清冷优质。"猩猩色"言彩笺制成后的鲜明艳丽。"手把"四句写有时剪纸裁笺，不免剪破了彩云碧天的美丽图案；而大自然中天上的虹霓，都被"驱赶"进了彩笺的图案里。彩笺制作技艺的精妙如神、彩笺图案的生动妙肖皆于此可见。"蜀客"四句续写彩笺的史事及功用。诗意说蜀中像大才子司马相如一样才高八斗、学富五车，下笔千言、滔滔汩汩的文人很多，彩笺供不应求。总之，第一层乃是为我之"乞"彩笺造势，其间的种种描写、比喻、想象，使彩笺形神兼备、如在目前，显示了诗人独特的艺术匠心及高超的艺术表现力、感染力。

"我有歌诗"以下十二句为第二层，主要写欲得此彩笺书写诗歌使之不朽的愿望，亦是从另一角度来写彩笺之珍贵难得。"磨砻山岳"句犹言自己的诗歌有包裹山岳之概、吞吐星斗之势，极言气象雄浑、境界阔大、立意高远。"开卷"两句乃诗中名句，言其诗可以"惊天地、泣鬼神"。"班班"两句说自己的诗歌已广为传颂，惜无上乘好笺抄录传世。连松花笺都没有，更不要说彩笺了。表达极欲用名笺传名作于世的强烈愿望。"人间"以下四句，诗意谓世间已买不到满纸烟霞的彩笺，除非（造纸）技艺出神入化如神仙般的人才有。我也知道此笺价值连城，如果能买到，一纸万金我也会在所不惜。诗的最后两句来了个情节剧般的"大反转"，正当诗人绝望无奈之际，彩笺的首创者薛涛为他的苦心孤诣所打动，昨夜忽然托梦要"我"（诗人自称）向"您"（君）求取。这个"君"，即诗题中"乞"的对象，始终没有出场，但其（造纸）技艺之高超、身份之高贵（神仙）、收藏品（彩笺）之珍贵稀有都可于不出场中见之，也暗地里夸赞了对方，为自己的顺利"乞"笺创造了条件。

韦庄诗歌善于长篇铺叙，其《秦妇吟》是唐诗中最长的作品，他曾因此诗被称为"秦妇吟秀才"。本篇也是如此，长于铺排，善于点染，描绘渲染，生动传神。千年之后，犹使后人对如此纸中"尤物"怀想不已！

浣花泛舟和韵

宋·吕陶

野店村桥迤逦[二]通，
修岸几朝经密雨，

蜀江深处茂林中。
芳樽[三]尽日得清风。

花潭近漾春波绿，
诗翁[四]旧隐知何在？

彩阁相迎画舫[三]红。
且事嬉游与俗同。

〔一〕逦迤：蜿蜒，连绵不绝。

〔二〕画舫：装饰华美、绘有图案的游船。

〔三〕芳樽：指精致的酒器。亦借指美酒。

〔四〕诗翁：指唐代大诗人杜甫。因杜甫曾在浣花溪建草堂而居，故诗人联想而及。

　　浣花溪是成都著名景区，自唐以降，即为邑人游览胜地，与杜甫草堂、万里桥、青羊宫等相连成片，成为体现蜀人"好游乐"的核心区。再加上每年的花会都在青羊宫一带举行，更增加了人气和商气，陆游"二十里中香不断，青羊宫到浣花溪"便是真实写照。游浣花溪除了观花赏景外，最重要的活动就是泛舟"游江"。游江又有"大游江""小游江"之别。这在《岁华纪丽谱》等著作中都有生动翔实的记载。吕陶所处的时代，正是成都人文处于极盛的时期。此诗所写，虽仅为平日里文人泛舟和韵的一次雅集，但自然环境的优美、诗人心情的悠然自得，乃至千古名都的从容自信都可以从诗中见其一斑。

　　首联写浣花溪萧疏幽美的景致。野店村桥，蜿蜒相通；锦江奔流，流向那茂密的竹林深处。只此两句，已把浣花溪外围的大环境渲染得生动形象，如在目前。这两句诗，也很容易让我们记起民国蜀中诗人吴芳吉的诗"艇子打从竹里过，茶亭常傍柳荫低"。江中荡舟，两岸茂林修竹、葱翠蓊郁。二人相距八九百年，而诗中所写，何其相似，可见浣花溪一带千百年来皆为生态优良、风景优美之地。颔联点题，写浣花溪泛舟。"花潭"是百花潭的省称，但亦可理解为艳丽之花朵倒映于碧绿之水中，波动花摇，给人以朦胧梦幻之感。一个"漾"字写足了"风乍起，吹皱一池春水"的动感与立体感。而彩阁与画舫相映成趣，用"彩""红"等暖色调字眼衬托出江中泛舟的雅致与热闹。两句对勘，又可见出诗人以冷暖、明暗表现画面对比的艺术匠心。颈联写于舟中诗酒唱和的闲情逸致。诗意谓雨过天晴，锦江两岸修齐整洁；扁舟之中，诗人与友人饮酒作诗，清风习习，助其诗兴，岂不快哉！勾勒出一幅诗酒游江图景。尾联抒怀古之幽情。杜甫草堂就位于浣花溪畔，诗人舟游至此，不禁想起大诗人杜甫当年在这一带游历作诗的情景。"知何在"之问，表达了缅怀先贤之意。诗翁已矣，流风余韵令人追怀不已。古人既不可见，那就与大家随俗同乐吧！表达了一种随俗从众、及时游乐的放旷心情。

　　全诗语浅意深、对比鲜明、画面感强，表现了诗人较高的艺术表现力。

和子由蚕市 [一]

宋·苏轼

蜀人衣食常苦艰，
蜀人游乐不知还。[二]
千人耕种万人食，
一年辛苦一春闲。
闲时尚以蚕为市，
共忘辛苦逐欣欢。
去年霜降斫秋荻，
今年箔积如连山。[三]

破瓢为轮土为釜，
争买不翅金与纨。[四]
年年废书走市观。
忆昔与子皆童丱[五]，
市人争夸斗巧智，
野人喑哑遭欺谩。[六]
诗来使我感旧事，
不悲去国悲流年。

〔一〕子由：指苏辙。苏辙（1039—1112）字子由，一字同叔，号颍滨遗老，眉州眉山（今四川眉山）人。苏洵之子，苏轼之弟。嘉祐二年（1057）进士。神宗时反对王安石新法。哲宗时官至尚书右丞、门下侍郎。徽宗时辞官。其文汪洋淡泊，为"唐宋八大家"之一。与父洵、兄轼合称"三苏"。有《栾城集》等行世。蚕市：成都自古纺织业发达，因而被称为"锦城"。与此相关的是蚕桑业的兴旺繁盛，并且很早就形成了有时令性的专业集市，开展丰富多彩的商贸活动，蚕市即其中之一。

〔二〕"蜀人游乐"句："好游乐"是蜀中地域文化的鲜明特征。北宋田况说"四方咸传蜀人好游娱无时"（《成都遨乐诗·序》），著名政治家韩琦说"蜀风尚侈，好游乐"，前蜀后主王衍《醉妆词》云："者边走，那边走，只是寻花柳；那边走，者边走，莫厌金杯酒。"几乎都异口同声地指出了蜀人好游乐和蜀地游乐文化发达的特点。宋代成都人游乐之盛，仅以《岁华纪丽谱》所载，一年共有游乐活动 23 次之多，大致有游江、游山、游市、郊游等几大类。在这些游乐活动中，参与者众多，官民同乐、城乡同乐，宋人诗文中对此留下了许多生动翔实的描绘。

〔三〕"去年"二句：荻，即芦苇。饲蚕要搭"山棚"，扎"缀头"——四川叫作"树"，是用苇子做的。所以须得头年砍下来，以备来年搭扎之用。箔："蚕台"上一格一格放着的一张张"团匾"（簸箕），叫作"箔"。连山：指"箔"数众多，言其蚕事兴旺。

〔四〕"破瓢"二句：瓢、土釜：都是缫丝用具。不翅（啻）：不亚于。言蚕农对缫丝用具的重视。

〔五〕童丱（guàn）：指少年之时，丱：束发成两个角儿，这是古代儿童的发式。

〔六〕野人：指乡下人。喑哑：说不出话，此处指拙于言辞。欺谩：轻慢，欺骗。

这是一首思乡怀旧的诗。盖因苏辙作了一首回忆家乡蚕市的诗寄给作者，触动了诗人的乡思乡愁，故作此和诗，追忆当年与弟弟一起"废书"走观蚕市的美好往事，描绘了"蜀人游乐不知还"的民情风俗，表达了对家乡人情风土的深深眷恋之情。

开头两句即标举蜀人生活"苦"与"乐"的两极：一方面是"衣食常苦艰"，一方面是"游乐不知还"。苦是为了乐，正因太苦才需要极乐大乐。直到今天，这种生活观念依然鲜明地体现在四川人身上，即干活时很拼命，不怕脏、累、苦；但同时也讲求现实享受，爱好休闲娱乐。

"千人"两句是对开头两句的回应。诗意谓蜀人生活之所以"常苦艰"，是因为一个人耕种要养活十个不耕种的人；蜀人之所以"游乐不知还"，是由于一年四季辛苦只有春天稍有闲暇游乐，故要极欢尽乐。这里暗用了《汉书·贾谊传》"一人耕之，十人聚而食之，欲天下亡饥，不可得也"之典。成都平原可称"天府之国"，但最底层的劳动人民生活还是非常艰辛，对此，苏轼兄弟是有亲身体会的。

"去年"以下四句写具体的蚕事活动，具体细腻，非亲身经历者不能道。

"忆昔"以下六句写由苏辙的来诗而勾起儿时二人"废书"游观蚕市的美好回忆（"旧事"），并抒发离家远宦、逝水流年的人生感喟。"市人争夸"二句犹如集市上讨价还价的特写镜头，有很浓的市井味。

苏轼与弟弟苏辙手足情深，政治理想一致，生活志趣相同，声息相通，留下了一系列相互唱和之作。在苏轼诗集中，留下了很多怀念子由及与子由唱和的作品，如《初别子由》《和子由渑池怀旧》《九月二十日微雪怀子由弟二首》《病中闻子由得告不赴商州三首》《和子由踏青》等等。这些作品，不但是中国文学史上友于兄弟的绝唱，而且成为中国乡愁文学中的靓丽风景。

梅花绝句[一]

宋·陆游

当年走马锦城西，
曾为梅花醉似泥。
二十里中香不断，
青羊宫到浣花溪。[二]

〔一〕此诗乃宋宁宗嘉泰二年（1202）作于故乡山阴（今浙江绍兴），当时放翁七十八岁，闲居家乡。绝句表现了诗人对梅花的喜爱与对成都诗酒游乐生活的怀念。组诗共六首，此乃第二首。

〔二〕青羊宫：著名道教宫观，在成都西门外。嘉庆《四川通志》卷三八云："青羊宫，在县西南十里。老子谓关令尹喜曰：约千日后寻于青羊肆。因此名青羊宫。"从唐代开始，每年的"花朝节"（农历二月十五日），青羊宫都要举行盛大的花会。浣花溪：成都著名风景名胜区，在成都西郊，为锦江支流，因杜甫草堂和浣花夫人的历史传说而闻名，唐宋以来即为文人雅集及成都士女游乐聚集之地。

全诗四句，明白如话，然字里行间饱含陆游对当年成都美好生活的浓厚眷恋和忆念之情，乃其最能表达"成都印象"的名作之一，甚至一提起成都，人们都会想到此诗，因此可以说此诗是成都鲜明而持久的文化印记。

第一句即把我们带入美好的回忆中：回忆当年在成都西郊"走马观花"，是何等的惬意和兴高采烈。"走马"，即骑马快跑，暗寓花市规模大，各种鲜花琳琅满目、美不胜收，来不及慢游细赏。可见当时花市之盛况空前、热闹非凡。

第二句写为了观梅赏梅及观赏到梅花后的喜悦，诗人禁不住畅怀豪饮，竟至于酩酊大醉。陆游喜爱梅花，《剑南诗稿》中收有梅花诗近百首，可见其对梅花的一往情深。他总是把梅花的高雅出尘、迎寒而开、疏影横斜、别有幽香作为自己人格与志趣的象征，寓托自己的襟怀与幽情，故而对梅花也就珍爱有加，引为知己了。他的梅花诗词中，颇多脍炙人口之作，如《卜算子·咏梅》（驿外断桥边）、《梅花绝句六首》（其三：闻道梅花坼晓风）等都是传颂不绝的佳作。

第三、四两句写从青羊宫到浣花溪，一路花香不断，沿路形成了花路花道花流，以因果倒装之法，点出了"醉似泥"的原因，也从正面写出了花市的繁盛景象。

梅花[一]

宋·陆游

青羊宫前锦江路，
曾为梅花醉十年[二]。
岂知今日寻香处，
却是山阴雪夜船[三]。

〔一〕这是以"梅花"为题的组诗，共六首，此诗为第六首。此诗庆元四年（1198）冬作于山阴，陆游七十三岁。诗人于淳熙五年（1178）离开成都，至此已经二十年。

〔二〕十年：陆游于乾道八年（1172）冬到成都，淳熙五年（1178）春季离开成都东归，实不足七年，云十年者乃约数。

〔三〕山阴夜雪船：用王子猷雪夜乘船访戴安道（逵），兴尽而返典故，详见《送戴蒙赴成都玉局观将老焉》注释。

此诗乃庆元四年冬，陆游在故乡山阴看到梅花盛开而怀念锦城饮酒赏梅的快意生活而作。

诗意谓成都青羊宫前锦江之滨，是每年花会举行之地，诗人当时曾多次于此饮酒赏花，留下了难忘的美好记忆。"曾为梅花醉十年"一句，如果与"当年走马锦城西，曾为梅花醉似泥。二十里中香不断，青羊宫到浣花溪"（《梅花绝句》其二）对读，其诗意就十分显豁了，诗人乃是不能忘怀当年走马赏花、畅饮赋诗的烂漫生活。而今诗人离开成都已二十年，年岁老大，看到故乡的梅花而忆念锦城的梅香，也是兴来即往、兴尽而归，犹如当年王子猷雪夜访戴一样。"岂知""却是"连用，有结果不如所愿之意。意思是说哪里想得到现在（二十年后）观梅闻香之处，不是当年的锦城，而是自己的故乡山阴，言外之意是二十年间世事变化如沧海桑田，故乡生活难与当年的锦城生活相比。陆游离蜀后，对锦城的忆念可以说是刻骨铭心，常常见诸吟咏，其中亦有家乡生活不如成都美好之意，足见放翁对蜀中多年峥嵘岁月、快意生涯的记忆深刻、一往情深。

夜闻浣花江声甚壮 [一]

宋·陆游

浣花之东当筚桥 [二]，
奔流啮 [三] 桥桥为摇。
分洪初疑两蛟舞，
触石散作千珠跳。
壮声每挟雷雨横，
巨势潜借鼋鼍 [四] 骄。

梦回闻之坐太息，
铁衣何日东征辽？
衔枚度碛 [五] 沙飒飒，
盘槊断陇 [六] 风萧萧。
不然投檄径归去，
短篷卧听钱塘潮。

〔一〕此诗于淳熙二年（1175）五六月间作于成都。

〔二〕笮桥：《太平寰宇记》："笮桥，去州西四里，亦名夷里桥，又名笮桥，以竹索为之，因名。"

〔三〕啮：啃、咬，此处为冲刷、侵蚀之意。

〔四〕鼋鼍（yuán tuó）：中国神话传说中的巨鳖和猪婆龙（也称为"扬子鳄"），泛指水中的巨大动物。

〔五〕碛（qì）：沙漠。

〔六〕盘槊断陇：与上句的"衔枚度碛"词相对而意相近，指行军时的军容壮肃、纪律严明。

此诗为淳熙二年（1175）陆游任成都府路安抚司参议官兼四川制置司参议官时所作，当与其作于乾道九年（1173）的《十二月十一日视筑堤》对读，因为二诗一作于成都，一作于嘉州（今乐山市），但都是描写五六月间岷江水涨流急，甚至为患成灾情况的。诗为古体，雄健奔放，很能代表放翁诗之主要风格特色。

全诗十二句，可分两层。前六句写锦江雨季水涨、波涛奔腾的气势；后六句写由千汇万状的"江声"回想起自己在南郑抗金前线的战斗生活，抒发了有志难酬、报国无门的感慨悲愤与意欲辞官归隐的牢骚。

先看第一层。"浣花之东"两句谓笮桥在浣花溪之东，奔腾翻滚的锦江水不断冲刷、侵蚀着笮桥，使之摇摇欲坠，可谓先声夺人、入手擒题，一开始就描写出一幅浪高水急、桥摇欲坠的触目惊心之景，为下面直接写江声之"壮"铺垫蓄势。"分洪"以下四句正面写水势的凶猛狂暴。看哪：主流与分（洪）流夭矫奔腾，犹如两条蛟龙盘旋飞舞；力敌千钧的江水冲到石头上飞溅起千千万万水珠。雄壮的涛声裹挟着暴风骤雨，江中潜伏的巨龟水怪也乘机兴风作浪！吟诵至此，我们确实感到了江声水势的凶猛肆虐与惊心动魄。

再看第二层。"梦回"一句使读者从紧张的情绪中舒缓过来。它使我们豁然醒悟：原来眼前所写并非诗人亲眼所见，而是听到"江声甚壮"后的想象之词。由于诗人对锦江、笮桥一带的情况非常熟悉，也目睹过水势汹涌奔腾时的情景，故能描述得绘声绘色、栩栩如生。"铁衣"以下三句是由听到"江声甚壮"而想起当年火热的南郑军营生活。所谓"征辽"，实际上指抗金。"衔枚"两句则是想象行军作战的情景。"沙飒飒""风萧萧"用两组叠字描绘出战场的凄厉与严酷。诗人曾于乾道八年（1172）至南郑，任职于四川宣抚使王炎幕府，有过一段"铁马秋风大散关"的实际军旅经历，这也成了他一生中最难忘、最怀念、最引以为豪的经历，且常常萦心绕脑、形诸梦寐，直到他生命的最后一息。因此，听到了雄壮的"江声"，不由得又想起"萧萧马鸣，悠悠旆旌"的军旅生活，想起了抗金及收复失地的抱负理想，想起了目下有志难酬的苦闷与无奈，于是产生了"投檄"（辞官）归乡、篷船听潮的"归欤"之情，发泄了对现状的不满与牢骚。当然，所谓"投檄"归隐，只是一时的气话，陆游要到二十九年后的嘉泰三年（1203）才最后致仕。但忧国忧民的情怀、盼望收复失地的理想却始终不渝，不因时异，不以境迁，成为诗人生命中一道最绚丽的风景，收获了后人无数的赞叹和景仰。

龙泉山顶远望[一]

近代·吴芳吉

风雨上龙泉，
绝顶瞰诸天[二]。
益州平如掌，
青城几点烟。
田亩相稠叠，
明镜纷万千。
茸茸散村树，
秋色正澄鲜[三]。

恍若临灞岸[四]，
回首望樊川[五]。
如何此形胜，
只逐潮流迁？
蜀女甜于酒，
蜀土软如绵。
丰功缅神禹，
疏凿何时旋？[六]

〔一〕龙泉山：位于成都平原东部，为成都平原与川中丘陵分界线，古代也称"分东岭""分栋山"。山脊海拔 600~1000 米，中段山势高大险峻，为成都东面屏障，自古为兵家必争之地。最高峰长松山海拔 1051.3 米，山中树木茂密，有"长松八景"。此诗乃 1927 年 9 月诗人由故乡江津赴成都后所作。最早刊于《学衡》第六十二期（1928 年 3 月出版），题为《赴成都》，且有自注云："杜子美诗'得归茅屋赴成都，直为文翁再剖符。'题本此。"《赴成都》组诗写诗人由江津至成都沿途所见所感，犹如一幅幅写实的风俗画，蜀中山川草木、城郭人民、风俗百态皆历历在目，酷肖杜甫《秦州杂诗》诸作，亦可名为"诗史"。

〔二〕诸天：佛教语，即天上，此处借指成都。

〔三〕澄鲜：清新。谢灵运《登江中孤屿》："云日相辉映，空水共澄鲜。"

〔四〕灞岸：灞陵河岸，在西安市东北郊。唐人常于此送别友人，故有灞桥折柳之习。

〔五〕樊川：古秦川又名樊川。

〔六〕"丰功"两句：指诗人看到成都平原沃野千里、富庶繁荣，从而缅怀大禹当年治理岷江洪水，顺应地势和水情，用"疏凿"之法引导洪水从沱江金堂峡流走的历史功绩。

此诗为组诗中第 23 首，描写诗人由江津一路西行到达龙泉，登龙泉山远望成都平原的景象，抒发了对成都的由衷喜爱之情。其中对成都的建设与发展从众随俗缺乏个性，不能彰显自身的特色也深致不满。现在看来，诗人的担忧是有预见性的。中国发展到今天，千城一面、千村一面已成为城镇建设中难以克服的顽疾。如何接续传统文脉，彰显独特的城市品格（包括建筑风格），增强城市的辨识度，成了必须认真研究解决的重大课题。诗为古体，可分三层。

第一、二两句分为第一层。写登高望远，可谓入首点题。诗人于 1927 年 9 月 17 日薄暮抵成都（据《赴成都》组诗最后一首自注），故登龙泉山眺远，或为 9 月 16 日。时值秋天，而成都一带秋天多雨，故"风雨"乃为实写。"绝顶"即最高顶，应指长松山，在山顶上可以鸟瞰成都全景。

"益州平如掌"以下八句为第二层。写在龙泉山顶鸟瞰成都平原所见。诗意谓：但见肥沃富饶的成都平原如手掌般平旷，青城山缈如云烟。田畴层叠，阡陌纵横，大大小小的河池犹如明镜般闪光。树木葱茏，一派秋天的清爽明净之景。恍惚是在灞陵回望长安一般，千古锦城尽收眼底。在此，诗人用白描的手法，勾勒出成都平原的美好秋色以及自己深深的热爱喜悦之情。在诗人三十六岁的短暂生涯中，成都对他具有非同寻常的意义。他曾数次来到成都，并留下一系列歌颂成都历史文化和风物景致的作品。其中《成都》（成都富庶小巴黎）最为人传诵，但竟然未能入选"成都最美诗词一百首"，叫人大发遗珠之叹。其他如《浣花曲（十二首）》等都不愧为佳作。

最后六句为第三层，写诗人登高远望后所感所想。"如何此形胜，只逐潮流迁"，乃是对成都在发展建设中不能独自树立，而是随流从众深致不满。细玩诗意，此二句应有其本事，针对具体人事而发，但是具体情形已不可详考。"甜于酒"，乃言蜀女之美艳温柔；"软如绵"，乃言蜀地之肥沃。"丰功"二句则是见蜀地之丰饶而追本思源，缅怀大禹之丰功，念其"三过家门而不入"的"腓无胈，胫无毛""手足胼胝"的辛劳，言外之意则是希望有如大禹那样的英雄出现，能重现锦城丽都之繁盛。换言之，诗人对当时四川成都之主政者亦深致惋惜与不满。联系诗人在四川大学等校时的不愉快经历，这样的感慨可谓"良有以也"。

〇五四

青羊宫[一] 小饮赠道士

宋·陆游

青羊道士竹为家，
也种玄都观里花[二]。
微雨晴时看鹤舞，
小窗幽处听蜂衙[三]。

药垆宿火荧荧暖[四]，
醉袖迎风猎猎斜[五]。
老我一官真漫浪，
会来分子淡生涯[六]。

〔一〕青羊宫：见《梅花绝句》注。

〔二〕玄都观里花：即桃花。玄都观是唐代长安道观，唐诗人刘禹锡有"玄都观里桃千树，尽是刘郎去后栽"之句，后人因以"玄都观里花"指代桃花。之所以不用"桃花"而用"玄都观里花"是因为青羊宫是有名的道观，而引用典故能引起丰富的联想，扩充诗的境界与容量。

〔三〕蜂衙：群蜂早晚聚集，簇拥蜂王，如旧时官吏到上司衙门排班参见，故云"蜂衙"。诗作中多用此喻，如陈师道诗"风翻蛛网开三面，雷动蜂窠趁两衙"（《春怀示邻里》）、白玉蟾"得得来寻仙子家，升真洞口正蜂衙"（《一曲升真洞》）等。

〔四〕宿火：隔夜未熄的火。荧荧：火光闪烁。

〔五〕猎猎：形容物体随风飘拂的样子。

〔六〕会来：正好来。分子：与你分享。淡生涯：指不趋慕功名富贵的生活。

此诗宋孝宗淳熙四年（1177）十一月作于成都，当时诗人免官闲居于杜甫草堂附近的浣花溪，并自号"放翁"，此诗即写当时的闲居生活。

首联写青羊宫中修篁葱茏，并且也像长安玄都观一样种满桃花，描绘出青羊宫的清雅环境。引用刘禹锡玄都观桃花典故，既切合道观的特点，也寄托了对"免官"的牢骚。

颔联写道士的清幽生活。说他微雨乍晴时可看到不远处的锦江中白鹤飞舞，而在小窗的幽深处可听到蜜蜂嗡嗡的喧闹声。一句写远视所见，一句写近察所闻；一句写鸟，一句写虫（昆虫）；一句写"看"，一句写"听"。两相对比，相得益彰。

颈联续写道士的日常生活。为了给药罐保暖，隔夜不熄灭的火还不时闪烁，使人顿感温暖（十一月的成都已经天冷需取暖）；喝醉后脚步踉跄，一阵风起，把衣袖都吹乱吹皱了。此一联刻画出一个活脱脱的既清逸高雅，又不拘小节（饮酒）的道士形象。

尾联则由道士的居住环境、日常生活绾合到诗人自己，说我年纪老大，才做一闲官（此时甚至连闲官都没有做了，在闲居待诏），真应该不受世俗的拘束，来与你一起分享清幽淡雅的生活。抒发了一种"久在樊笼里，复得返自然"的愿望。

当然，诗中也表现了中国古代知识分子进与退、官与隐，以及兼济天下与独善其身之间的矛盾心理。即一方面对自己被免官颇有怨气牢骚，另一方面又渴望如青羊宫道士那样过一种"漫浪"的生活。诗人于第二年，即淳熙五年（1178）即奉诏入朝，离开成都。从此，成都的自然风光、风景名胜便成了他美好的回忆。而青羊宫，则成为成都的缩影，经常见诸梦寐回忆，直到他生命的尽头。

○五五

锦花笺[一]

元·张玉娘

薛涛诗思饶春色，涓涓锦水涵秋叶，
十样鸾笺五彩夸。[二]苒苒剡波[五]漾晚霞。
香染桃英[三]清入观，却笑回文苏氏子，[六]
影翻藤角[四]眩生花。工夫空自废韶华[七]。

作者名录 → 256

146

〔一〕锦花笺：即薛涛笺。唐代女诗人薛涛居于浣花溪畔，用溪水制作的桃红色诗笺，明朝何宇度《益部谈资》说"笺古已有名，至唐而后盛，至薛涛而后□，盖因诗歌唱和，多是一张纸上写一首□，但当时纸张尺寸较大，以大纸写小诗□，浪费又不美观，故薛涛'命匠狭小为之'□，时谓便，因行用。其笺染潢作十种色□，诗家有十样蛮笺之语"（胡震亨《□□癸签》）。

〔二〕十样鸾笺：指十种色彩的书信□。纸。传为薛涛所创制，也有说为宋初□□景初受薛涛笺启发而创制。十色指淡□、粉红、杏红、明黄、深青、浅青、深□、浅绿、铜绿、浅云。五彩：指古代织□、印染、陶瓷上色中红、黄、绿、蓝、□□种基本颜色。在此，"十样"与"五□"□为互文。

〔三〕桃英：桃花。

〔四〕藤角：即藤角纸。一种用藤皮□□的纸。产生于浙江剡溪、余杭等地。

〔五〕剡（shàn）波：指浙江嵊县（□□州市）剡溪之水。作者是浙江人，而□居锦江边，故以"剡波"对"锦水"。

〔六〕回文：即回文诗。就是能够回□复，正读倒读皆成章句的诗。苏氏：□秦秦州刺史窦滔的妻子苏蕙。她曾把□织成《璇玑图》回文诗，寄予丈夫窦□。

〔七〕韶华：美好的年华。

这是一首专咏薛涛笺的七律，作者是与李清照、朱淑真、吴淑□□□并称为"宋代四大女诗人"的张玉娘。玉娘出生书香之家，自幼□□

苏氏的怨叹、愁闷，这才是时中□大□的主要含义。

蜀江春晓

元·丁复

蜀江二月桃花春，　　柳絮抛风乳燕斜，

仙子[一]江头裁锦云。　画帘卷雨啼莺晓。

牙樯舻子双荡桨[二]，　蘼芜草生兰叶齐，

兰叶[三]冲破愁杀人。　碧流黛石清无泥。

浣花诗客[四]茅堂小，　郫筒有酒[六]君莫惜，

醉眼看春狎[五]花鸟。　明日残红如雨飞。

〔一〕仙子：指浣锦女郎。

〔二〕牙樯：饰以象牙的帆樯。舵子：指船。

〔三〕兰叶：犹言兰舟，小舟的美称。

〔四〕浣花诗客：指杜甫。

〔五〕狎（xiá）：亲昵，亲近。

〔六〕郫筒有酒：指郫县（今成都市郫都区）名酒郫筒酒。郫县酿酒历史悠久，史籍、诗文多载其郫筒酒，其渊源可追溯至"竹林七贤"之山涛。唐时郫筒酒即著名。

这是一首七言歌行，描绘了锦江（蜀江）二月的旖旎美丽，勾勒出一幅令人心醉的"成都春色图"，使人吟诗而对美丽的成都顿生喜爱欲游之情，是一首描写蓉城春景形神兼备、浓墨重彩之作。

诗意说锦江二月，春回大地；岷山雪融，春波荡漾，桃花盛放。但见美丽的女郎在绿水碧波中洗濯织有云纹图案的蜀锦。船娘驾着装饰华美的兰舟，在江上任意往来，动作娴熟，神情淡定，徒使观者惊恐害怕。浣花溪中，杜甫草堂虽面积不大，但诗人可在此睥睨天地、醉眼赏春，与花鸟亲密无间，与大自然融为一体。风吹柳絮漫天飞舞，燕子呢喃掠过空中。看画帘高卷，原来下过一场春雨；听莺啼浓荫，才知天已破晓。江岸的蘼芜香草已长得与小船一样高了，江中碧流悠悠，岸上青石干净无泥，正是踏青游春的大好时节啊。郫县的郫筒酒自古有名，何不去游览畅饮？要知道，春天转瞬即逝，今天开得正艳的红花，明天可能就变成残红片片。切记：游春赏景犹如人生美好的青春一样，是最可珍惜宝贵的呵！

这就是我对此诗的粗浅解读。虽不一定准确深刻，但都是心中的真实感受和脑海中形成的生动画面。诗人的手段是高明的，一句一景，皆可入画，最终连缀成一幅"蜀江春晓图"，回应并突出了诗的主题。

竹枝词[一]

明·姚青娥

卓女[二]家临锦江滨，

酒旗斜挂树头新。

当垆不独烧春[三]美，

便汲寒浆[四]也醉人。

〔一〕竹枝词：是一种民间诗体，由古代巴蜀民歌演变发展而成。唐代诗人刘禹锡把民歌变成文人诗体，写下了一系列风格独特、形象生动的作品，对后代的影响极大。竹枝词在漫长的历史发展中，由于社会历史变迁和作者个人思想情调的影响，其作品大体可分为三种类型：一类是由文人收集整理保存下来的民间歌谣；二类是由文人吸收、融合竹枝词精华而创作的有浓郁民歌色彩的诗歌；三类是借竹枝词格调而写的七言绝句，这一类文人气较浓，但仍冠以"竹枝词"之名。竹枝词也叫作"竹枝"。

〔二〕卓女：指临邛美女卓文君，其与司马相如的故事见于《史记》和《汉书》。史载文君私奔相如后，二人为了生计便开了家小酒馆，"文君当垆，相如涤器"。从此，"文君"就成了才女、美女的代称，而"文君当垆"也成了形容成都（也包括各地）热闹繁华、人美酒美的典型景象。

〔三〕烧春：蜀中名酒之一。据学者考证，唐宋时蜀地的名酒一般冠以"春"字和"烧"字，如"剑南春"（唐）、"自到成都烧酒熟，不思身更入长安"（雍陶《到蜀后记途中经历》），"锦江烟水，卓女烧春浓美"（牛峤《女冠子》其二）等。蜀中为中国最早酿造酒类且代有名酒之地，李肇在《唐国史补》中将"剑南之烧春"列为全国名酒，乃今天剑南春的历史源头。成都的"生春酒"是向朝廷进贡的贡品（见《新唐书·地理志》）。杜甫说："蜀酒浓无敌，江鱼美可求"（《戏题寄上汉中王三首》其二）、"山瓶乳酒下青云，气味浓香幸见分"（《谢严中丞送青城山道士乳酒一瓶》）。

〔四〕寒浆：清泉，甘冽之水。

此诗采用竹枝词的韵调，渲染、凸现、歌颂了成都的酒文化，淋漓尽致地表达了俗语所说的"酒不醉人人自醉"的典型场景，是一篇描绘成都作为古代"美食之都"的好诗。

第一句写酒肆所处位置环境优美、卖酒之人如古代美女卓文君般美丽，乃是从大环境着笔，然后如特写镜头般逐渐聚焦到"酒"这个主题。美女当垆，其酒必美，其客必众，其饮必豪，畅饮必醉，这是古代诗文中常出现的表述和典型画面。此类记载当以阮籍为较早。《晋书·阮籍传》云："邻家少妇有美色，当垆沽酒，（阮）籍尝诣饮，醉便卧其侧。"李白诗"风吹柳花满店香，吴姬压酒劝客尝"（《金陵酒肆留别》）、"胡姬貌如花，当垆笑春风"（《前有一樽酒行二首》），李商隐诗《杜工部蜀中离席》"美酒成都堪送老，当垆仍是卓文君"，以及韦庄《菩萨蛮》（其二）"垆边人似月，皓腕凝霜雪"等等都是写此种美人美酒场景的。说到成都酒文化，张籍《成都曲》中"万里桥边多酒家，游人爱向谁家宿"两句最可玩味。反复吟味，我们眼前似乎可以看到当时的成都万里桥一带，车马辐辏，茶楼酒肆（当时酒肆兼营住宿）鳞次栉比，当垆美女们都竞相夸耀自家的酒美菜好，殷勤邀客入住品尝的场景。如果有人画一幅类似《清明上河图》的图画来表现唐宋时成都的繁盛，其内容的丰富性和独特性都不会下于《清明上河图》，而张籍之诗最该入画。

第二句则特写大环境中的酒旗，犹如电影中的特写。"斜挂"可能是当时悬挂酒旗的习惯，"树头新"中一"新"字则树枝之葱翠、酒旗之醒目都在其中。此句很容易使我们想起杜牧的《江南春》中"千里莺啼绿映红，水村山郭酒旗风"的意境，再联系后一句中"烧春美"等景象，一幅"锦江春饮图"赫然在目。

第三、四句一气贯注、一意相连。诗意谓：不仅仅因为烧春酒美而吸引客人，当垆卓女之美更吸引客人。在此种特定情境中，即便是卓女卖的不是酒，而是甘冽的泉水，也会使客人为之陶醉，形象地说明了俗语"酒不醉人人自醉"的丰富的文化内涵。用"不独……便"的递进句法，把诗情推向高潮，完成对蜀女蜀酒蜀景的完美宣传，体现了高超的艺术技巧。

○五八

青羊宫

清·张问陶

石坛风乱礼寒星,[一]
仿佛云车[二]槛外停。
常为吾家神故物,
铜羊一角瘦通灵。[三]

〔一〕石坛：即道观中神像座基前的石台子。礼寒星：成都青羊宫三清殿后面即是斗姥殿，殿内供奉的斗姥，是道教奉的一大女神。传说为北斗众星之母，故叫"斗姆"。据《太上玄灵斗姆大圣元君本命延生心经》记载，斗姆"为北斗众星之母，斗为之魄，水为之精"。斗姥殿西侧亦供奉北斗七星、南斗六星和南极长生星君神像，礼拜斗姥也即是礼拜星辰，故云"礼（膜拜）寒星"。

〔二〕云车：传说中仙人的车乘，仙人以云为车，故名。如吕洞宾诗："他时功满归何处，直驾云车入洞天。"

〔三〕"常为"两句：青羊，是青羊宫的镇宫之宝，位于青羊宫三清殿阶沿之上两旁。铜羊两只都是青铜铸成。诗人此诗自注云："铜羊为先文端故物，自京移归，施于青羊宫，今甚灵异。"据同治《重修成都县志》卷三记载："铜羊，在青羊宫内，高二尺余，长三尺。旧有铜羊，明末献贼之乱失去。国朝雍正元年，遂宁张文端公鹏翮于京师肆中，见有青铜兽类似青羊宫旧物，因市归，仍置青羊宫内以补其迹，上有隶书'藏梅阁珍玩'五字。"这只铜羊是由张问陶的先祖，当时任大学士的张鹏翮于雍正元年（1723）在北京市场上购得，专门奉献给青羊宫以符其名的，此为独角青羊。相传，独角铜羊为南宋宰相贾似道"半闲堂"中的铜熏炉，也有人说是明代官宦人家的熏衣器。自从被送进青羊宫后，被信众奉为圣物，故亦称"神羊"。另一只为双角铜羊，乃由成都张柯氏延请云南匠师陈文炳、顾体仁于道光九年（1829）铸造，以配独角铜羊。两只羊现置三清殿左右两侧，相映成趣，给人们带来无穷的趣味和遐想。国家恢复宗教政策开放青羊宫后，两只铜羊被列为省级保护文物，置放于三清殿内。2004年6月，在中国（成都）道教文化节之际，青羊宫特按原青羊比例放大三倍，制造了一对铜羊。原物放置于青羊宫的道教文物陈列室内。

此诗描述诗人到成都青羊宫游览礼拜的情景。由于青羊宫的镇宫之宝独角铜羊为自己的先祖所捐献，故而诗人对青羊宫又有了一份特殊的亲切之情。

首句写进入青羊宫三清殿石坛前礼拜神像，又到斗姥殿礼拜斗姥及七星。当时的青羊宫地势很高，不但为道教名观，亦为锦城绝好的观景之地，故云"风乱""寒星"。唐乐朋龟《西川青羊宫碑铭》说它"冈阜崔嵬，楼台显敞……烟粘碧坛，风行清磬"，亦可想见其登览望远的形势。

次句写青羊宫巍然屹立，犹如仙山琼阁，需驾云车方能到达。乃极言出入其间者皆神仙高道，突出其作为川西道教名观的神秘色彩。

第三、四两句意思连贯，说我先祖所捐献的独角铜羊已被信众奉为神灵（摸羊消灾），那只瘦硬的羊角完全可以感通神灵了。古代有犀角可以通灵之说，诗人在此则说羊角通灵，既写出了时人对铜羊的信仰膜拜，也可以说是连类而及之语。此二句表达了对先祖关心乡邦文化的骄傲与自豪。

锦城竹枝词〔一〕

清·杨燮

川人终是爱高腔〔二〕，
几部丝弦住老郎。〔三〕
彩凤不输陈四喜，〔四〕
泰洪班里黑娃强。〔五〕
只说高腔有苟莲，〔六〕
万头攒看万家传。
生夸彭四旦双彩，〔七〕
可惜斯文张四贤〔八〕。

清唱洋琴〔九〕赛出名，
新年杂耍〔十〕遍蓉城。
淮书一阵莲花落，〔十一〕
都爱廖儿哭五更。〔十二〕
玉泰班中薛打鼓，〔十三〕
滚珠洒豆妙难言。〔十四〕
少年健羡多花点，〔十五〕
学向元宵打十番。〔十六〕

无数份人东角住〔十七〕，
顺城房屋长丁男〔十八〕。
五童神庙天涯石，〔十九〕
一路芳邻近魏三〔二十〕。
迎晖门〔二十一〕内土牛过，
旌旗飞扬〔二十二〕笑语和。
人似山来春似海〔二十三〕，
高妆女戏〔二十四〕踏空过。

〔一〕此篇所选六首出自《锦城竹枝词百首》。这是杨燮描写清代嘉庆、道光年间成都社会生活百态的组诗。

〔二〕高腔：即川剧中高腔、胡琴、昆腔、灯调、弹戏五种声腔中的一种。川剧高腔曲腔丰富，帮腔伴唱，最具地方特色，是川剧的主要演唱形式。川剧言语生动活泼、幽默风趣，充满鲜明的地方色彩，有浓郁的生活气息和广泛的群众基础。川剧可按杰出艺人称派：旦行浣（花仙）派，丑行傅（三乾）派、曹（俊臣）派等。如按流行地区可分四派："川西派"，以成都为中心的温江地区各县，以胡琴为主；"资阳河派"，包括自贡及内江地区和县市，以高腔为主；"川北派"，包括南充及绵阳的部分地区，以唱弹戏为主；"川东派"，以重庆为中心的川东一带，戏路杂，声腔多样化。在川剧史上，表演艺术家有咸丰、同治年间的萧遐亭、岳春等，光绪、宣统年间的傅三乾、黄金凤等，清末民初的杨素兰、康子林、唐广体、浣花仙等，以及民国年间的萧楷成、天籁、曹俊臣、鄢炳章等。

〔三〕丝弦：指戏剧，即川剧。老郎：指老郎庙，是现在锦江剧场的旧址，当时川剧多在此演出。

〔四〕彩凤：当时的青年花旦。陈四喜：当年著名男旦。

〔五〕泰洪班：当时著名川剧班子。黑娃：泰洪班著名男演员，本名曹俊臣，艺名黑娃。曾拜名角谢海潮为师，练就一身过硬本领，在资阳、内江、宜宾、泸州一带，被人尊称为"曹大王"。他曾与当时另一著名川剧演员康子林"名角打对台"，其"打旋子"（单脚脚尖着地转圆圈，前后"褶子"飞平）绝技深受观众喜爱喝彩（详见蒋维明《川剧"变脸"的历史真相》）。彩凤：和黑娃都是当时泰洪班的台柱。

〔六〕苟莲：当时以唱高腔著名的女旦。

〔七〕彭四、双彩：应指当年川剧中著名的生、旦演员。

〔八〕张四贤：应指当年以演老生著名的演员。

〔九〕清唱洋琴：指两种四川曲艺的表演形式，"洋琴"即扬琴。四川扬琴已被列入中国非物质文化遗产。

〔十〕杂耍：即现在所说的"杂技"。

〔十一〕淮书：以淮安方言为载体的曲艺，如淮剧、淮书等，皆已被列入国家非物质文化遗产。最早的民间说唱艺术形式"莲花落"的起源地即在淮安一带，故说"淮书一阵莲花落"。

〔十二〕廖儿：原注"名廖贵"。《哭五更》为莲花落中著名曲目。

〔十三〕玉泰班：当年著名川剧班子。薛打鼓：应指玉泰班中一姓薛而以打鼓出名的演员。

〔十四〕"滚珠洒豆"句：形容其鼓声响亮而急促。

〔十五〕"多花点"句：未详。

〔十六〕"打十番"句：未详。

〔十七〕东角住：清代川剧演员大多家住东门顺成街、五童庙、天涯石街一带，或许因职业相同，便于相互交流之故。

〔十八〕长丁男：即生儿育女之意。丁：指成年男丁，即男性能够担当法律（也包括国家、家庭）责任的年龄，历代规定不一。

〔十九〕五童庙、天涯石：成都街名，在现在锦江区。

〔二十〕魏三：乾隆、嘉庆年间名震北京的著名川剧演员魏长生，其住宅在东较场口。

〔二十一〕迎晖门：明清时期成都东门皆名迎晖门，但成都人口语中则称为"东门"，有了新东门之后称为"老东门"，其位置在今天东大街快到东门大桥（东门大桥原来就在城门之外）的地方。土牛：用泥土堆成的牛。古代在农历十二月出土牛以除阴气。后来，立春时造土牛以劝农耕，象征春天开始。也叫"春牛"，常用鞭子抽打，称为"鞭春"。

〔二十二〕旌旗飞扬：指举行"鞭春"的节庆仪式时，游行队伍持有的旗幡在空中迎风飞舞。

〔二十三〕春似海：指春色浓郁。

〔二十四〕高妆女戏：似指女子踩高跷的表演。

总之，这一组诗涉及当时川剧表演的诸多方面，从中可见到川剧艺术的盛况。如能与杨燮《锦城竹枝词百首》中的其他此类作品以及定晋岩樵叟、吴好山、冯家吉、刘师亮、邢锦生、彭懋琪等的竹枝词作家同一题材的作品对读，对诗意或许就会有更深入确切的理解。

之所以把这六首诗从诗人的《锦城竹枝词百首》中选出编在一起，我想编者的意图主要是因为这六首诗都是讲川戏、川剧等曲艺表演及其演员生活等艺坛情形的。成都自古就有"蜀戏冠天下"的美誉，历代艺文兴盛也是丰富厚重的天府文化的鲜明特点，故从这一组描写戏曲表演及其艺人的生活的诗作中，我们可以看到当时文艺界的繁盛景况。

第一首说，在川剧的五种声腔中，最令川人喜爱的还是高腔，当时的川剧常在老郎庙演出。泰洪班里的年青花旦彩凤并不见得比著名男旦陈四喜差，她与黑娃可都是戏班里的台柱呢！

第二首说，在川剧的高腔表演中，最有名的是苟莲，她一出场可谓是人山人海、个个赞叹！生角里的彭四和旦角里的双彩都很有名，只可惜了那文雅清秀的张四贤。由于资料缺乏，此诗所写的双彩与上诗中的彩凤是否为同一人？为何说张四贤"斯文"而"可惜"？他是扮演老生吗（斯文）？是英年早逝吗？这些都不能详考。

第三首说，四川曲艺中的清音（清唱）和扬琴都非常有名，颇可一拼（赛）。新年时节，蓉城的街头巷尾，随处可见杂耍表演。起源于淮安一带的"莲花落"表演，其中最受欢迎的是廖贵表演的《哭五更》。

第四首说，玉泰戏班中的薛打鼓武功最了得，其滚珠洒（撒）豆表演最为绝妙传神，惹得年轻后生都非常羡慕，争着向他学习元宵节表演的"打十番"。此首中的"健羡多花点""元宵打十番"亦不能详解，只可揣测诗文大意。

第五首说，很多好的川剧演员都住在顺城街、五童庙、天涯石等成都东南一带，且在此生儿育女、居家度日。大家相邻而居，可以相互交流切磋技艺，连当时名震京师的著名演员魏长生也住在东较场口。

第六首说，每年立春时，成都东门都要举行迎"土牛"的"鞭春"活动，游行队伍举着的旗幡在空中迎风飘扬。春回大地，万人欢聚，好一派热闹景象，而最使人难忘的是女演员踩着岌岌可危的高跷在人群中穿行。

此首虽与川剧无关，但描写的也是节庆活动中的民间艺术表演，也可以归入文艺表演一类。

锦城竹枝词[一]

清·杨燮

水东门[二]里铁桥横，

红布街[三]前机子鸣。

日午天青风雨响，

缫丝[四]听似下滩声。

〔一〕锦城竹枝词：杨燮的《锦城竹枝词百首》犹如一幅嘉庆、道光年间成都的社会风俗画，描写了风物景致、风俗节庆、特产名物、生产生活等诸多方面，名之为"18世纪上半叶成都社会生活百态图"也毫不过誉，是我们研究当时成都市井生活的重要史料。成都纺织业历来发达，蜀锦蜀绣更是闻名世界，蜀汉时即已设置政府专门管理织锦业的官署——锦官，成都也因此称"锦城""锦官城"，岷江流经成都的部分也被称为"锦江"，"锦官"一带也才被称为"锦里"。总之，成都与织锦业具有千丝万缕的联系。且自秦汉以来，成都的织锦业一直在全国居领先地位，到此诗作者的时代依然如此。此诗所写，即当时纺织作坊中机鸣人忙的景象。

〔二〕水东门：其地在现在的东门大桥，当时建的是铁桥。

〔三〕红布街：即现在的红布正街一带，当时为成都纺织业较集中的地区。

〔四〕缫丝：将蚕茧浸在热盆汤中，将蚕丝抽出的工艺。

诗意谓水东门外的府河上横跨着铁桥供人们通行，附近的红布街上织机齐鸣，似乎在晴朗的中午忽然来了暴风骤雨，那织工们缫丝的声音啊，又犹如江河之水从高处跌落到河滩。

以日午天晴的风雨声及水流从高处滚落到低处的声音来形容织机的鸣响和缫丝的声音，非常生动妙肖，也说明当时成都红布街一带纺织业集中区的规模之大。

○六一

成都竹枝词[一]

清·吴好山

名都真个极繁华，
不仅炊烟廿万家[二]。
四百余条街整饬，[三]
吹弹夜夜乱如麻。[四]

作者名录 → 258

〔一〕吴好山《成都竹枝节词》共九十五首，此为其中之一。

〔二〕廿万家：二十万家，此为概数。据有关资料记载，这首竹枝词写于咸丰初年，当时成都户口已约二十万户，以平均一户五人计算，人口近100万人（《成都通史》）。成都作为中国首批历史文化名城，在西汉中后期"备列五都"，在唐代有"扬一益二"之称，在五代两宋更是学术文化鼎盛、经济社会高度繁荣。虽经宋末和明末两次大的战乱而元气大伤，但清中叶以后又再度兴盛，一直到现在都保持了国家中心城市、西部重镇的地位，其中，长期保持一定规模的人口是重要因素。关于成都的人口，学者们有较深入的研究。成都的人口曾在西汉中后期和唐代开元天宝之时两度居全国城市第二，也就是说，在这两个时期如以人口论，成都都是除长安外的全国第二大城市。到了杜甫流寓成都时则是"城中十万户，此地两三家"。人口较少的时期是清初，经过明末战乱，特别是张献忠的屠杀、饥荒瘟疫及数度惨遭破坏后，"时成都城中绝人迹者十五六年，唯见草木充塞，麋鹿纵横，凡市廛闾巷，官民居址，皆不可复识"，"城郭鞠为荒莽，庐舍荡若丘墟，百里断炊烟，第闻青磷叫月；四郊枯茂草，唯看白骨崇山"（康熙《成都府志》卷十"城郭"）。到了康熙三年（1664）时，成都华阳两县各440户，合计880户，人口约4400人。康熙二十四年（1685），清政府对四川人口进行统计，全省仅九万余人，比元初人口还少。由于四川人口锐减，从康熙二十年（1681）开始，清王朝实行大规模的移民政策，即历史上的"湖广填四川"。经过半个多世纪的移民，到了雍正年间，人口才逐渐恢复。到了此诗所写的咸丰初年，则成都已俨然百万人口的大都市了。

〔三〕四百余条街：据《成都通览》记载，清末成都省城内外之街道，凡五百一十六条。而现在成都的街道则已在一千条左右。1983年成都市地名领导小组第一次正式颁布了《成都市地名录》，共收录成都地名1337条，其中大多数都是街道名称。整饬：整齐。

〔四〕吹弹：吹拉弹唱。指成都歌舞、戏曲、音乐发达，夜夜笙歌。民国时期著名诗人吴芳吉亦有诗写成都乐舞云："夕阳处处闻歌管，芳径人人赛锦衣。"乱如麻：言极乱，乱糟糟。

此首竹枝词主要从人口众多、街道纵横整洁、笙歌喧天等方面来描绘成都的繁华与热闹，体现了成都的"名都"气质与风范。第一句为总述，第二、三、四句为分述。条理清楚，层次分明。

首句概述了成都之繁华。"繁华"前加"真个"和"极"字，表明对成都繁华的由衷赞叹。成都的繁华，从扬雄和左思的《蜀都赋》以降，到历代的史书笔记、诗词歌赋都有记载和咏赞。大致说来，主要是因为成都土地肥沃、山川秀美、物产丰富、人文发达、历史文化积淀深厚等。因此，成都在中国历史上的美誉度和知名度也非常高，如古代的"备列五都""扬一益二""自古文宗出西蜀"等，以及现在的"美景之都""美食之都""美女之都"等等，都可以证明成都从古至今的璀璨与辉煌。

第二句写成都这一"喧然名都会"（杜甫诗）的恢宏壮丽、人烟稠密、人口众多。城市的繁荣，虽需多种因素与条件，但一定的人口规模是其首要的基础条件。故此句虽写的是人口，但暗地里却是在展示二十万户居民为基底的城市的繁荣与兴盛。

第三句写成都街道之多且整洁。成都虽为西南城市，但主要是一个移民城市，是一个多元文化并存共生的城市。然就城市建筑来说，由于最早的成都城是按秦国首都咸阳的规制来修建的，且与北方的秦陇文化融合较早，所以从建筑的理念到样态，受北方文化的影响较为明显。即成都的街道大多平直整饬，断头路极少，街道之间都能相通相连，故作者拈出"整饬"的特点来加以赞扬。

最后一句写成都为音乐歌舞之都。这使我们不禁想起杜甫的《赠花卿》"锦城丝管日纷纷，半入江风半入云"，这是成都在唐代即是中国"音乐之都"的绝佳例证。现在我们要推进"三城"（世界文创名城、旅游名城、赛事名城）"三都"（世界美食之都、音乐之都、会展之都）建设，完全可以吸收天府文化中的精华和思想资源。

锦城竹枝词·咏麻婆豆腐[一]

清·冯家吉

麻婆陈氏尚传名，
豆腐烘[二]来味最精。
万福桥[三]边帘影动，
合沽春酒醉先生。

〔一〕麻婆豆腐：清朝同治元年（1862），成都城外北万福桥边有陈兴盛小饭铺，推车抬轿下苦力之人在此歇脚、打尖。挑油者常舀菜油请老板娘代为加工烹制豆腐。油多味重，麻辣鲜香，颇受称赞，慕名而来的食客甚多。初期，需要加荤者，幺师（堂倌）还会去代割猪肉、牛肉来。有好事者因老板娘脸上麻痕戏称为"麻婆豆腐"，其特点可概括为：麻（椒味醇正）、辣（豆瓣香辣）、烫（油多保温）、香（香味浓郁）、酥（粘牙即化）、嫩（浑整嫩滑）、鲜（色味鲜香）、活（色态鲜活）。一百五十余年来，麻婆豆腐长盛不衰，深得国内外美食者好评，被选为川菜中名菜（张绍诚《巴蜀竹枝琐议》）。

〔二〕烘：犹言"炒"。

〔三〕万福桥：成都北边位于府河上一桥名。

竹枝词常以通俗易懂的语言展示当地的自然风光、风景名胜、特产物件以及风俗习惯等，犹如当地的社会生活百态图。此首竹枝词即是歌咏成都名菜麻婆豆腐的。

诗意谓万福桥边的陈麻婆饭店非常有名，远远就能看到店招在迎风招展。店里的麻婆豆腐味道最好，正适合到里面喝酒品尝。"帘影动"很容易让我们想起杜牧《江南春》中的"水村山郭酒旗风"，其中"酒旗"也是店招。这是一种远逝了的饮食文化，与我们今天饭馆酒店流光溢彩的霓虹灯店招迥异，但却多了几分闲适、自然和恬淡。

川菜品目繁多，成都各种特色小吃、名小吃也不少，因此"美食之都"的美誉确实名不虚传。在目下正在推进的"三城三都"建设中，"国际美食之都"便是其中之一，包括麻婆豆腐在内的川菜和成都名特小吃必定会在建设世界文化名城的宏伟目标中再现风采和魅力。

〇六三

花会场[一] 竹枝词

清·谢家驹

二月花朝[二]雨后晴，
锦官城外荡舟行。
红颜却怕红尘染，
不听人声听水声。

作者名录 → 258

花会场：即花会的举办地。成都的花会起源很早，从唐代诗人萧遘在《成都》一诗中"月晓已开花市合"的诗句来看，当时已有花市。每年农历二月十五日（清代是二月十六日，吴好山《成都竹枝词》云"仲春十六会期时"可证）开始，一直到春夏之交百花齐放之时，成都市民多往青年宫到浣花溪一带游玩赏花，这就是花会的起源。宋初张咏做益州知州时，决定将城郊各处踏青活动"聚之为乐"，以利安全，遂规定自万里桥往青羊宫到浣花溪为"游江"之所，由政府主办游春大会，成为游春赏花与物资交流两者综合的盛会，故而当时又称"花市"，如赵抃《成都古今记》所云："成都二月花市，各地花农辟圃卖花，陈列百卉，蔚为香国。"而此诗所写乃清末的情形，可见古今相续的盛况。

花朝：花朝节的简称，俗称"花神节""百花生日""花神生日""挑菜节"，据说始于唐代的武则天。武则天嗜花成癖，每到二月十五这天，她总要令宫女采集百花，和米一起捣碎，制成花糕，用来赏赐群臣。上行下效，从官府到民间就流行开来，于是就把二月十五固定为"花朝节"。

第一句点名时令。恰好在农历的二月十五百花生日的"花朝节"前后，此时春雨后天气放晴，正是百花争艳、人们竞相外出游春玩赏的大好时节。

第二句写锦江荡舟，与注释中所引"游江"的历史记载相符。可以想见，当此时也，春水方生，百花盛开，莺歌燕舞，春光骀荡，在锦江中荡舟游乐，是何等惬意与欢欣。

第三句犹如电影中的特写镜头：在人声鼎沸、热闹非凡的大环境中，在江隈河曲的清寂之处，一个"红颜"美人要眇宜修、遗世独立，与众不同。

第四句前承上句，写此美人之所以选择此闹中取静之处，原来是别有幽趣，不爱听嘈杂喧闹的人声，而爱听具有清韵诗情的水声。诗人通过美人怕"红尘"之染和"不听人声听水声"的细节描述，表达了一种清雅高洁的情怀，再现了人生体验中一种表面热闹但内心略感孤寂的特定情境。

〇六四

竹枝词

清·王光裕

武侯祠畔路迢迢，
迂道还从万里桥。
转向青羊宫里去，
明天花市是花朝。

作者名录 → 259

此诗亦是写春天到青羊宫一带游春踏青观花的，游玩路线非常清楚，反复诵读而觉身临其境，锦城风光如在目前。

诗从成都著名景点武侯祠写起：游了武侯祠后意犹未尽，还想到青羊宫里去逛逛。但从武侯祠到青羊宫要过锦江，而当时又还没有现在的彩虹桥，所以还得迂道从万里桥（今老南门大桥）过江。过桥之后，沿江而行，即可到达青羊宫。为什么非要到青羊宫看看呢？这是因为明天就是花朝节（农历二月十五），花市就开市了，那么今天就先睹为快吧！

诗歌明白如话，用不着多加诠释，但读来非常亲切。特别对于生活在成都熟悉青羊宫一带环境风物的人来说，更有一种故地重游的熟稔亲切之感。

〇六五

丈人山[一]

唐·杜甫

自为青城客，
不唾青城地。[二]
为爱丈人山，
丹梯近幽意。[三]

丈人祠[四]西佳气浓，
缘云拟住最高峰[五]。
扫除白发黄精在，[六]
君看他时冰雪容[七]。

〔一〕丈山人：即青城山，在成都青城县（现都江堰市）西北。相传黄帝遍历五岳，封青城山为"五岳丈人"，故又名"丈人山"。山在郡之西北，岷山之南。连峰掩映，互相连接，仙灵所宅，神异甚多。与都江堰水利工程同为世界自然文化"双遗产"。

〔二〕"不唾"句：曹植《代刘勋妻王氏杂诗》："千里不唾井，况乃昔所奉。"此处意为对青城山极度爱重。

〔三〕丹梯：指高耸入云的山峰。谢朓诗："要欲追奇趣，即此陵丹梯。"李善注："丹梯，谓山也。"幽意：幽闲的意趣。

〔四〕丈人祠：《青城山记》："宁封先生，栖于北岩之上，黄帝筑坛，拜为五岳丈人，晋代置观。"丈人祠即指此观。

〔五〕最高峰：即青城山主峰和最高峰赵公山，海拔2434米，是青城山"洞天福地"的福地所在。

〔六〕"黄精"句：中国古代传说久食黄精（一种山药）可以返老还童、益寿延年。

〔七〕冰雪容：喻年轻姣美。《庄子·逍遥游》："藐姑射之山，有神人居焉。肌肤若冰雪，淖约若处子。"

此诗乃杜甫流寓成都期间游览青城山时所作，表达了诗人对青城山的热爱和欲就此托迹幽栖隐居终老的愿望。诗为游仙体，深契青城山为道家"洞天福地"、多神仙灵异之特点，意境悠远，余味无穷。

诗意谓：自从到青城山游览，即把自己当作了当地人，倍加爱惜一草一木，甚至连咳唾都不忍心，生怕如此会玷污了青城山神圣的土地。我确实太喜欢丈人山了，你看那高耸入云的山峰充满了幽远的意趣。丈人祠往西那云气缭绕的地方想必是青城山最高峰赵公山吧！我多想踩着白云到那儿去隐居。我将在那儿求仙访道，服食黄精，使我返老还童，白发变黑。到那时，你再看到我，我已如藐姑射山之神人那样，冰清玉洁、青春姣美。

从诗中可以看出，老杜并非总是一副穷困潦倒、忧国忧民的形象。他的性格与作品中也有浪漫的一面。他虽然最善于"直面惨淡的人生""正视淋漓的鲜血"（鲁迅语），但同时也颇富绮思。在诗人笔下，青城山惝恍迷离、神秘梦幻，洞天福地，令人向往，使人顿生亲临其地之想，这也可以说是一千多年前"诗圣"为世界"双遗产"打的最具感召力的广告。

○六六

又于韦处乞大邑瓷碗[一]

唐·杜甫

大邑烧瓷[二]轻且坚，

叩如哀玉[三]锦城传。

君家白碗胜霜雪，

急送茅斋也可怜[四]。

作者名录 → 247

〔一〕韦：指作者朋友韦班。仇兆鳌《杜诗详注》、浦起龙《读杜心解》（卷六）在此诗前都是《凭韦少府班觅松树子栽》，可知此诗题中的"又于韦处"即指韦班处。《杜诗详注》于《凭韦少府班觅松树子栽》诗题后引黄鹤注云："《涪江泛舟送韦班归京》诗，韦当是涪江尉。""少府"，唐时一般称县尉，故知韦班为涪江尉也。

〔二〕大邑烧瓷：大邑即大邑县，当时属邛州。据成书于清嘉庆二十年（1815）的《景德陶录》（卷七）"蜀窑"一节中所载："唐时四川邛州之大邑所烧（白瓷），体薄而坚致，色白声清，为当时珍重。（下引此诗）……首句美其质，次句美其声，三句美其色。蜀窑之佳，已可想见。"又据《邛州直隶州志》（嘉庆二十三年刻本）卷三七所载"少陵至州治东阁观梅时，过大邑，晤邑令，访磁窑"，这说明杜甫是亲自到过邛州大邑的邛窑的。据学者考证，邛州大邑等地自汉代以来即烧制白瓷，唐宋时邛窑更是闻名全国，邛窑所烧白瓷为当时珍稀之品，故杜甫于草堂建成之后，先向韦班要松树苗栽种（或许即为草堂四松），后又求取大邑瓷碗，且写诗赞美之。

〔三〕哀玉：指扣击时发出凄清声音的玉，乃美玉的特征。

〔四〕可怜：可爱。

此诗乃
诗详注》所
思。分开来
其急送，同

第一句
于携带，坚

第二句
高低的重要
而是要如叩
品瓷实践中

第三句
看来，白的

第四句
物期盼先睹
碗太可爱（

杜甫流
成都的一草
乡，把风云
物产，都充
孤苦，感激
怀。前人评
可以见之。

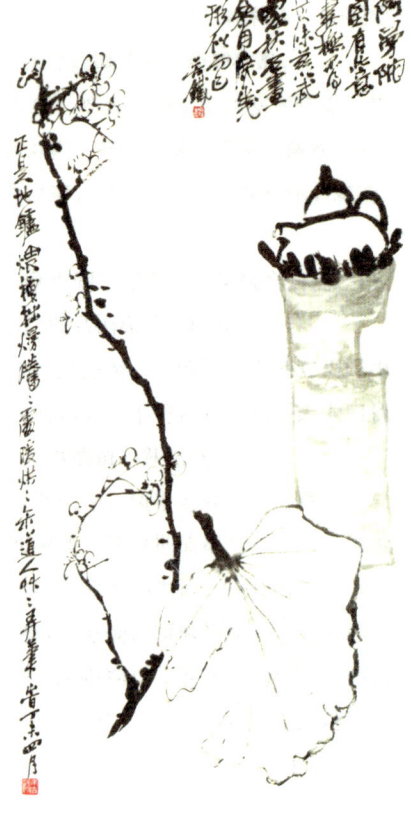

到蜀后记途中经历

唐·雍陶

剑峰[一]重叠雪云漫，
忆昨来时处处难。
大散岭[三]头春足雨，
褒斜谷[三]里夏犹寒。

蜀门去国三千里[四]，
巴路登山八十盘[五]。
自到成都烧酒[六]熟，
不思身更入长安。

作者名录 → 254

〔一〕剑峰：指剑阁诸峰。

〔二〕大散岭：在陕西省宝鸡市西南。

〔三〕褒斜谷：在今陕西省终南山。褒谷在南，斜谷在北。

〔四〕三千里：指成都到长安的距离，亦为诗词中熟语，不必确指。

〔五〕八十盘：指巴山高峻，道路崎岖盘曲。八十盘，乃概言其多，并非确数。

〔六〕烧酒：蜀中为中国最早酿酒且名酒辈出之地。以诗人所生活的唐代而言，已有剑南之烧春、郫县（今成都市郫都区）之郫筒酒、青城山之乳酒等名酒。

此诗乃作者从陕西入蜀后回忆经历所作。与他的其他作品一样，明白如话，不用多加注释。但韵调婉转，工于属对，诗味浓郁，意境悠远。

首联写到成都后回忆过剑门关的情景，仍使人觉得困难重重。诗意说剑阁崔嵬、群峰连绵，白雪皑皑、云雾缭绕，现在虽已平安到达成都，但想起当时的情景仍使人感到困难后怕。剑门关险峻陡峭，乃入蜀之咽喉，有"一夫当关，万夫莫开"之险。诗人初春时节经过，可以看到山顶的积雪与云雾缭绕的奇观。

颔联写所经之处细雨霏霏，春寒料峭。两句为互文，写了初春时节山中天气的多变。"夏犹寒"应为揣想之词。由于山高谷深，阳光照射不到，故有此推测。当然，也许是指诗人有一次夏天经过褒斜谷而感"夏犹寒"的经历。雍陶多次翻越秦岭，有这么一次经历也是可能的。如然，则就是对以往事实的客观陈述。因为如果是写此次经历，诗人从陕之大散岭入蜀，也用不着"经春历夏"。

颈联说从蜀地到长安有三千里远，大巴山险峻陡峭，有八十弯盘旋而上。这两句也是互文，概言巴蜀地位僻远、道路难行。"三千里""八十盘"并非确数，用的是夸张的手法。唐人张祜《宫词二首》其一云："故国三千里，深宫二十年。一声何满子，双泪落君前。"当时名声较大、流传较广，"故国三千里"几成熟语，雍陶借用也是可能的。

尾联说自从来到成都，颇感酒美物丰，便再也不想上长安去科举求官、干事创业了。极言成都的酒美，其实也暗寓生活富足、物产丰富之意。

成都是我国最早酿酒且名酒颇多的城市，"川酒"的金字招牌一千多年来闪闪发光。从唐代开始，成都便名酒辈出，如"剑南之烧春"、嘉州的"东岩酒"、青城山的"乳酒"、眉山的"蜜酒"（苏轼诗文中多有提及）、郫县的"郫筒酒""酴醾酒"等都见诸文人的记载题咏。而今天以"六朵金花"（即宜宾之五粮液、泸州之老窖、古蔺之郎酒、成都之水井坊、绵竹之剑南春、遂宁之舍得）为代表的川酒更是占据了中国白酒业的半壁江山，深受国内外消费者喜爱和好评。

题彭州阳平化[一]

前蜀·徐太妃

云浮翠辇[二]届阳平，
真似骖鸾到上清。[三]
风起半崖闻虎啸，
雨来当面见龙行[四]。
晚寻水涧听松韵，
夜上星坛[五]看月明。
长恐前身居此境，
玉皇[六]教向锦城生。

〔一〕彭州阳平化：化即治，为避唐高宗李治讳改。天师道二十四治之主治即为阳平治，地在彭州。中有阳平观，始建于唐。前蜀咸康元年（925），王衍同其母徐太后、姨母徐太妃到此游览，太后、太妃沿途皆有诗作，此诗即为太妃游览阳平治时所作。

〔二〕翠辇：饰有翠羽的帝王车驾。

〔三〕骖鸾：乘坐鸾鸟所拉之车，常喻仙人乘鸾飞行。上清：道家所称的"三清境"之一。《云笈七签》："其三清境者，玉清、上清、太清是也。"后多用以称道观或道长，此处指青城山上清宫。上清宫位于青城山主峰高台上，始建于晋，唐玄宗时重建，为著名道教建筑，历代文人多有题咏。

〔四〕龙行：此处指王衍等皇家贵戚出游。古代常以"龙"称君王，故有"龙椅""龙床""龙颜""龙袍"等诸多"龙"字的称谓。

〔五〕星坛：指道观中礼拜七星或北斗星的神坛，一般设于斗姥阁中。

〔六〕玉皇：道教传说中的最高神灵，俗称玉皇大帝。

据史载，咸康元年（925），王衍与太后、太妃同到青城山、彭州等地游览祝祷。凡游历之处，各赋诗刻于石上，共十六首。此为其中之一。

阳平化为天师道二十四治（化）之主治，相当于天师道的中央教区，也是道教传播的核心区，阳平观为其标志性建筑，在天师道的发展史上具有重要地位，历代史籍多有记述，历代文人多有题咏。而徐太妃此诗，虽出巾帼，却不让须眉，颇有雍容之度和豪放之气，与其作为宫廷贵妇的身份颇为相合。

首联极写阳平观的高耸入云。诗意谓坐在华美的车辇上似乎在云端行走才到达阳平观，真如传说中的仙人乘坐鸾车到达上清仙境一般。"云浮""骖鸾""上清"等道教史事传说中常见词语的运用，开始便使全诗充满了道教气息和神秘色彩。

颔联写驻跸阳平观之所见。诗意说高山风吼，似闻虎啸之声；云行雨施，犹见龙吟雨降。《周易》云"云从龙，风从虎，圣人作而万物睹"，此化用其意。且猛虎驯顺通道，为道教故事中常典；而王衍为前蜀之皇帝，亦可称之为"龙"，故此"见龙行"之"龙"义带双关：既指行雨之"天龙"（想象），又指人间帝王（实写）。而"虎啸""龙行"云云，都是渲染阳平观为道教圣地之神秘非常。

颈联写夜宿阳平观。此联由前两联的急管繁弦转入缓歌曼舞。诗意说天晚了，顺着水涧聆听松涛清韵；夜深了，登上斗姥阁星坛观赏万顷银辉。两句刻画细腻，皆可入画。"晚寻"一句，很容易让人想起王维"行到水穷处，坐看云起时"的名句，当然其间仍有一白天一（夜）晚，一"看"一"听"的区别。

尾联是抒发对此神秘清寂之地的喜爱之情。诗意谓：我前世恐怕是一直生活在这里（难怪对一草一木都那么熟悉亲切），是玉皇大帝令我今生投生于锦城（成都）。道教中的玉皇大帝是司命之神，他掌握着诸神及凡人的命运，故有此联想。

全诗韵调流畅、音节谐婉，风格刚柔相济，富于变化。虽宗教气息略浓，但仍不失为佳作。

〇六九

游海云寺唱和诗[一]

宋·吴中复

锦里风光胜别州，彩石池边成故事，[二]
海云寺枕碧江头。茂林坡上忆前游。
连郊瑞麦青黄秀，绿樽好伴衰翁醉，
绕路鸣泉深浅流。十日残春不少留。

〔一〕海云寺：位于成都东郊海云山（今狮子山）。宋代每年三月均有入寺摸石于池中以求子的风俗，故成游览胜地。后废。曹学佺《蜀中广记》云："海云山，在锦江下流十里，有海云寺、鸿庆院诸胜。吴中复《游海云寺唱和》诗，王霁序云：'成都风俗，岁以三月二十一日游城东海云寺，摸石于池中，以为求子之祥。太守出郊，建高旗，鸣笳鼓，作驰骑之戏，大宴宾从，以主民乐。观者夹道百重，飞盖蔽山野，欢讴嬉笑之声，虽田野间如市井，其盛如此。渤海吴公下车期月，简肃无事，从俗高会于海云。酒既中，顾谓寮属曰：一觞一咏，古人之乐事也。首作七言诗，以写胜事。席客亦有以诗献者，更相酬和，得一十三篇。乃命幕下吏会稽王霁为之序。霁斐薄不能文，恐愧勉从公命。夫俳倡丝竹，其乐外也；吟咏性情，其乐内也。充诸内，则能遗外之乐；流于外，则内有所丧。今公既推内之乐以乐宾，又尽外之乐以乐民，可谓得其乐矣。'云云。对于此诗的写作背景及缘起交代得很清楚，并且详引唱和之作，可以参看。

〔二〕"彩石"句：指前注中所言游海云寺摸彩石池中石子以求子的习俗。

这是一首七律，写成都东郊海云寺周遭风光。笔触细腻，描写真实贴切，非亲身游历、观物深细者不能道。反复吟诵，一幅"蓉城东郊春游图"恍然如在目前。

诗一开首就说"锦里风光胜别州"，为全诗描写成都美景奠定了总体基调。海云寺在今狮子山上，所枕"碧江"当然指的是沙河。"碧江"二字，画龙点睛，写出了东郊风光之魂。

颔联写沿路所见。时当春日，广阔的田野里麦苗由嫩黄转为青绿，长势良好；路随河道，河水时深时浅，不时传出流淌的哗哗声。春光旖旎，景色如画，诗人的心情是愉快的，诗的格调也是明朗乐观的。

颈联点题，聚焦海云寺风光。宋代每年三月都有游海云寺摸池中彩石以求子的习俗。"茂林坡"或为地名，或因密林中有一段坡路而有此称，已不能详考。"前游"，说明诗人此前游过海云寺。二句连起来描绘出游海云寺的内容及特色。

尾联写春不待我，饮酒作乐须及时。"绿樽"指杯中斟满美酒，"衰翁"乃诗人自称。诗意谓春天马上就要逝去，应乘此景美人乐之机，开怀畅饮。要知道，春不我待，行乐须及时呵！

全诗随着游踪，迤逦写来，清晰自然，如话家常。但又淡而有味、平而有情，韵味深长。

题凤凰山[一]后岩

宋·文同

此景又奇绝，
半空生曲栏[二]。
蜀尘随眼断，
蕃雪[三]满襟寒。
涧下雨声急，
岩头云色干。
归鞍休报晚，
吾待且盘桓[四]。

〔一〕凤凰山：位于成都北郊，面积约 5 平方公里，山顶海拔 570 米，相对于山脚的高差约 95 米，是南北走向的浅丘低山。因有首尾相顾的两个山头，两侧又有山脊延伸，形似凤凰，故名。此山原名"石斛山"，蜀汉后主刘禅曾在此学箭，故亦名"学射山"。凤凰山为成都北郊著名景区，历来为游览胜地，历代文人多有题咏。又，大邑县雾山乡亦有凤凰山。细玩诗中所写意境，参之"奇绝""半空""蕃雪"等字词，再结合文同曾为官大邑的经历，此诗所咏应为大邑凤凰山。

〔二〕"半空"句：指山势陡峭险峻，需攀援弯曲连绵的栏杆才能到达山顶。

〔三〕蕃雪：指延伸至吐蕃的大雪山（岷山）。

〔四〕盘桓：逗留，流连。

此诗乃文同题咏成都大邑县凤凰山之作。境界阔大，风格雄壮，代表了文同诗作的另一面相。诗为五律，四联可分而论之。

首联写"后岩"耸立空中，惊险奇绝。曰"奇绝"，曰"半空"，皆是写凤凰山后岩的险峻崔嵬。"曲栏"一词，很容易让我们想象游人紧贴峭壁、紧抓护栏，小心翼翼攀山登顶的情景。

颔联写登上山顶后极目所见。放眼望去，扬尘点点，已看到天地相连的天际线，而岷山蕃地的千秋积雪带来了满袖的寒气。大邑凤凰山属邛崃山脉，与鹤鸣山、西岭雪山等绵延相连，天气晴好时，可以看到贡嘎山等岷山群峰积雪。杜甫诗中有"窗含西岭千秋雪"的描述，近年来媒体推出的"我在成都阳台上看雪山"活动皆指此而言。

颈联写山中大雨后涧中山顶的不同景色。山中骤雨，涧中声大流急，此乃耳之所闻。雨过天晴，山顶风大，一会儿便云色晴暖，此乃目之所见。

尾联写天向晚而犹流连忘返，极写游山的愉快与乐趣。不要老催我天晚该起程回家了，我还想再徜徉流连，欣赏品味这雨过天晴的山中美景哩。此二句虽为议论，但天晚而不欲归，给读者留下了丰富的想象余地。文同曾担任过大邑知县，故"归鞍"之"归"应指回到县衙。如果是"归"到成都，或者是从成都北郊的凤凰山"归"到大邑，那短时间内是怎么也到达不了的，这也给我们提供了文同所咏为大邑凤凰山的旁证。

文同是宋代文人写意画的创立者，成语"胸有成竹"就出自苏轼对他画竹的评价。他的这首诗犹如一幅写意山水画，不求形似而以神似出之。大处着墨，尺幅千里，同样给人留下鲜明的印象。

送冷金笺与兴宗（节录）[一]

宋·司马光

蜀山瘦碧玉，
蜀土膏黄金。[二]
寒溪漱其间，
演漾[三]清且深。
工人剪稚麻，
捣之白石砧。
就溪沤为纸，
莹若裁璆琳[四]。

风日常清和，
小无尘滓侵。
时逐贾舟来，
万里巴江浔。
王城压汴流，
英俊萃如林。[五]
雄文溢箱箧，
争买倾奇琛[六]。

〔一〕冷金笺：成都造纸，盛于唐代，城西南浣花溪畔有不少造纸作坊，所产黄白麻纸，质地优良，用途广泛，多供官方诏令、章奏文书之用。集贤院所藏古今图书二万五千九百六十一卷，均用益州麻纸抄写。此外有多种精美蜀笺传世，著名者有麻面屑末、长麻、鱼子、十色笺、薛涛笺、谢公笺等，冷金笺即为其中之一。冷金笺又称"冷金纸"。笺纸上泥金称"冷金"，分有纹、无纹两种，纹有布纹、罗纹区别。冷金笺唐时已有，宋明以来，成都、苏州等地都有生产，而尤以蜀地所产著名。宋米芾《书史》："王羲之《玉润贴》是唐人冷金纸上双钩摹。"陆游《秋晴》诗："韫玉砚凹宜墨色，冷金笺滑助诗情。"清余怀《板桥杂记·雅游》："此记须用冷金笺，画乌丝栏，写《洛神赋》小楷。"可见其珍贵难得，深受历代文人喜爱。兴宗：不详。寻绎诗意，应为作者好友，乃出身望族、富有才华而长期沉滞不迁者。

〔二〕"蜀山"两句：言蜀山娟秀如玉，蜀土珍贵如金。

〔三〕演漾：水流动起伏貌。

〔四〕璆琳（qiú lín）：美玉。

〔五〕"王城"句：指当时宋朝的首都（王城）汴京（现河南开封）濒临汴水。

〔六〕琛（chēn）：珍宝。

北宋大政治家、史学家司马光与成都有一段特殊的情缘。因其父曾在郫县任县尉，因而他从小就对成都具有深厚感情，其诗文中亦有忆念蜀中事物者，此诗即为其中之一。本书所载仅为节录，后面还有十六句，为帮助读者全面理解诗意，特抄录于此："夫君乃冠冕，辞气高千寻。十载为举首，于今犹陆沉。嗟我蓄此纸，才藻不足任。愿以写君诗，益为人所钦。缟带岂多物，足明同好心。黄钟声如雷，岂病无知音。请以此为质，他年神所临。华轩策驷马，慎勿忘遗簪。"纵观全诗，可以看到此诗虽题为"送冷金笺与兴宗"，但对"送"字着墨不多，而主要内容是写"冷金笺"的制作精良、品优质美，以及为何要"送"的原因。

开头四句总写美丽富饶的蜀中山川土地，酝酿出独绝于世的碧水清波，这乃是蜀中制造名纸名笺的关键所在。拈出一个"水"字作为制纸之"魂"，这也是历来造纸业的共识。"瘦"，犹言秀，写出了蜀山的葱郁和险峻；"膏"，犹言肥沃，写出了蜀地的富饶。虽无比喻词，事实上乃蜀山清秀如碧玉、蜀地肥沃如黄金之意。

"工人剪稚麻"以下六句，写"冷金笺"的制作过程。说造纸工人收割嫩麻，在白石上捣烂，放到"清且深"的溪水中使之发酵腐烂变浆沉淀，渐渐地变得晶莹透彻若美玉，直到没有任何的杂质渣滓，纸才算制成。

"时逐"两句，可视为过渡句，主要写蜀中名纸"冷金笺"从蜀来京，要经过千山万水，颇为不易。由蜀到汴京，既可由陆路（蜀道），又可走水路，而走水路必经重庆（巴江浔）。

"王城"以下四句写京城文人荟萃，"雄文溢箱箧"，因而大家都不惜千金，竞相买"冷金笺"来书写自己的作品。名作配名笺，珠联璧合，更显高雅。因此"冷金笺"就更加名贵难得了，这也为下文中自己向兴宗送笺做好了铺垫：你是贵家子弟，才华盖世，虽然现在仍沉沦下僚，但终有出头之日。冷金笺如此名贵，我的作品还不配使用它。我把它送给你，既可使你的诗更加受人钦慕，又能以此表明我们的友情。等到你高车驷马发达之时，请不要忘了我们此时相知相赏的情意。这就是节录省略部分的大意。不难看出，诗人是把"冷金笺"作为一份友谊与鼓励的礼物送给好友的。

临江仙·送王缄[一]

宋·苏轼

忘却成都来十载，
因君未免思量。
凭将清泪洒江阳[三]。
故山知好在，
孤客自悲凉。

坐上别愁君未见，
归来欲断无肠[四]。
殷勤且更尽离觞[五]。
此身如传舍[六]，
何处是吾乡。

〔一〕据邹同庆、王宗堂《苏轼词编年校注》，此词熙宁十年（1077）作于自密移徐途中，王缄为苏轼"乡人"。苏轼先赋此词以送乡人，"复自书而遗之"。

〔二〕"十载"句：指苏轼从熙宁二年（1069）除父丧离蜀，到作此词的熙宁十年，近十年。

〔三〕江阳：《苏轼词编年校注》引宋傅干《注坡词》曰："江阳，江北也，水北为阳。"

〔四〕欲断无肠："断肠"形容悲痛至极。"欲断无肠"则更进一层。白居易《山游示小妓》："莫唱杨柳枝，无肠与君断"。

〔五〕殷勤：情意深厚。离殇：送行的酒。

〔六〕传舍：即旅途中临时食宿之处。时苏轼在自密移徐之旅途中，故云。

这是一首送别乡人的词。因送别乡人而触动乡愁乡思，抒发了自己对故乡成都的怀想与眷恋。

上片写从治平三年（1066）护父（洵）丧归蜀，熙宁二年（1069）除丧离蜀，到现在已差不多十年。现在见到家乡的老友，未免触动乡愁，流下了泪水。想必故乡的山山水水都"安好"如常，只是自己漂泊在外，时常感到孤苦凄凉。"忘却"一句，从字面上看，似乎说近十年来已把家乡成都忘了，是因为家乡友人的相聚相别才又想起了家乡，但词人却把别后多年，故乡的"山"应安好等细节都记得那么清楚、深切，可见对于家乡并未忘怀，反而是铭刻在心，永志难忘。故乡的"好在"与孤客（词人自喻）的"悲凉"更是通过两相对比而衬托出自己对家乡风物的忆念之深。

下片写送别乡人的悲愁与羁旅漂泊的感慨。词意说马上将与乡人分别，悲不自胜。为了不使乡友难过，我还是强装欢颜、强抑别愁。想必友人别后我会更加悲痛难过。"别也终须别，留也徒自留"，既然生离死别乃人生之常态，那我还是"劝君更尽一杯酒"，把所有的离情别恨都融入酒中，沁入心灵深处吧！人生本来就如飘蓬逆旅般变动不居，离别驻留都是相对的，从绝对意义上说，人生永远在路上，"吾乡"也只是美好的"乌托邦"，很容易令人想起作者"此心安处是吾乡"的名句。"何处是吾乡"的叩问，是对人生意义与价值的叩问，因涉及终极关怀的重大主题，因而具有了哲学的高度而与"宇宙精神"相通，故而与陈子昂《登幽州台歌》等名作具有异曲同工之妙。人们常说东坡作品颇富哲思理趣，从此亦可见其一斑。

鹊桥仙·乘槎归去[一]

宋·苏轼

乘槎归去[二]，
成都何在，
万里江沱汉漾[三]。
与君各赋一篇诗，
留织女、鸳鸯机[四]上。

还将旧曲，
重赓[五]新韵，
须信吾侪天放[六]。
人生何处不儿嬉[七]，
看乞巧、朱楼彩舫。[八]

作者名录 → 250

〔一〕此词元祐五年（1090）七月七日作于杭州。原有小注"七夕和苏坚韵"。苏坚：字伯固。元祐四年（1080）苏轼出任杭州，苏坚乃其属下。苏轼在位期间，开浚盐桥、茅山二河及开挖两湖，苏坚皆参与其事。

〔二〕乘槎：乘船。槎本是竹筏，此代指船。晋张华《博物志》卷一〇《杂说》下："旧说云，天河与海通。近世有人居海渚者，年年八月有浮槎，去来不失期。人有奇志，立飞阁于查（槎）上，多赍粮，乘槎而去，十余日中，犹观星月日辰，自后芒芒忽忽，亦不觉昼夜。去十余日，奄至一处，有城郭状，屋舍甚严，遥望宫中多织妇，见一丈夫，牵牛渚次饮之。牵牛人乃惊问曰：'何由至此？'此人具说来意，并问此是何处。答曰：'君还至蜀都，访严君平则知之。'竟不上岸，因还如期。后至蜀，问君平，曰：'某年月日，有客星犯牵牛宿。'计年月，正是此人到天河时也。"因此诗作于七夕，故引用牵牛织女故事。

〔三〕江沱汉漾：皆水名。江、汉二水，源皆在蜀。《尚书·禹贡》云"岷山导江，东别为沱"，"沱"即现在的沱江；又"嶓冢导漾，东流为汉"，传云："泉始出山为漾水，东南流为沔水，至汉中东流为汉水。"

〔四〕鸳鸯机：即织锦机。宋之问《明河篇》："鸳鸯机上疏萤度，乌鹊桥边一雁飞。"

〔五〕赓：续也。

〔六〕天放：放任自然。

〔七〕儿嬉：儿童嬉戏。《史记·孔子世家》："孔子为儿嬉戏，常陈俎豆。"

〔八〕"乞巧"句："世俗七夕节取五彩结为小楼、小舫以乞巧。"（陈元靓《岁时广记》卷二六引《提要录》）

这是苏轼在元祐五年七月七日和下属苏坚的一首七夕词，当时他任杭州知州。因张华《博物志》中记载有人乘槎到达天河见"织妇（女）""牵牛"而蜀人严君平知"有客星犯牵牛宿"的典故，故把七夕节与蜀中成都，以及发源于蜀的江沱汉漾联系在一起，表达一种思乡思归的心情。"乘槎归去"中的"归去"一词，也很容易使人联想起陶渊明的《归去来兮辞》。因此，此词除表达传统的七夕乞巧内容外，"乡愁"是其暗寓的主题。

《鹊桥仙》最初是咏牛郎织女在七夕鹊桥相会的事，故有此名。以后做一般词牌使用，此调有两体，五十六字者始自欧阳修，因词中有"鹊迎桥路接天津"句，故名。

此词上片写诗人于七夕之夜，想乘舟回到远隔万里的家乡成都，遨游于江沱汉漾之水。并且于此美好的夜晚，与苏坚各自作诗，描绘织女织锦的故事。前三句写思归，后两句写七夕。

下片写七夕之夜与苏坚诗酒唱和以应节气，抒发了嬉戏人生、放旷自然的思想。前三句写诗酒唱和，旧曲新韵，信笔抒写，乐此不疲。确实，对于像苏轼这样的大作家来说，最自由、最快乐、最无拘无束的状态，莫过于好友相聚、良辰美景，酒酣耳热高吟纵笔之时，故"吾侪天放"不啻为苏轼做人、为官、作文的宣言。纵观苏轼一生，他是忠实履践了这"天放"的宣言的。后两句则是说，七夕节乞巧虽为小女儿辈之事，但人生也要不失童心，不失赤子之心，也应该以嬉戏的游戏态度来看待生活中的喜怒哀乐、升沉得失。如此，才能实现生活、生命的艺术化，达到"诗意栖居"的人生高格和生活高境。我想，这就是苏轼此词中"天放""儿嬉"给我们的启示。至于此词入选"成都最美诗词一百首"可能还是因为上片的前三句，特别是其中明确提到了"成都"，而整首词作亦内蕴丰富，写景、抒情、议论融为一体，不愧佳作。

满江红·寄鄂州朱使君寿昌[一]

宋·苏轼

江汉[二]西来，高楼[三]下，蒲萄深碧[四]。

犹自带、岷峨云浪[五]，锦江春色[六]。

君是南山遗爱守[七]，我为剑外[八]思归客。

对此间、风物岂无情，殷勤说。

江表传[九]，君休读。

狂处士[十]，真堪惜。

空洲对鹦鹉[十一]，苇花萧瑟。

不独笑、书生争底事，曹公黄祖俱飘忽[十二]。

愿使君、还赋谪仙诗，追黄鹤[十三]。

〔一〕此词元丰年四年（1081）深秋作于黄州。当时诗人因"乌台诗案"而以罪人身份谪居黄州（今湖北黄冈）。鄂州：今湖北省武昌市，黄州与鄂州隔江相望。朱使君寿昌：即当时鄂州知州朱寿昌，与苏轼过从颇密，两人不断翰墨往还，倾吐肺腑。本词就是这一时期寄给友人朱寿昌的。

〔二〕江汉：即长江与汉水。二水皆经蜀奔流而下，汇合于鄂州。

〔三〕高楼：指黄鹤矶上之黄鹤楼。

〔四〕蒲萄深碧：指黄鹤楼下的江水渊深澄碧，如葡萄酿制的绿色美酒一般。李白《襄阳歌》："遥看汉水鸭头绿，恰似蒲萄初酸醅。"

〔五〕岷峨云浪：指长江之水由岷山峨眉积雪融化而成。李白有诗句"江带峨眉雪，川横三峡流"。

〔六〕锦江春色：化用杜甫"锦江春色来天地"诗意。

〔七〕南山遗爱守：《诗经·小雅·南山有台》："南山有杞，北山有李。乐只君子，民之父母。乐得贤也。乐只君子，德音不已。"《诗小序》："《南山有台》，乐得贤也。得贤则能为邦家立太平之基矣。"作者用此赞美朱寿昌是行仁政的太守。

〔八〕剑外：剑阁（在今四川省剑阁县东北）以南的蜀中地区。此言自己的故乡是四川。

〔九〕江表传：书名，晋虞溥撰，记述三国史实，于吴国事迹尤详，裴松之注《三国志》多征引之，已佚。此处《江表传》代指三国典籍。

〔十〕狂处士：指三国名士祢衡。衡有才辩，而尚气刚傲，好矫时慢物。后因辱骂黄祖，为祖主簿所杀。

〔十一〕鹦鹉：谓鹦鹉洲。《舆地纪胜》卷六六《鄂州上》：鹦鹉洲为"黄祖杀祢衡处。衡尝作《鹦鹉赋》，故遇害之地得名"。今所见之鹦鹉洲，已非宋以前故地。

〔十二〕"曹公黄祖"句：谓迫害祢衡的曹操、黄祖俱成历史过客，飘忽逝去。

〔十三〕"愿使君"三句：谪仙：指李白。李白《对酒忆贺监二首并序》："太子宾客贺公（知章），于长安紫极宫一见余，呼余为'谪仙人'，因解金龟换酒为乐。"追黄鹤：唐崔颢《黄鹤楼》诗："昔人已乘黄鹤去，此地空余黄鹤楼。黄鹤一去不复返，白云千载空悠悠。晴川历历汉阳树，芳草萋萋鹦鹉洲。日暮乡关何处是，烟波江上使人愁。"据传，李白欲与之较胜负，乃作《登金陵凤凰台》诗："凤凰台上凤凰游，凤去台空江自流。吴宫花草埋幽径，晋代衣冠成古丘。三山半落青天外，二水中分白鹭洲。总为浮云能蔽日，长安不见使人愁。"此处作者借崔颢、李白故实，勉励朱寿昌立言不朽，寄意翰墨，写出好诗，追攀前贤。

二者必至之常期，未若文章之无穷。是以古之作者，寄身于翰墨，见意于篇籍，不假良史之辞，不托飞驰之势，而声名自传于后。"(曹丕《典论·论文》)，虽曹丕所说是"文章"不朽，但实际上却是中国古代"立言不朽"精神的嗣响，二者是相通的。纵观苏轼一生，虽为官多有惠政，政治上也有不少的良策善言，但比起他的文学创作来说都显得逊色黯淡。他主要是以其"笔头千字，胸中万卷"的文化巨人形象镌刻在历史丰碑之上而永垂不朽的。

关于此诗主旨，邹同庆、王宗堂《苏轼词编年校注》（上）云："细品词意，此词非为送别之作，而是面对长江两岸文化积淀深厚的古人古事，有感而发，向挚友朱寿昌倾吐肺腑，发泄自己贬官黄州的苦闷和牢骚。思想内涵主要在下片。作者选取和黄鹤楼有关的人和事加以品评，规劝无须去研读祢衡如何恃才傲物而被杀，以及曹操黄祖如何嫉贤妒能而杀人。虽然这些人物有的值得同情，有的被人藐视，但毕竟都是'飘忽'即逝的历史过客。而应像崔颢、李白那样致力文学创作，多写好诗，才能流芳后代。以此抒发腹中郁勃不平之气。整首词，犹如两个敞开心扉的朋友在谈心，毫无离别情绪的流露，故题作'寄'朱寿昌，而非'送'朱寿昌。"应该说是理解得比较准确的。总体而言，还是属于"借古人酒杯，浇自己块垒"之作。

　　词的上片即目写景，由景到情。词人登楼远眺，但见汉江之水滚滚奔流，渊渟碧绿，千汇万状，似乎还带着岷峨的雪意和锦江的景色。因长江汉水都流经自己的家乡蜀地，故词人睹水思源而想到了家乡。李白有"江带峨眉雪"之吟，杜甫有"锦江春色来天地"之句，词人加以化用而不露痕迹，意如己出，这就在写景之中融入了浓浓的乡思乡情。"南山遗爱守"句既用《诗经》的语典，又用朱寿昌做过陕州通守（即通判），而陕州境内有终南山的事典，突出了朱的爱民与政绩。"剑外思归客"则化用杜甫诗"江汉思归客，乾坤一腐儒"（《江汉》）句意，表达了遭谗受贬的思归之心和抑郁不平之情。"对此间"三句，则绾合君我，共同沉入对长江史事文化的反思慨叹之中，为下片的列举品评三国史事人物做了铺垫。

　　下片则由眼前境况而转到历史深处，在对历史人物的品评褒贬中表明了自己的价值取向。诗意谓:《江表传》一类的三国典籍无须深研，名士祢衡最终被杀，实在值得惋惜。祢衡因写《鹦鹉赋》，被杀后的葬地成为鹦鹉洲，现在虽只有苇花萧瑟，但却英名长存。而迫害称衡的曹操、黄祖虽然曾经不可一世，但最终还不是大浪淘沙，"飘忽"而去！结尾三句则是从古人史事中得出历史的教训：唯有超然于政治风云之外，托身翰墨，寄意篇籍，像李白作《登金陵凤凰台》诸篇有意与崔颢《黄鹤楼》诗争胜一样，多写传世之作，方能立名于世而传诸不朽。至此，我们耳边似乎又响起这样的语句："盖文章，经国之大业，不朽之盛事。年寿有时而尽，荣乐止乎其身。

〇七五

题黄筌芙蓉图[一]

宋·赵构

照水枝枝蜀锦囊[二]，
年年泽国为谁芳？
朱颜自得西风意[三]，
不管千林一夜霜。

作者名录 → 260

〔一〕黄筌：黄筌（约903—965），字要叔，五代西蜀画家。成都（今四川成都）人。17岁即以画供奉内廷，曾任翰林待诏，主持翰林图画院，又任如京副使。任前后蜀宫廷画师四十余年。官至检校户部尚书兼御史大夫。擅山水、人物、松石，尤精花鸟草虫，师法李畸、孙位，对刁光胤的花鸟画研习尤深，并加增损，创造出一种新的风格。其花鸟画重视观察体会花鸟的形态习性，所画翎毛昆虫，形象逼真，手法细致工整，色彩富丽典雅。因他长期供奉内廷，所画多为珍禽瑞鸟、奇花异石，画风典丽富艳，反映了宫廷的欣赏趣味，被宋人称为"黄家富贵"。今有《写生珍禽图》传世。子居寀、黄居宝等亦擅花鸟，承其父法，黄居宝有《山鹧棘雀图》传世。黄氏父子的画风深得北宋宫廷的喜爱，对宋代"院体画"有极大影响，长时间成为画院花鸟画创作的标准。与徐熙并称"黄徐"，后人有"黄筌富贵，徐熙野逸"之评。

〔二〕锦囊：本指用锦做成的精致小袋，用于馈赠留念或装珍贵之物。此处指存放的芙蓉花花苞。李时珍曰："木芙蓉处处有之，插条即生，小木也。其干丛生如荆，高者丈许。其叶大如桐，有五尖及七尖者，冬凋夏茂。秋半始着花，花类牡丹、芍药，有红者、白者、黄者、千叶者，最耐寒而不落，不结实。"成都沃野千里，气候温润，树木常绿，鲜花常艳。其中梅花、海棠、芙蓉都非常有名。五代时，后蜀皇帝孟昶偏爱芙蓉花，命百姓在城墙上遍植芙蓉。每当九月，芙蓉盛开，成都"四十里为锦绣"，故又称"芙蓉城"，简称"蓉"。直到现在，芙蓉花仍是成都的市花。

〔三〕西风：指秋风。因芙蓉花在晚秋始开放，而秋风又称西风，故云"西风意"。木芙蓉饱受霜侵露凌却风姿艳丽，占尽深秋风情，因而又名"拒霜花"。诗的第四句即写芙蓉花之拒霜。

这是一首皇帝题名画家画作的题画诗。历来帝王之作，即事应景者多，脍炙人口者少。尽管或作诗万首，或著文千篇，大都为宣扬德化，平典无文。盖因缺乏真情实感，故不能动心动人。而赵构此诗，则为芙蓉传神写照，颇得花之神韵与画师之匠心，情景相融，富有哲思理趣。清新淡远，韵味悠长，不愧题画诗中名篇。

第一句说芙蓉喜湿，临水开放。花映水中，花苞鲜艳精巧如锦囊。"枝枝"形容花多且盛；"蜀锦囊"则不仅仅状花苞如锦囊，而且特意着一"蜀"字，说明蜀锦之鲜丽独绝。以蜀锦比蜀花，正可谓"比得其类"。

第二句说芙蓉花年年开放于山边水涯，不知为谁而尽展芳华、奉献出全部美丽？花开花落，本自然规律，但经诗人一问，遂引起我们对大自然万物兴衰枯荣的思考，同时也为诗注入了哲思，增加了思想容量和思维深度。人们常说，上乘的文学作品常常与"宇宙精神"相通，大概即指此种情形。陈子昂《登幽州台歌》、张若虚《春江花月夜》皆是如此。

第三、四两句一意贯串，说虽时值深秋，西风萧飒，但芙蓉花却能在西风中自得自在地绽放"朱颜"，千枝万朵，竞相盛开，也不怕寒冷的风霜侵凌。这虽是在写芙蓉，但亦颇有些"迎霜傲雪"的梅花精神。细玩"朱颜自得西风意"一句，芙蓉花岂止是不怕西风和风霜，她反而"得意"于西风、欣快于霜露，越是风寒霜冻，她越是"红颜"尽展、风姿迷人，颇有一点"她在寒中笑"的况味。不但写出了芙蓉的形状（锦囊）、颜色（红颜）和意态（照水、自得），而且写出了芙蓉的风神气韵，可谓形神兼备。更为重要的是，描写与议论结合，引起读者的沉吟、思考，拓展了诗境，增加了诗意的深度与浓度。四句诗中，三句议论，但无质实枯燥之病，而颇具生动丰厚之感，使人反复吟诵而觉意隽味长。

信相寺[一]·水月亭

宋·冯时行

天行明月地行水，
水月相去八万里[二]。
天公大力谁能移，
月在水中天作底。
我心与月明作两，
真月本在青天上。

虽云佛说我别说[三]，
恐入众生颠倒想[四]。
少城城隈[五]佛宫阙，
客哦水月僧饶舌[六]。
三峡水寒梅花时，
起予对月赓[七]此诗。

〔一〕信相寺：文殊院旧称。寺建于唐前，康熙年间（1662—1722）重修时，更名文殊院。康熙曾手书"空林"二字匾额，为"川西四大丛林"之一。今寺中珍藏唐僧玄奘顶骨片、信徒血书《华严经》、人发结成的观音像等文物。

〔二〕八万里：古人认为地球与天相距八万里。

〔三〕佛说我别说：应指禅宗一派教法。所谓灵山会上，佛祖拈花，迦叶微笑，以心传心，不立文字是也。

〔四〕颠倒想：产生错误混乱的想法，即不能得其正解正见。佛教中把对有关教义的正确见解称为正解正见，把错误的解释论说称为邪说邪见。

〔五〕隈（wēi）：转角处。

〔六〕哦：吟哦，吟诵。饶舌：反复述说，话多。

〔七〕赓：继续。此处指续写、续作。

这是一首游览文殊院时，诗人在水亭观赏"月映万川"之景、悟"理一分殊"之论后所作的诗。诗中有景有理，景理互喻共融，颇有苏轼《题西林壁》（横看成岭侧成峰）、朱熹《观书有感》（半亩方塘一鉴开）风致。在此，我们还是主要把它作为一首写景诗来欣赏解说。

诗共十二句，可分为两层来理解。

开头八句为第一层，主要写天上月与水中月推移互动关系及诗人对此的感悟。诗人于信相寺水月亭遥望天上，但见一轮明月运行于青天之上；再俯看亭下的池水，只见月亮也同样在水底运行，而实际上这天上月与水中月相距有八万里之遥呵。天公力大无比，主宰着日月星辰的运行，但究竟是谁比天公还厉害，能翻转天地，使天空做水底而月亮运行其中呢？再抬头仰望，我的心也与月亮一样光明洞朗，一轮明月仍挂在青天之上。虽然对于佛法佛理的领悟最好是如灵山会上佛祖拈花，迦叶微笑，只能意会，不可言传，但我还是要思考辩论，免得众生不懂"月印万川，理一分殊"之理，把水中月误认为是天上月，或把二者的关系弄错弄混。这就自然而然地把天上月与水中月关系引向了佛法佛理。因为在佛教，特别是禅宗的公案话头中，天上月与水中月经常被用来说明"一本万殊"或"理一分殊"之理，后来的理学家也喜欢借用此话头说明共相与殊相、普通与特殊以及源与流、道与器等关系。当然，诗中面对青天明月的"宇宙之问"，也很容易使我们想起初唐诗人张若虚的《春江花月夜》中"江畔何人初见月？江月何年初照人？……不知江月待何人，但见长江送流水"等带有人类强烈好奇心与哲学思考的"天问"。看来，天空中的一轮明月最能引起人们幻想和遐思。

"少城"以下四句为第二层，主要写信相寺的位置及到三峡水寒梅放、月挂中天时再续写此景此情的愿望。诗意说信相寺就位于少城的转角拐弯处，我边游览边构思吟哦诗句，而陪同的僧人老在喋喋不休地说话。等到我的家乡三峡一带（作者为重庆人）梅开月明时，我再续写此诗的姊妹篇吧。也就是说，作者高度欣赏认可这幅天月、水月互为推移变化的美好图景，因而也打算表现家乡三峡水月的奇丽景象。只不过与成都信相寺水月相比，三峡水月图中多了疏影横斜的梅花，表现出诗人对自己家乡的情有独钟。

剑南盆景 [一]

宋·王十朋

二公心古貌清癯，[二]
趣在林泉世味疏。
寸碧来从锦江远，
九嶷分向锡山居。[三]

山中丘壑奴金谷 [四]，
笔下波澜陋石渠 [五]。
我有千峰藏雁荡 [六]，
擎天一柱插空虚。

〔一〕剑南盆景：作者原序："金华先生有奇石名碧远，携来自蜀。陈洪州以诗觅之……予家雁荡群峰错峙，皆几案间物……"剑南盆景又称川派盆景，是中华民族优秀的传统艺术，也是园林艺术中的珍品，为中国盆景五大流派之一，以古朴严谨、虬曲多姿著称。其主要特点是对称美、平衡美、韵律美，活泼而有序，庄重而灵动，是对大自然的艺术概括与艺术加工。基本技法为自然树的顺势加工和十种身法及三式五型。

〔二〕二公：指金华先生与陈洪州。清癯（qú）：清瘦而有神。

〔三〕九嶷：山名，在湖南省。锡山：在江苏无锡。

〔四〕金谷：金谷园，西晋富豪石崇之园林。

〔五〕石渠：西汉皇室藏书和讲论五经之处，名"石渠阁"，省称"石渠"。

〔六〕雁荡：山名，在浙江省。

王十朋为绍兴二十七年（1157）状元，在宋代名气很大，曾注过苏轼诗，又在夔州做过知府，熟悉热爱蜀中风物，留下了相关诗作。此诗即为描写剑南园林艺术瑰宝——川派盆景——的作品。

诗先写送盆景之人金华先生与陈洪州。剑南盆景因取法雪压老树、蟠屈难伸之状，故造型多虬屈盘旋如龙蛇，颇显苍老之风神，与"二公心古貌清癯"神似，故虽写二公，实际上是写盆景。并且进一步说，因二公志在真正的自然林泉，故对功名宦情的兴趣并不是非常浓厚。

接着写这名为"碧远"的小巧盆景，远从成都锦江来，后经金华先生慷慨相赠，到了无锡人士陈洪州手中。不仅写路途之远，来之不易，更通过陈洪州以诗求取和金华先生割爱相赠，体现出了陈洪州不凡的诗文功底和金华先生"以石会友"的宽广胸怀与雅兴。

第三、四联则诗中有"我"，直抒胸臆，借盆景言志，表现自己广阔的胸襟，过人的才华和高洁的人格。诗意说这盆景虽小，但自有丘壑，犹如西晋石崇金谷园一样蕴含丰富、优美动人，而我才高八斗、笔扫千军，对朝中的御用文人根本不屑一顾。雁荡山的千峰万壑都在我的心里，而那擎天一柱，直插云霄，格外令人倾心神往、赞叹不已。在此，作者乃是以雁荡千峰在胸暗寓自己的胸襟阔大，以直插云霄的擎天柱暗寓自己顶天立地的高洁人格。因此，此诗实质上是一首以物（盆景）明志、喻志、托志之诗。由于作者心胸既阔，立意又高，就使得此诗雄健奔放，意足神完，读后使人欲长啸高歌，浮一大白。

蔬食戏书 [一]

宋·陆游

新津韭黄天下无，[二]
色如鹅黄[三]三尺余。
东门彘肉更奇绝，[四]
肥美不减胡羊酥。[五]
贵珍讵敢杂常馔，[六]
桂炊薏米圆比珠[七]。

还吴此味那复有，
日饭脱粟焚枯鱼[八]。
人生口腹何足道，
往往坐役七尺躯。
膻荤[九]从今一扫除，
夜煮白石笺阴符。[十]

〔一〕此诗为陆游于宋光宗绍熙二年（1191）在故乡山阴（今浙江绍兴）思念成都美食而作。

〔二〕新津：新津县，现为成都市新津区，位于成都南部，自古盛产韭黄。韭黄：传统蔬菜品种，嫩而美味，为韭菜经软化栽培变黄的产品。

〔三〕鹅黄：指淡黄色，即鹅嘴的颜色或小鹅绒毛的颜色。唐李涉《黄葵花》："此花莫遣俗人看，新染鹅黄色未干。"

〔四〕东门：指成都东门附近。彘（zhì）肉：猪肉。作者诗有"东门买彘骨"之句（《饭罢戏作》）。

〔五〕胡羊：指产于塞外的羊。酥：柔腻松软。

〔六〕贵珍：贵重的珍味。常馔：一般的美食。

〔七〕桂炊：以桂木为薪，形容生活奢华。薏米：薏苡的子实，白色，可供食用及药用，也可酿酒。

〔八〕脱粟：糙米，与上句"薏米"相对。枯鱼：干鱼。

〔九〕膻荤：指肉类食物。

〔十〕煮白石：煮白色的石头为食，此乃传说中之仙人饮食。阴符：即《太公阴符经》，传说为姜太公所著，泛指兵书。

这是一首七言歌行。作者以晚年自己在家乡山阴的生活与当年在成都的生活相对比，抒发了对成都美食及其美好生活的深深思念之情。诗分二层。

"新津韭黄"以下六句为第一层，极力渲染赞美成都的美食。首写新津韭黄的颜色、形状，其未正面着笔的味道、珍贵、品相等诸多特点却以"天下无"尽之，且状物绘形，形象生动如在目前。次写东门猪肉之美味"奇绝"。羊肉本来是人们认为最美味的食品，故有"鱼羊为鲜"之说，而诗人在此则认为成都东门的猪肉，其"肥美"胜过塞外的羊肉，可见其对成都美食的喜好之情。

猪肉一般很少成为雅正诗文的描述对象，然作者不但将其入诗，而且认为它比人们公认的最美味的羊肉更美味，其"爱屋及乌"之情跃然纸上。最后写主食"薏米"饭圆润爽滑、美味可口。前面韭黄和猪肉写的都是下饭的"菜"，故此处所写才是吃的"主角"——饭。既然菜肴为珍馐，那么主食也当非"常馔"。"桂炊薏米"不但写出了制作主食所需材料（桂木、薏米）的珍贵难得，也暗示了生活的豪华与快意。

"还吴此味"以下六句为第二层。写"还吴"后生活的枯寂无味及绝食学仙的愿望，其实是以神仙的不食五谷杂粮而"煮（食）白石"来反衬"还吴"后食物的粗陋无味及强调成都美味的珍贵难得。诗意说，回吴后哪还有成都那样的美味，每天都以干鱼下糙饭过活。人生之中，口腹之欲虽微不足道，但往往会使七尺之躯欲罢不能、渴盼不已。从今以后我干脆就像神仙那样"辟谷"断食吧，夜里煮食白石充饥，并以注释《太公阴符经》为志业。从章法上说，可以说是篇末点题，绾合到"蔬食戏书"的主题。"脱粟""枯鱼"即是"蔬食"，而"煮（食）白石"则是"戏书"，因为那只是传说，并不能真正实现。因此，最后两句也可看作是用了"反语"的修辞手法，意谓既然吴中无美味可食，倒还不如像神仙那样不吃不喝来得干脆省心，进一步强化了对成都美食的思念渴盼之情。

前已言及，陆游在蜀中生活不满七年，但却留下了上千篇作品，且把自己的诗集起名为《剑南诗稿》，离开成都后又写下了数量不少的忆蜀思蜀之作，在在可见诗人对那段蜀中生活的刻骨铭心，而此诗则通过对成都美食的思念，表现了浓重的"成都情结"。

〇七九

九月三日同吕周辅教授游大邑诸山[一]

宋·陆游

大邑知名杜叟诗[二]，豪举[五]每嫌杯绿浅，

山中仍值菊花时。痴顽颇怪鬓丝迟[六]。

节旄落尽羁臣老，[三]广文别乘官俱冷，[七]

髀肉生来壮士悲。[四]相伴宽为五日期。

作者名录 → 251

〔一〕九月三日：此诗淳熙元年（1174）九月作于大邑，即指此年九月三日。吕周辅教授：即当时邛州州学教授吕商隐，当时大邑县属邛州。教授：《宋史》卷一六七《职官志七》："教授：景祐四年，诏藩镇始立学，他州勿听。庆历四年，诏诸路州军监，各令立学……自是州郡无不有学。始置教授，以经术行义训导诸生，掌其课试之事，而纠正不如规者。"

〔二〕杜叟诗：指杜甫诗中有关大邑的篇什，其中最著名的当为《又于韦处乞大邑瓷碗》。

〔三〕"节旄"句：此句用苏武"杖汉节牧羊，卧起操持，节旄尽落"（《汉书·李广苏建传》）的典故，暗寓自己长期羁旅、壮志难酬。节旄：指古代外交使节所持的代表国家的节杖上所缀的牦牛尾饰物。

〔四〕"髀肉"句：用刘备住荆州，见髀里肉生而慨然流涕的故事（《三国志·蜀志》），抒发"日月若驰，老将至矣，而功业不建，是以悲耳"（刘备语，见上）的悲慨。

〔五〕豪举：谓豪侠之人互相称举以自炫耀。《史记·魏公子列传》："平原君之游，徒豪举耳，不求士也。"此处应指豪饮。

〔六〕鬓丝迟：指白发长得晚，与"早生华发"相对。

〔七〕广文：指吕教授。杜甫《醉时歌》："广文（郑虔）先生官独冷。"别乘：诗人自指。时陆游暂摄蜀州事，本品仍是通判，通判则又可称"别驾""别乘"。官冷：即冷官，指无权无势且待遇较差的职位。古代的府、州学教授待遇较差，生活清苦，故曰"冷官"。

此诗乃陆游淳熙元年九月三日与邛州州学教授吕商隐游大邑诸山后所作。大邑为成都著名的旅游聚集区，有鹤鸣山、雾中山等名山，在陆游流寓蜀中期间所留下的诸多诗作中，有数篇歌颂大邑山水风物的作品，此诗即其中的一首。诗为七律，四联各成一意。

首联写自己是从杜甫诗中知道大邑的，且此番游览正值菊花盛开之深秋时节。

颔联写时不吾待而功业不建、壮心未酬的悲哀。陆游于宋高宗绍兴二十三年（1153）参加科举考试，原列第一，在秦桧之孙秦埙之上，因而被秦桧排斥遭罢黜，屡试未第。孝宗即位后，才赐进士出身。从绍兴二十八年（1158）起，到写此诗时已历经十六年的宦海沉浮，然抗金和收复失地的爱国理想依然不能实现，仍然"胡未灭，鬓先秋，泪空流"（陆游词中语），故而以持节去国十数年而不能归国的苏武及髀里肉生而慨然流涕的刘备自喻，抒发壮心不已而壮志难酬的悲怆心情。陆游有诗云"位卑未敢忘忧国"，其意与此联庶几近之。

颈联写虽沉沦下僚，屡遭挫折，但九死犹未悔，仍然保持着追求理想信念的豪情与乐观。每当兴酣豪饮时，常觉杯子太小（"杯绿浅"，"绿"疑为"缘"之误，待考），疏狂放浪时又颇怪白发迟生。此联与上联一抑一扬、一悲怆一狂放，既体现了诗人情绪的变化，又使得全诗气韵起伏变化，形成了强烈的对比。

尾联则绾合到吕教授，表达了知己同调间的慰勉之情。诗意谓吕商隐担任的州学教授与自己担任的蜀州通判同为无权无势的"冷官"，我们就以五日为限，再多游玩几日吧！诗人与吕教授颇有交谊，《渭南文集》卷二十七《跋三苏遗文》云："此书蜀郡吕商隐周辅所编。周辅入朝为史官，得唐安守以归。未至家，暴卒，可悲也！淳熙十一年正月十一日务观识。"陆游对吕的早卒深表悲憾，可见二人交情之深。

〇八〇

九日试雾中僧所赠茶[一]

宋·陆游

少逢重九事豪华，
南陌雕鞍拥钿车[二]。
今日蜀州[三]生白发，
瓦炉独试雾中茶[四]。

〔一〕此诗乃淳熙元年（1174）九月九日自大邑返蜀州后作。此年九月三日，作者有大邑之行。留五日，有《九月三日同吕周辅教授游大邑诸山》诗作，于九月九日重阳节前回到蜀州。雾中：即雾中山，与鹤鸣山邻近。其上有二十二峰、碧玉潭、明月池诸胜。

〔二〕"南陌雕鞍"句：指少年时走马章台、携妓出游的生活。"南陌"：通衢大道。雕鞍：装饰华美的马鞍，借指宝马。钿车：装饰华美之车，多为妇女所乘。此句极言当年生活的豪华，以与目下的孤寂生活形成对比。

〔三〕蜀州：《大清一统志·成都府》："崇庆州，在府西南九十里……汉置江原县……唐垂拱二年，于县置蜀州。"即现在成都市所辖的崇州市。

〔四〕雾中茶：即雾中山所产之茶，为当时蜀中名茶。

《剑南诗稿》卷五此诗前有《九日小疾不出》，当时诗人游览大邑回蜀州后，马上到了重阳节，由于身患小疾，未能与友人登高游览，而是在家品尝游览大邑时雾中山僧人所赠之茶，并且有感而作此诗。

诗共四句，通过今昔对比，衬托出目前的寥落情形。

第一、二句写年少青春时的意气风发与出游排场的热闹豪华。唐卢照邻《长安古意》"北堂夜夜人如月，南陌朝朝骑似云"，唐沈佺期《李舍人山园送庞邵》"东邻借山水，南陌驻骖騑"，可见"南陌"指的是宽阔的车马行走的大道。"钿车"则指的是用嵌金装饰的豪华之车。这可能是指诗人昔日某次过重阳节的经历，可当作对年轻时豪华游玩生活的概括性描写。

第三、四句则描写而今的潦倒寥落，说我现在边远之地担任蜀州通判，虽逢佳节，但又年老鬓霜（其实诗人此时仅49岁）、病痛缠身，全无外出游玩的雅兴，只好独自在家中品茗忆旧，打发时光了。中国古代诗人常常叹老叹卑，陆游也不能免俗，我们切不可当真。但细味全诗，其中的孤寂寥落之情还是很明显的。

〇八一

杂咏[一]

宋·陆游

石犀庙壖江已回[二]，
陵谷一变吁可哀[三]。
即今禾黍连云处，
当日帆樯隐映来[四]。

〔一〕《杂咏》共四首，此诗为第二首，淳熙四年（1177）七月作于成都。

〔二〕石犀庙：嘉庆《四川通志·古迹二》："成都府华阳县：石犀，在县南三十五里。秦太守李冰作五石犀沉江以压水怪，其后土人立庙祀冰，号石犀庙。"壖（ruán）：城郭旁或河边的空地。

〔三〕"陵谷"句：喻翻天覆地的变化。《诗经·小雅·十月之交》："高岸为谷，深谷为陵。"

〔四〕此句化用了王安石《江上》中的"忽见千帆隐映来"。

陆游《老学庵笔记》卷五："石犀在庙之东阶下，亦粗似一犀，正如陕之铁牛，但望之大概似牛耳。石犀一足不备，以他石续之，气象甚古。"此诗乃陆游淳熙四年（1177）游览成都南郊石犀庙（也叫石犀寺）后所作，抒发了沧海桑田、陵谷变迁的感慨，歌颂了李冰治水除患而使洪水肆虐之地成为"禾黍连云"之处的丰功伟绩。

第一句写诗人到石犀庙凭吊秦太守李冰（因为石犀庙就是为了纪念他而修建的），看到锦江江水在此迂回向远方流去，不禁思接千载，想起李冰治水之史事。

第二句紧接第一句，谓陵谷变迁、沧海桑田的变化使人感叹。想当年这一带饱受洪水侵害，经李冰治水后变成了膏壤沃土。陵谷之"变"之所以使人"哀"，是因为诗人从中看到了世事无常、盛衰无凭之理，其间也暗寓这着对时光易逝、功业难成，即"老冉冉其将至兮，恐修名之不立"（《离骚》）的生命感喟。

第三、四两句紧接上文，把"陵谷之变"具体化：现在我周围禾黍连云、丰收在望之地，想当年可是一片泽国水乡，似乎现在还可想见那帆樯隐映、舟船往来络绎不绝的景象。

全诗一气贯注，运用散文章法，中间极少跳跃，容易理解，与《梅》（三十三年举眼非）诗的倒装相比，体现出不同特色，显示了放翁七绝艺术手法的多样与结构章法的灵活。

纵观放翁一生，除念念不忘抗击金兵、收复失地外，其为民兴利除弊的思想也异常浓厚。在他的仕宦生涯中总是千方百计为民谋福谋利，对那些曾造福于民众的先贤总是满怀景仰之情，并躬身实践、步趋效法，这在放翁诗文中可以找到许多例证。而此诗则正是通过对先贤李冰的凭吊与对其治水历史功绩的缅怀赞颂来表现这种思想的。

〇八二 戏题索桥[一]

宋·范成大

织箪[二]匀铺面,
排绳强架空。
染人高晒帛[三],
猎户远张罿[四]。
薄薄难承雨,
翻翻不受风。
何时将蜀客[五],
东下看垂虹[六]。

〔一〕索桥：即今安澜索桥，位于都江堰离堆公园内。桥飞架岷江南北，横跨都江堰水利工程，诗人在《吴船录》中记载："(绳桥)长百二十丈，分为五架；桥之广，十二绳排连之，上布竹笆。攒立大木数十于江沙中，辇石固其根，每数十木作一架；挂桥于半空，大风过之，掀举幡幡然。大略如渔人晒网、染家晾彩帛之状。"

〔二〕簟（diàn）：竹席。

〔三〕染人：指从事布帛印染的工匠。帛：丝织品。

〔四〕罿（chōng）：一种捕鸟的网，鸟入网后，能自动将鸟罩住。

〔五〕将：携带。蜀客：海棠的别名。蜀中盛产海棠，历代诗人多有题咏。

〔六〕东下：作者此时正欲从岷江乘船东归。垂虹：指垂虹桥，在今江苏苏州市吴江区东，为江南名胜。

成都水系发达，桥梁众多，其中如七星桥、万里桥、驷马桥、安顺廊桥、九眼桥等都是历史悠久，闻名遐迩的成都名胜，是城市不可磨灭的文化记忆。范成大所写的"索桥"即为其中之一。安澜桥，或名索桥，位于岷江都江堰鱼嘴分水堤上，是我国著名的古桥之一。索桥是我国古人利用本地竹木资源创建的悬空过渡桥梁形式之一，也是世界桥梁建筑的典范。据李膺《益州记》等古籍所载，李冰所建"七星桥"中夷星桥就是"笮桥"，即索桥（也叫"绳桥"），故可知在先秦时期，蜀人即已掌握了制造索桥的工艺技术。安澜索桥的建造当较早，但确切年代已不能详考。此桥曾多次建、毁，直至嘉庆年间塾师何先德夫妇募资修建后始更名为"安澜桥"。民间为了纪念何氏夫妇，又称之为"夫妻桥""何公何母桥"等，而宋人范成大这首诗，描绘的正是南宋时的索桥风貌。如能把上引范氏《吴船录》中的文字与此诗合观互参，则更能深入全面理解诗意。

诗为五律，共八句四联。

首联写索桥的整体风貌，说索桥是用一排（粗）绳（固定两端）架立于空中，上面铺上竹席，便于人们往来通行。一个"强"字，写出了架桥的不易，有强力而为、勉力而为之意，表现了改变自然的豪情。

颔联写桥面情景。因桥面由12根绳排连而成，上布竹笆，状似渔网、彩帛，大风起时，绳桥随风摇荡，仿佛染户晒帛、猎人张网之状。

颈联写出了风吹桥摇的惊险之状。诗意说薄薄的竹席难以承受雨水的侵蚀（容易损坏），而大风吹来，桥身在空中晃荡，更是惊心动魄，危险万分。即使现在索桥的竹索已改为钢缆，承托缆索的桥墩也由木桩改成钢筋混凝土桩，桥面铺上了坚固的木板，两侧加上了拉扶的护栏，但当我们走上安澜桥，特别是有人故意在桥上制造晃动时，还是会感到惊恐。上面一无所依，桥下是巨浪滚滚的岷江，脚下是悬空晃动的桥身。此情此景，只有亲身经历者方能有深切之体会。

尾联是诗人的愿望。诗意谓何时我才能带着最有名的蜀中海棠花（种），回到故乡去欣赏垂虹桥风光呢？表达了诗人思乡思归的心情。从风格上说，第三联写的是惊心动魄的壮美，第四联写的是彩虹般明丽的优美，两地两桥，形成了鲜明的对比。范成大淳熙二年（1175）任四川制置使、成都知府，至淳熙四年（1177）因病东归，在成都的时间仅两年多，但却留下了一系列歌咏成都风物的作品，不乏名篇佳作，此诗即为其中之一。

虞美人·李敷文席上

宋·王质

翠阴融尽氄氄雪[一]。夕阳红透樱桃粒。
惨淡花明灭[二]。掩映深沈碧。
嫩沙拂拂涨痕添[三]。成都事事似江南[五]。
想见故溪、绿到草堂[四]前。只是香衾、两处受春寒。

〔一〕毵毵：（音sān sān）散乱貌。
〔二〕明灭：时隐时现的样子。此处指初春时节花还开得很稀疏。
〔三〕嫩沙：新沙。拂拂：散布貌。
〔四〕草堂：茅草屋。此处指词人故居。
〔五〕江南：地域文化概念，核心地区为江浙一带。此处指词人故乡兴国军（今属湖北阳新）。

此词乃词人为虞允文幕僚，居留成都时所作。词写成都初春雪融绿肥、春水方生、樱桃结果的美好景色，并由春到蓉城而兴起对家乡（江南）妻子的深深忆念之情，是一首情景交融的佳作。

上片写看到成都初春之景而忆念故乡。春回蓉城，绿荫渐浓，冬天留下的残雪也消融于芳草绿柳之中。乍暖还寒，花还开得稀疏而不明艳。雪融水涨，新痕上的细沙清晰可见。呵，春天确实来了！我那故乡的小河边，茅舍前想必也是一片葱翠吧！这里的"草堂"不是指成都的杜甫草堂，而应是一普通名词，指作者的故居。"草堂"一词，来源甚早。据说南北朝时成都即有草堂寺，当时周颙（《北山移文》中讽刺的对象）曾在成都做官，后归隐金陵，曾在钟山上建立"草堂"隐舍，故《北山移文》开首便说"钟山之英，草堂之灵"。只是唐时杜甫在成都浣花溪畔建草堂居住后，"杜甫草堂"遂成为成都名胜和中国文学史上的圣地。

下片续写成都春景，抒发思乡怀人之情。词意谓时序推移，樱桃结实，在夕阳的映射下红得透亮，周围枝叶葱茏，由嫩绿变为深绿。成都啊什么都与我故乡江南一样美好，只是我只身千里之外，不能与妻子同床共枕，而是两地相思，辗转难眠，辜负了美好的骀荡春光！李清照词曰"一种相思，两处闲愁"，正可移作此词最后一句注脚。

题王庶[一]山水

元·虞集

蜀人偏爱蜀江山,
图画苍茫咫尺间。
驷马桥边车盖合,
百花潭[二]上钓舟闲。
亦知杜甫贫能赋[三],
应叹扬雄老不还[四]。
花重锦官谁得见?
杜鹃啼处雨斑斑。

〔一〕王庶：王庶（？—1142），字子尚，号当叟，庆阳（今属甘肃）人。宋徽宗崇宁五年（1106）进士。

〔二〕百花潭：其北即著名的杜甫草堂。杜甫《狂夫》诗云："万里桥西一草堂，百花潭水即沧浪。"据此可知"百花潭"其名甚古。明曹学佺《蜀中广记》引《方舆胜览》云："浣花溪在城西五里，一名百花潭。"可知"浣花溪"与"百花潭"可以互称。

〔三〕杜甫贫能赋：《新唐书·文艺列传》云"甫字子美，少贫，不自振……天宝十三载，玄宗朝献太清宫，飨庙及郊，甫奏赋三篇……数上赋颂。"杜甫一生，颠沛流离，穷愁潦倒，但吟咏不绝、笔耕不辍，留下了1400多首光辉灿烂的诗篇，被时人称为"诗圣"。故说他贫而能赋，即生活贫困，但却擅长作赋写诗。

〔四〕扬雄老不还：扬雄（前53—18），字子云，蜀郡成都（今成都市郫都区）人。少好学，博览群书，长于辞赋。年四十余，始游京师，以文召见，奏《甘泉》《河东》等赋。成帝时任给事黄门郎。王莽时任大夫。校书天禄阁。有《扬侍郎集》。"老不还"：指扬雄四十岁到京师，四十三岁为黄门侍郎，直到七十一岁逝世，一直居住在京师，故曰"老不还"。

这是一首题画诗，所题的是一幅王庶所画的成都山水画。蜀地艺文发达，绘画历史悠久，名家辈出，并且形成了具有独特风格的"西蜀画派"。在西蜀画派的众多画家与作品中，大致可分为宗教画与非宗教画两部分，非宗教绘画作品又可分为人物、山水、花鸟三类，因为这几个方面对后世影响最大。山水画家作画虽可以充分发挥想象，但多以自己熟悉的山水风物作为"原型"和"草稿"。此诗所题之画，描绘的即成都北边驷马桥及西郊百花潭的优美风光。

首联写王庶画的是家乡成都的山水风物，且画艺高超，咫尺之间即描绘渲染出苍茫阔大的境界，有尺幅千里之势。这是写诗人观赏王庶成都山水画后的总体印象，表达了诗人对家乡风物以及王庶之画的赞美。

颔联撷取"苍茫"蜀中图的两幅"小景"：驷马桥边车水马龙、热闹非凡；百花潭上舟系水边、清寂无人。诗人选取这两个特写镜头，颇具艺术匠心。从方位来说，一北一西；从氛围来说，一热闹一冷寂；从诗中所联想到的历史故事来说，"驷马桥"使我们联想到司马相如的励志及成功，"百花潭"则使我们想到唐时生活于这一带的杜甫的贫病潦倒。这样对比映衬，丰富了城市的性格与面相，使读者对成都的情调及特色有一种多元立体的印象。"钓舟闲"与韦应物《滁州西涧》"野渡无人舟自横"有异曲同工之妙。

颈联乃因观画而联想起历史上生活于此的杜甫与扬雄。诗意谓唐代大诗人杜甫虽终生穷愁潦倒，但献赋吟诗，笔耕不辍，为后人留下许多名篇佳作，这难道没有成都山水的滋润推助之功？可叹呵，西汉大儒扬雄，自中年离开锦城后，兀兀穷年，著书立说，卒于京师，竟未能终老于美丽的故乡。于一"能"一"叹"中，凸现了对成都的热爱与赞美。

尾联写诗人观画时的"此情此景"。也许诗人观赏图画时并不在成都，故有"谁得见"（谁能看到呢？即看不见）之语。诗意谓：因久别家乡，杜甫诗中"晓看红湿处，花重锦官城"的美景已很久无缘得见了。时值春日，又听到杜鹃鸟催归的啼鸣，这更加触动了诗人的乡思乡愁。诗人原籍仁寿，乃宋代抗金名将虞允文五世孙，徙居临川崇仁（今属江西省），曾因代皇帝祭祀华山后回川省亲（"代祀西岳至成都"），留下了一系列描绘成都风物及思乡念故之作。

八五 鹤鸣山[一] 明·张三丰

沽酒临邛入翠微[二],
穿崖客负白云归[三]。
逍遥廿四神仙洞[四],
石鹤[五]欣然啸且飞。

〔一〕鹤鸣山：鹤鸣山又称鹄鸣山，位于四川成都西部大邑县城西北12公里的鹤鸣乡三丰村，属岷山山脉，海拔1000余米，山势雄伟、林木繁茂，双涧环抱，是著名风景旅游区和避暑胜地。因山形似鹤、山藏石鹤、山栖仙鹤和《诗经》诗句"鹤鸣于九皋，声闻于天"而得此名。为古代剑南四大名山之一，也是举世公认的中国道教发源地、世界道教朝圣地。

〔二〕沽酒临邛：用"文君当垆，相如涤器"典故（见《史记·司马相如列传》）。临邛：指临邛镇，邛州治所。鹤鸣山在大邑县，但唐宋以降皆属邛州管辖，故以"临邛沽酒"引起鹤鸣山之联想。翠微：指青翠的山或山色。

〔三〕穿崖客：作者自指，亦指访道求仙之人。负白云：背负白云。形容神仙如行云流水般飘逸。

〔四〕廿四神仙洞：明曹学佺《蜀中广记》云："鹤鸣山，二十四化之第三化也，应氏宿山有二十四洞，应二十四气。"

〔五〕石鹤：据《广舆记》载："鹤鸣山岩穴中有石鹤，千年一鸣，鸣则有仙人出。"

相传张三丰于洪武二十五年（1392）入蜀上鹤鸣山时已九十四岁（生于元成宗元贞二年，即1298），他在天谷洞中修炼，常往来于鹤鸣峰顶冠子中峰及两涧之间，还给我们留下了几首诗。如："道士来时石鹤鸣，飞神天谷署长生。只今两涧潺湲水，助我龙吟虎啸声。"又如《天谷洞》诗云："天谷本长生，长歌石窍鸣。栖神须此地，坐炼大丹成。"而"天谷洞"确有其地，乃鹤鸣山"二十四神仙洞"之一，为修炼绝佳之地。看来，说张三丰曾到鹤鸣山修道，还是言而有据的。此诗所写，即诗人在鹤鸣山修道成仙的具体细节，塑造了一个潇洒出尘、遗世独立的高道形象，其仙风道骨、羽化登仙的形貌风神，栩栩如生，跃然纸上。

首句说刚在临邛喝了酒便向鹤鸣山出发，但见山色青翠，愈深愈妙。一个"入"字，写出了入山的过程和动感，也见出鹤鸣山的高峻、绵延、葱郁与幽深。

第二句说自己在鹤鸣山中修炼，翻山越岭，出没于云烟之中，似乎白云也随自己的行踪而飘逸升降。一个神仙的形象呼之欲出。

第三句写逍遥徜徉于"二十四神仙洞"中，求道访仙、服食修炼，真可谓别有天地、宛如仙境。"逍遥"二字也不可轻轻看过，实蕴含着《庄子·逍遥游》中逍遥天地而无所待的思想。

最后一句乃篇末点题，既写出了鹤鸣山得名之因，又暗寓自己得道成仙。《广舆记》说鹤鸣山岩穴中有石鹤，千年一鸣，鸣则有仙人出。而诗人笔下的石鹤"欣然啸且飞"，这不是鸣叫飞腾了吗？而石鹤鸣则仙人出，这个"仙人"不是别人，正是张三丰自己！诗人认为自己已得道成仙，其中不无欣然自得之意，活脱脱刻画出一个飘逸高道的形象。

〇八六 送福上人[一]还青城

明·杨慎

青城三十六高峰,[二]花飘香界诸天雨,[四]
寺在青峰第几重?金吼[五]霜林半夜钟。
飞锡[三]曾闻经雪岭,传语禅关休上锁,
结茅常爱住云松。虎溪[六]他日会相从。

〔一〕福上人：青城有前后山，前山为道教圣地；佛教寺庙则在后山，有寺名泰安寺。福上人当是后山寺僧。

〔二〕三十六高峰：宋祝穆《方舆胜览》："天仓诸峰屹然三十有六。"

〔三〕飞锡：相传圣僧出游，乘锡杖凌空飞行。

〔四〕"花飘"句：传说云光法师为诸天大众说法时，天降曼陀罗花如雨。香界：指佛寺。

〔五〕金吼：喻和尚说法之宏音威力。

〔六〕虎溪：庐山东林寺前之一溪流。相传晋时慧远法师居东林寺，送客不过此溪。一日与陶潜等隐士畅谈，不觉越过，虎乃大啸，于是各自大笑而别。

此诗为送别诗，但与一般送别诗主要写离情别绪不同，此诗多方夸饰形容送别之人归所的奇险美丽及作为佛教圣地的种种殊胜，暗寓对福上人佛学修养的高度评价及对青城山的钦慕神往之情。

首联说青城山有三十六高峰，福上人所居的泰安寺在第几峰呢？以"第几""多少""几多"等疑问词入诗，形成反诘语气，往往能增加诗句的表现力，起到引起读者沉思作答的"问题"效果。如"问君能有几多愁？"（李煜）、"春花秋月何时了，往事知多少？"（李煜）、"更能消几番风雨？"（辛弃疾）、"夜来风雨声，花落知多少？"（孟浩然）等等都是如此，它们能引起读者的沉思、警醒、叹惋，起到一种低回不尽的艺术效果。此联也实现了这样的效果。

颔联夸赞青城（后）山乃僧人理想的修行之地。这里，曾有高僧大德乘锡杖飞过雪岭，在云雾缭绕的松林中结茅修行。当然，此两句也可看作是对福上人的赞颂之词，"飞锡""结茅"的主人都是福上人。

颈联说福上人道行高深，佛学精湛。他一上座开讲，则语言动听、析理精微，顿时佛寺天花乱坠；又如洪钟夜吼惊醒芸芸众生。此联乃极言福上人佛学造诣深厚，精通经论，广行佛法，普度众生。

尾联则化用东晋高僧慧远的故事，把福上人比作慧远，说你泰安寺的寺门禅房请不要上锁，我会像当年陶潜拜访慧远一样上山来拜访你，共同探讨佛学。"虎溪相从"，既指要上青城山来拜访福上人，亦暗寓向往佛地佛学之意。验之于升庵的众多诗文，此点亦可得到有力的证明。在他的创作著述中，可以发现不少有关佛学的记载、论述及思想，且于经世致用之余谈佛论道也是古代文人的常态，故升庵有此向佛论佛之诗，也就不足为怪了。

〇八七 黄要叔富贵春[一]

明·汪珂玉

疏帘古画展春光,
叶叶枝枝富贵香。
自觉嫩晴天气胜,
千年尚袭锦江黄[二]。

〔一〕诗前有小序云:"牡丹为富贵花王,绘之者往往落俗。古惟蜀待诏黄荃(筌)能工此种。是画设色布置,神气迥别。至缣素碎脱而花瓣枝叶无少损,定出要叔笔也。售之者云有四幅,今只得其二。彼无限春风,阿谁带笑看耶?"序中所言"要叔"为黄筌的字。据此可知,此诗乃题黄筌所画牡丹而作,并且慨叹如此名画而无知音。作者曾撰《珊瑚网》一书,收录并评记所见书画之得失,有较高的书画鉴赏水平,难怪敢下"定出要叔笔也"的断语。

〔二〕锦江黄:指上文提到的五代西蜀画家黄筌。他曾任前后蜀宫廷画师四十余年,生活在锦江边的成都,且画风典雅富艳,反映了宫廷的欣赏趣味,当时即被称为"黄家富贵",故称为"锦江黄"。

此诗四句,为题黄筌所画牡丹而作。

首句写观画的环境及总体印象。"疏帘"说明观画的地点是在室内,"古画"说明画的名贵难得,"展春光"是说随着画的展开,一幅春光画卷展现在眼前。一叶知秋,一花知春,看到鲜花盛开就知道春回大地,这正是此句所包含的意蕴。

第二句说画中的牡丹枝枝叶叶都透露出富贵艳丽的气息(香味)。这一因牡丹在百花中最艳丽富贵,有国色之称,常与典丽富贵联系在一起,故我们看到"花开富贵"的画,一般画的都是牡丹,二因黄筌的花鸟画本来就有"黄家富贵"之称。正可谓传神写照、匠心独具矣。

第三句写画中所描述的环境(天气物候)是"嫩晴"的好(胜)天气,即初晴的天气。雨后初晴的天气,艳丽开放的牡丹,恰好是"典型环境中的典型物象"(套用马克思"典型环境"中的"典型人物"),写足了花的鲜艳、明媚、抢眼,使人印象深刻。用"嫩"来形容"晴",颇为生新别致。

最后一句说,古画虽经千年,但仔细摩挲玩赏,反复揣摩用笔设色及形貌风神,确实为当年生活于锦江边的"黄家富贵"风格无疑。从黄筌生活的前后蜀到作者生活的时代约700年左右,所谓"千年"当然用的是文学的夸张手法,但用来赞叹黄筌的绘画作品及手法可以千古流芳,还是恰切的。

天府文化贡献于世界及中国者颇多。有学者统计过,天府文化中有三十多项世界及中国第一。蜀中自古人文发达、艺文兴盛,而以黄筌为代表的"西蜀画派"则在中国绘画史上占有重要地位,此诗即为例证。

〇八八 川扇[一]

明·陈三岛

险绝蚕丛地,出匣风初转,
由来宫扇[二]传。垂纶月半圆。
大都白帝竹[三],人间遗玉柄,
尽用锦官笺[四]。犹是汉宫年[五]。

〔一〕川扇：川扇作为皇宫贡品、宫扇，走过了一段辉煌的历史。四川很早以来就是扇子的主要产地。蜀扇又称为"川扇"，不仅用料讲究、做工精细，而且花样种类繁多，有团扇、蒲扇、纨扇、纸扇、绢扇、竹丝扇、羽毛扇等等。

〔二〕宫扇：即皇宫中宫女所用的扇子。宫中用扇不知是起于何时，文学作品中则以相传为班婕妤所作的《团扇歌》为最早。唐王建《调笑令·团扇》词曰："团扇团扇，美人病来遮面。玉颜憔悴三年，谁复商量管弦。弦管弦管，春草昭阳路断。"川扇作为贡品进入宫中成为宫扇，始于唐朝，而极盛于明清。

〔三〕白帝竹：川扇闻名天下，这与四川盛产竹子是分不开的，而其中尤以白帝城所产者最为有名，故云。

〔四〕锦官笺：指成都所产的纸。扇子做得好不好，不仅在于有竹子做成扇骨，更在于成都所产纸张的特别。这种纸韧性好，经得住反复折叠，加上川人心灵手巧，所制扇子柔软轻盈、巧夺天工，成为时尚。

〔五〕汉宫年：诗人把川扇的起源追溯到汉代的宫扇。

此诗为五律，主要赞颂川扇的历史悠久、制作精良、闻名遐迩。

首联写远古的蚕丛氏于绝险之地建立起古蜀国（四川），其地所产的扇子就被作为贡品送入宫中，名声远播。主要表现了川扇历史悠久与极高的知名度和美誉度。

颔联推究川扇著名的原因。正是因为有白帝城所产的竹为扇骨，有蜀中所产的优质纸做扇面，才使得川扇精美绝伦。从唐代以来，蜀中就是中国的造纸及出版印刷中心之一。成都印刷制品被称为"川西印子""蜀刻龙爪本""宋时蜀刻甲天下"（民国《华阳县志》），宋刻"蜀本大字皆善本"（钱大昕语）。除了竹子和纸外，蜀中巧夺天工的工艺美术文化的发达繁盛，也是造就川扇名品的重要原因。

颈联描述川扇开合时的优美形态。诗意谓扇子逐渐展开时犹如有风在吹转，扇子全部展开时则如半轮圆月。描摹工细，刻画传神，可谓状物摹态神形兼备。

尾联说以玉柄为饰的川扇，犹如当年汉代宫廷中所用，乃千年相传、弥足珍贵的历史遗物。回应首联，再次强调了川扇的工艺精良与历史悠久。

蜀中工艺美术自古发达。如蜀锦、蜀绣、漆器、竹编、手杖（《史记》记载，西汉时张骞出使西域即看到了蜀布与邛竹杖）、扇子、盆景以及珠宝金银加工等都技艺非凡、闻名遐迩。

〇八九 新都弥牟镇八阵图[一]　　明·曹学佺

广汉南来近蜀都,[二]
江城辨色[三]已驰驱。
晓云不散弥牟镇,
春草横生八阵图。
自愧书生行部[四]日,
得知丞相苦心无?
由来沃野称千里,
处处桑麻望不孤[五]。

〔一〕此诗原题为"武侯八阵图一在夔府一在新都弥牟镇"，诗共两首，此为其中之一。新都弥牟镇：即现在的成都市青白江区弥牟镇。武侯八阵图：三国蜀丞相诸葛亮死后谥为"忠武侯"，后世称之为"武侯"。八阵图为古代用兵的阵法，为诸葛亮所创。这首诗所咏弥牟镇武侯八阵图，遗址在今弥牟镇西南。

〔二〕广汉：即现在德阳市广汉市（县级市），在成都北约五十里。蜀郡：指成都。

〔三〕辨色：黎明。谓天色将明，能辨清物色之时。

〔四〕行部：巡行所属部域，考核政绩，监察官吏。作者时任四川按察使，为一省司法长官，掌刑名按劾之事。

〔五〕望不辜：“孤”同“辜”，即不辜负（诸葛亮）所望之意。

曹学佺万历三十七年（1609）起任四川右参政，后又任按察使，凡十二年，熟悉蜀中历史故实及民俗风物，对成都怀有深厚感情。一生著述丰富，而尤以《蜀中广记》最为著名。此书为曹学佺在四川任官期间所编，共108卷。即名胜记30卷、边防记10卷、人物记6卷、宦游记4卷、蜀郡县古今通释4卷、风俗记4卷、方物记12卷、神仙记10卷、高僧记10卷、著作记10卷、诗话记4卷、画苑记4卷，是一部收罗广博、内容丰富的蜀中地方文化百科全书。故《四库全书总目提要》评此书说："谈蜀中掌故者，终以《全蜀艺文志》及是书为取材之渊薮也。"而曹学佺其人也是巴蜀文化的功臣，在巴蜀文化史上占有重要地位。此诗即为其任职蜀中时游览弥牟镇八阵图后所作。

首联写天刚亮即赶往弥牟镇，游览八阵图遗迹。因作者是从广汉出发到弥牟的，故称"南来"。"江城"在此处或指新都，或指成都，不必拘泥。诗意谓天刚亮即从广汉赶往弥牟，渐渐地天越来越亮，可以看到远处城市的轮廓，而自己骑在马上也可以奔驰疾行了。

颔联写弥牟所见。诗人一路疾驰而来，古老的弥牟镇还笼罩在薄雾之中，八阵图内青草横生、残败不堪，不禁触发思古之幽情。

颈联写观览八阵图后的感慨。诗意谓我今天是因履行巡行所属部域的职责才能顺便游览凭吊八阵图遗迹，但对于诸葛亮当年鞠躬尽瘁、死而后已的苦心悲情又能理解体会多少呢？言外之意是说自己虽也尽职爱民，但与诸葛亮相比还是自愧不如。

尾联说举目沃野千里，处处桑麻弥望，诸葛武侯地下有知，也可放心了。诗人当时为四川按察使，乃一省主管司法刑狱的主官，看到治下民富物丰、桑麻连绵，一派升平景象，故说没有辜负诸葛武侯之所望。

筹边楼[一]

清·傅作楫

天府金城古益州[二],
文饶节钺旧风流。[三]
春秋两见桐花凤[四],
晴雨三调柘树鸠[五]。
梦里关山情漠漠[六],
天边烽火路悠悠。
不堪憔悴西征日,
人在筹边第几楼?

〔一〕筹边楼：为唐文宗大和四年（830）西川节度使李德裕筹划边事所建，故名。据说楼在节度使署侧（今天府广场科技展览馆东一带），后屡毁屡建。清代之筹边楼为康熙五年（1666）巡抚张德地所建，位于今成都北糠市街东侧，民国时尚存。

〔二〕"天府"句：此句说益州（代指成都）拥有富饶的物产和坚固的城墙。天府：天然的府库，比喻物产丰饶。汉末以降，成都即拥有"天府之国"的美誉。《三国志·诸葛亮传》："益州险塞，沃野千里，天府之土，高祖因之以成帝业。"常璩《华阳国志·蜀志》："沃野千里，号为陆海。旱则引水浸润，雨则杜塞水门。故记曰：水旱从人，不知饥馑，时无荒年，天下谓之天府也。"金城：指坚固的城。成语有"金城汤池""固若金汤"，都是用来形容地势险要、城池坚固的。益州：这里指成都。汉、唐益州（四川）的治所均在成都。

〔三〕文饶：指筹边楼的创建者李德裕（787—850）。德裕字文饶，为四川节度使时建筹边楼。节钺：指地方大吏的符节和斧钺。

〔四〕桐花凤：鸟名，以暮春时栖于桐花而得名。李德裕有《画桐花凤扇赋并序》，见明杨慎《全蜀文艺志》。

〔五〕鸠：即斑鸠，又称山鸠。晋葛洪《抱朴子·博喻》有"山鸠知晴雨于将来"之论。

〔六〕漠漠：广阔貌。

这是一首题咏成都著名古迹筹边楼的七律。据《资治通鉴》记载："德裕至镇，作筹边楼，图蜀地形，南入南诏，西达吐蕃。日召老于军旅、习边事者，虽走卒蛮夷无所闲，访以山川、城邑、道路险易，广狭、远近。未逾月，皆若身尝涉历。"可见李德裕建此楼，不仅供登览之用，而且与军事有关。在他任内，收复过被吐蕃占领的维州城，西川一带一直很安定。但在他离蜀后，边疆纠纷又起。傅作楫此诗，即是借歌咏李德裕建筹边楼安定西川的历史功绩，来反衬当时局势的扰攘不宁以及自己的深深忧虑，表达了传承成都昔日流风余韵的愿望以及对安定宁静生活的想往，因此是一首"古"表"今"里的感时伤世之作。

首联写对李德裕创建筹边楼及安定西川历史功绩的赞颂。诗意谓成都物产丰饶、城池坚固，历来是益州的治所。登楼思古，似乎仍可感觉到李德裕雄镇西川，老百姓安居乐业的流风余韵。

颔联绾合诗人自身，说自己居留成都，已经春历秋，两见桐花之凤；鸟鸣雨来，已历无数的晴天雨天。"桐花凤""柘树鸠"既点明时令节物，又暗寓李德裕写作《画桐花凤扇赋并序》本事，可谓古今贯串、抚今思昔，写足了怀古况味。

颈联写对当前形势的担忧。所谓"梦里关山""天边烽火"云云，虽不详具体所指，但细绎诗意，则时局之不宁，甚至战乱的不休都隐然可见。诗人乃是因目下的景况而缅怀李德裕式的古代贤臣边将。

尾联仍是说诗人自己。句中的"征"，乃远行之意。成都处于祖国西南、四川西部，故在成都游历亦可言"西征"。诗意谓我倦于行役，憔悴不堪，心情迷乱，已不知身处筹边楼的第几层。此两句所写，与杜甫《哀江头》中"黄昏胡骑尘满城，欲往城南望城北"可谓异曲同工，都是描写心烦意乱竟到了不辨身在何处的地步，充分揭示了诗人内心的哀伤。薛涛《筹边楼》诗云："平临云鸟八窗秋，壮压西川四十州。诸将莫贪羌族马，最高层处见边头。"可知筹边楼有多层，故可知诗中的"第几楼"指的是第几层楼之意。

全诗古今结合，以古讽今，具有历史纵深感，堪称咏古佳作。

〇九一 新津县渡江[一]

清·王士禛

南过蚕丛国[二],修竹连千亩,
秋风正授衣[三]。高楠径十围。
青山初日上,临江呼渡舸,
黄叶半江飞。极目一清晖[四]。

〔一〕新津县：即现在成都市新津区。江：指岷江。

〔二〕蚕丛国：古蜀国名，为记载中最早的古蜀国。据学者考证，时代相当于中原的夏朝或更早。

〔三〕授衣：指深秋九月。《诗经·豳风·七月》："七月流火，九月授衣。"

〔四〕清晖：指秋光清远鲜明。

王渔洋于康熙十一年（1672）六月奉命与郑日奎同典四川乡试，来往途中，有诗三百余首，名为《蜀道集》，其中在蜀所作者不少。康熙三十五年（1696），63岁的王士禛奉命祭告西岳、西镇及江渎，七月出发，九月复命，又经历秦蜀，有诗百余篇，编为《雍益集》，其中亦有在巴蜀之作。他的蜀中之作有很多是对蜀中历史名胜及自然风物的描绘。他两次入蜀，在蜀时间共计不足一年，但其作品内容丰富、艺术性高，充分表达了他对蜀中山水的喜爱眷恋之情。此诗即为诗人歌咏成都属县新津县自然风光之作。

诗为五律，共四联八句。

首联点明到新津的时令。新津位于成都之南，故言"南过"。"蚕丛"为传说中最为古老的古蜀国王，李白《蜀道难》云"蚕丛及鱼凫，开国何茫然"，可见蚕丛的时代已非常久远。据有关学者考证，蚕丛氏约与中原的夏代同时或更早。"授衣"典出《诗经·豳风·七月》："七月流火，九月授衣。"毛传："九月霜始降，妇功成，可以授冬衣矣。"宋度宗亦有诗云："从来人事顺天时，九月才更即授衣。可笑紫袭临岁晚，履霜犹自未知几。"可见"授衣"即指霜始降的深秋九月。中国古代有"诗史"之说，谓诗歌可以成为记载个人及家国遭际变迁的"实录"。由此二句诗，我们可以知道诗人是由成都出发到新津（如此"南"字方有着落）的，并且正值深秋九月"授衣"之时。

颔联描绘深秋时节岷江两岸的美丽景色。暖日初上，照耀着青翠的群山；黄叶飘落，在江上翩翩起舞。虽为深秋，但毫无衰飒之感。且青（山）红（日）黄（叶）碧（江）的颜色组合搭配，点缀出一幅美丽的"川西秋色图"。

颈联就犹如特写镜头，从以上的缤纷色彩中特别拈出青绿之色加以渲染烘托，构筑成"绿满天府"的美好意境。看哪！千亩翠竹一望无际，犹如绿色的海洋；名贵的楠木高大挺拔、干直叶绿，尽显这片土地的古老与蓬勃生机。以优美写竹，以壮美写楠；写竹言其广延，写楠言其高大。如此刚柔映衬、高广相济，可见出诗人的匠心巧思。

尾联可谓篇末点题，即回家"渡江"题旨。诗意说只顾留恋周遭美景，不知不觉到了江边，才想到呼船渡江。当此之时，诗人还不忘上船前的"最后一瞥"：但见沃野千里的天府之国沐浴在和暖的秋日阳光之中。用阔大的境象作结，给读者留下了大写意般的画面感和挥之不尽的悠悠韵味。

离堆[一]

清·李调元

一自金堤[二]凿，万户饶粳稻，
三都[三]水则分。千秋荐苾[六]芬。
犀沉秦太守[四]，役夫千二百[七]，
蛟避赵将军[五]。谁继武侯勋[八]？

〔一〕离堆：四川省内有几处"离堆"。除了成都都江堰离堆，还有乐山乌尤山离堆、仪陇县新政离堆等。细绎诗意，其中提到了"三都"、李冰沉石犀于水等历史典故，其发生地都在成都，故诗题"离堆"应指成都都江堰离堆。"离堆"亦作"离碓"，在今都江堰市西离堆公园内伏龙观。《史记·河渠书》："蜀守冰，凿离碓（堆），辟沫水之害，穿二江成都之中。"西晋刘逵注左思《蜀都赋》："《地理志》：蜀守李冰凿离堆，穿两江，为人开稻田，百姓飨其利。"皆指此。离堆口为今都江堰枢纽工程渠首之宝瓶口，李冰开凿宝瓶口时将挖掘的山石堆于其地，成为山丘，故称"离堆"（把分离之物堆积在一起）。自李冰凿宝瓶口将岷山江水引入成都平原后，成都乃成为"沃野千里，号为陆海。旱则引水浸润，雨则杜塞水门。故记曰：水旱从人，不知饥馑，时无荒年，天下谓之天府也"（《华阳国志·蜀志》）的富庶繁盛之地。故"离堆"在天府文化史上有着重大意义。

〔二〕金堤：晋代都江堰别名。

〔三〕三都：指成都、新都、广都，三地都是都江堰自流灌溉区。

〔四〕秦太守：指秦时蜀郡太守李冰。

〔五〕赵将军：隋嘉州（今乐山市）太守赵昱，有持刀入水斩蛟的神话，后人尊为二郎神，此与灌口二郎神传说相混。

〔六〕苾（bì）：芳香之物。

〔七〕"役夫"句：《水经注》记诸葛亮曾确定一千二百人的专业队伍维护都江堰水利工程。

〔八〕勋：功业、事业。此句谓希望有人来继承诸葛亮功大费省的治水事业。

"离堆"为都江堰水利工程的核心部分，它由李冰开凿宝瓶口时挖凿的山石堆积而成，是李冰因势利导、巧用自然的见证。此诗以物寓人，通过对离堆的描写，歌颂了李冰战胜困难、造福百姓的情怀。

首联说自从李冰开凿宝瓶口将岷江水引入成都平原后，成都、新都、广都等地都可以利用它来运输和灌溉良田。

颔联引用历史传说，说为了战胜洪水灾害，李冰曾造石犀，并将其沉于水中以镇压水怪；赵昱也曾持刀入水斩蛟以消除水患。李冰造五石犀以镇水怪，有学者认为实有其事。因为2013年，考古工作者在成都市内发掘出了一头重达8.5吨的石犀牛，大致确认就是李冰镇水的石兽。而且有学者表示，如果石兽的确与治水有关，那么天府广场在秦汉时期，很有可能有一大片水域，这只石兽可能被放置在河边。

颈联写都江堰造就了成都平原的肥沃繁盛，李冰治水功在当代，利在千秋，彪炳史册。此意常璩《华阳国志》中的一段文字表达得最为透彻："沃野千里，号为陆海。旱则引水浸润，雨则杜塞水门。故记曰：水旱从人，不知饥馑，时无荒年，天下谓之天府也。"这一切，饮水思源，都是李冰等先贤圣哲的功劳。

尾联则专颂武侯治水的方法科学、爱惜民力，故事半而功倍、费省而效宏。都江堰水利工程是一桩几千年来无数仁人志士前赴后继、矢志坚持的事业。就历史上的治水功臣来说，李冰之前已有大禹和鳖灵，李冰之后较著名的则有文翁、诸葛亮、高骈、赵抃乃至清末的丁宝桢等，现都江堰离堆公园大道两旁的一个个石像，都在诉说着一桩桩感人的治水故事。但在封建时代，治水的费用往往要向人民摊派，因此又成为一种加重剥削，甚至横征暴敛的"秽政"，老百姓对此深恶痛绝。但也有一些官吏，关心老百姓疾苦，千方百计在不加重老百姓负担的前提下来兴建水利，诸葛亮就是这方面的好例。故诗人专门拈出诸葛亮时维持都江堰水利工程只用一千二百人的事例，来呼吁科学、经济、有效治水，并渴望出现诸葛亮式的官吏，来把治水的民生工程做好。表达了诗人既希望造福于民，又希望体恤民情、爱惜民力的思想感情。

〇九三 咏法藏寺[一]

清·李调元

我来法藏寺,
数里入云峰。
石径闻啼鸟,
松根走卧龙[二]。
人间尘不到,
仙境谁能从?
唯有山中叟,
时来访客踪。

〔一〕法藏寺：在成都彭州市丹景山镇凤凰山中，距彭州市区30公里，据传始建于唐哀宗时期，即公元904—907年间。定慧禅师至此开山，初名弥陀庵，其时规模尚小，至明代才扩大规模，影响日著。历史上，法藏寺住持多为名见佛籍的高僧大德，最为著名的是明朝英宗天顺年间的智中一天禅师，他是当时的"国师"，被皇帝恩赐佛像、佛经及法器等。智中一天禅师晚年来到彭州，将"弥陀庵"更名为"法藏寺"。到了清代康熙年间，法藏寺进入最鼎盛时期，高僧法印禅师曾住持此寺，僧徒众多，信众辐辏，遂为蜀中名刹。

〔二〕卧龙：指老松之根盘屈如卧龙。用"卧龙""屈蟠"等来形容竹、树之古老，根系之裸露盘屈，古诗中常见。如黄庭坚《题子瞻枯木》"故作老木蟠风霜"，《次韵黄斌老所画横竹》"卧龙偃蹇雪不惊""中安三石使屈蟠"等。

此诗为五律，描写法藏寺峰高树老、白云缭绕、鸟鸣山幽的高逸之境。

首联写诗人迤逦入山，渐行渐高，法藏寺坐落于高峰之上、白云之中。这是对法藏寺环境的总体描绘，但亦为入手擒题，写出法藏寺的不同凡响。俗话说"天下山水佛占尽"，杜牧诗有云"白云生处有人家"，此联之所写，亦犹如是。

颔联如特写镜头，写徜徉名刹，清寂肃静。沿石径而上，但闻啼鸟不绝，鸟鸣更显山幽。拾级而上，但见古松偃蹇盘屈如龙蛇，树老愈显佛寺的古老悠久。

颈联则宕开一笔，由眼前所见而生发议论：这深山古寺虽仍属人间，但却别有天地、一尘不染，宛如仙境，但又有谁能与我游而共享其中真趣呢？"谁能从"语带双关，既惋惜如此佳境却无人同游，又暗寓不能遗弃凡俗、融入仙境之中。境之高洁、心之欢欣、尘世之无奈皆可于其中思之见之。

尾联说古寺清寂，唯有山中老叟，不时来寻幽探胜。这"山中叟"的出现，不但"诗中有人"，而且进一步凸显了法藏寺古老、庄严与神秘，其中也不无高僧大德所在多有的含义。

同庆阁[1]

清·李调元

同庆阁虽改,
回澜塔尚存。
窗含西岭雪,
门泊下江船。[2]
竹啸疑箫吹,
桃花似火燃。
却怜清净地,
登眺百忧煎。

〔一〕同庆阁：明万历二十一年（1593），四川布政使余一龙建洪济桥，桥有九孔，民间称"九眼桥"。桥成，又在桥南东侧建回澜塔，塔旁有一寺庙，未知何年所建，乃因塔得名曰"回澜寺"。张献忠入成都后不久，塔毁，后寺亦不存。至清乾隆三十年（1765），时任四川总督重建回澜寺，又于寺东建有三级式楼阁，为同庆阁（又称"回澜塔"），老百姓称之为"白塔"。后寺与塔皆毁于火，其址修为民居，即今白塔寺街。在九眼桥侧，与海会寺相近。

〔二〕"窗含"两句：化用杜甫《绝句》"窗含西岭千秋雪，门泊东吴万里船"句意。

李调元自乾隆五十年（1785）发回原籍，削职为民后，遂不复出，以著述与游览家乡名胜自娱。成都本是诗人早年读书游栖之地（调元曾就读于锦江书院），屡经宦海风波，故地重游，倍感亲切情深，故而写下了一系列描述成都历史、风物的诗篇，此乃其中之一。

首联说当年的同庆阁已不可见，但回澜塔仍巍然屹立。暗寓虽经风雨沧桑雕栏玉砌朱颜已改，但前后新旧总是有历史继承性，何况同庆阁与回澜塔本来就是同一历史建筑在不同时期称呼各异罢了。一句话，此两句乃为下文表现"成都依然美丽"埋下伏笔。

颔联化用杜甫诗句，说登阁望远，可看到西山皑皑的白雪和从长江中下游地区（江苏、安徽、浙江、江西等地）到成都的船只。"下江船"，与"下江人"类似，指从长江中下游来的船只，亦即杜诗中的"东吴万里船"。此二句乃极写成都自然风光之美丽及西南名都、商业重镇之繁盛景象。

颈联以竹、花为代表，极力描绘成都自然风物之美，突出了成都绿色之城（竹）、鲜花之城（桃花）的特色。成都多竹，风吹竹林，犹如和谐的天籁之音；成都气候温润，冬无严寒，夏无酷暑，一年四季鲜花不绝。吟咏至此，我们自然会联想到杜甫"晓看红湿处，花重锦官城"（《春夜喜雨》）等许许多多历代诗人、作家描绘成都风物美景的名作名句，从而对美丽富饶的天府之国增添无限向往之情。

尾联一反前意，继承前人"登高而悲"的主题，写自己登阁驰目骋怀，时值大好春日，然家事国事煎逼于心，令诗人愁肠百结。诗人在《过锦江书院观旧日读书屋》诗中有句云："不为烽烟逼，重来岂有闲？"看来，诗人此番游成都、登览同庆阁，并非全属闲情雅致，而是有"烽烟"相逼，故在奔波流离中倍感故乡风物的美好。

〇九五 杜鹃城[1]　　清·卫道凝

沃野蚕丛[2]国,家解粳炊玉[5]。
城荒杜宇[3]基。人知竹酿醨[6]。
井梧春醮[4]雨,年年寒食节[7],
原柳晚垂丝。清夜子规[8]啼。

〔一〕杜鹃城：遗址位于今郫都区以北一里许，为传说及有关文献所记载的郫邑。据传，望帝定都于郫，死后魂化杜鹃鸟，因之又称"杜鹃城"。

〔二〕蚕丛：传说中古蜀国的首位国王，其生活年代相当于中原的夏代或更早。李白《蜀道难》云："蚕丛及鱼凫，开国何茫然。尔来四万八千岁，不与秦塞通人烟……"当然是夸张之词，然史家普遍认为，成都是一座具有2300多年建城史、4500多年文明史的历史文化名城，史载郫城的创建亦与成都同时（前311年）。

〔三〕杜宇：传说中古蜀国国王望帝名杜宇。

〔四〕蘸（zhàn）：沾，掠过。

〔五〕粳（jīng）：稻谷的总称。炊玉：以昂贵如玉的米做饭，形容饭食珍贵。

〔六〕竹酿醨：用竹筒酿造的美酒，即郫县唐宋以来就非常著名的美酒——郫筒酒。

〔七〕寒食节：古代节日，在清明节前一日或两日，当天禁烟火，只吃冷食。后代发展中逐渐增加了祭扫、踏青等。

〔八〕子规：杜鹃鸟的别名。传说为古蜀国国王杜宇魂魄所化，常在暮春时节啼鸣，声音凄切哀怨，故常以"子规啼"表示悲苦哀怨之情。

这是一首凭吊古蜀王杜宇王城郫邑的诗。与一般怀古咏史诗不同，此诗主要实写眼前所见，并没有过多抒发怀古吊古后的感慨议论，但诗人略带忧伤的心情还是可以从所写景物中透露出来，这是典型的"移情"之法。即作者于仰观俯察之际，把自己的喜怒哀乐之情投射到外物，又通过细致描摹物象来婉曲表达自己的主观感受，而不是直接抒情议论，正如王国维在《人间词话》中所言，"以我观物，故物皆著我之色彩"。

首联吊古。天府文明滥觞于古蜀王蚕丛氏，从此，多元共生的华夏文明又增添了独具风格特色的一元。经过无数代古蜀先民的垦拓与治理，特别是大禹、鳖灵及最为后人钦仰的李冰等先贤在治水事业上的丰功伟绩，成都平原逐渐成为沃野千里的"天府之国"。而且，荒废的城池及断壁残垣，正是当年盛极一时的杜宇王城——郫城——的根基所在啊！于抚今追昔中抒发了深沉的历史沧桑感。

颔联写眼前所见之春色。正当春日，井边的梧桐树叶被春雨浸湿，田野上轻柔的柳条在晚风中依依摇曳，好一派迷人的川西春光！

颈联写此城此景的人情风俗。家家都知道如何做出如玉般珍贵（美味）的米饭，人人都晓得酿制闻名遐迩的郫筒美酒。此联写足了第一联中的"沃野"二字，描绘出郫城家给人足的富饶景象。

尾联由暮春时节的寒食节听到的杜鹃啼鸣，又联想起"望帝春心托杜鹃"（李商隐《锦瑟》）的古老传说，诗人平添了几分乡愁与惆怅。据说子规鸟的啼声听起来像在呼唤"不如归去，不如归去"，故在中国古典诗歌意象中，杜鹃啼鸣又有春归（暮）而人未归，催人归家之意。

全诗仅四十字，但深沉蕴藉，颇有老杜五律风味，使人反复吟诵而觉回味无穷。

〇九六 二王庙落成陪徐明府[1]恭谒纪事 清·张凤翥

陆海茫茫蜀涂稠[2],
武阳新见水通流。[3]
平分万亩青畴阔,
饱看千家绿玉收。
岂谓德公[4]能再世,
好因徐父[5]在同游。
年来此地巡行遍,
吸得清泉有几瓯?

〔一〕徐明府：指当时的新津知县徐尧。明府：唐宋以降，常称县令为明府。

〔二〕蜀涂稠：指洪水泛滥时成都平原沦为滩涂之地。

〔三〕武阳：彭山旧名。"新见水通流"：此时通济堰重建成功，灌田13万亩。按：通济堰为唐开元二十八年（740）益州长史章仇兼琼据古天水门遗迹开建。自新津邛江口（今南河口）引渠南下120里至彭州眉山，引水渠分十支，灌田1600顷。五代至宋皆曾扩建，明代已渐荒废。清雍正时四川总督黄廷桂、乾隆时彭山知县张凤翥等又多次扩修。

〔四〕德公：指汉末隐士庞德公。

〔五〕徐父：指徐尧，时任新津知县。

　　二王庙本在都江堰，是后人为了纪念李冰父子的治水之功而建的。由于李冰治水的丰功伟绩，在蜀人心中地位崇高，故千百年来祭祀不断、香火不绝。尔后，在岷江沿线也建立了一些纪念祭祀李冰父子的二王庙。此诗即为张凤翥任彭山知县时为记二王庙落成之事所作。

　　首联写成都平原历史上常饱受水患之苦，现在武阳河水通流，再无涝陷之忧。彭山属成都平原，而成都平原由水患灾害不断到"水旱从人，不知饥馑"的天府之国，李冰父子功不可没。故看到二王庙新落成而缅怀李冰父子建造都江堰自流灌溉系统的历史功绩。一个"新"字，说明彭山之水是经过疏浚整治的，从中透露出一个"父母官"的由衷喜悦之情。

　　颔联写想象中得水灌溉后的一派丰收之景。诗意说沟渠纵横，万亩庄稼得到灌溉；待到秋收，千家万户都能有非常好的收成。"饱看"即看够、长时间看，体现出一个地方官对农民及其收成的关切。

　　颈联绾合诗题中的"陪徐明府"，用历史上为民爱民的好官德公来比拟徐明府，乃是对徐明府兴修水利及建二王庙纪念先贤的赞颂。

　　尾联说身为县令，近年来把这一带都视察遍了，也记不清喝了多少这（岷）江中清澈的水。表现了对自己辖地内一山一水、一草一木的亲切及热爱之情。

〇九七 宝光寺[一] 清·王树彤

万绿丛中一紫关[二],
宝光灼灼射云间。
城头斜日低于塔[三],
天半飞霞散入山。[四]
流水绕门禅性静[五],
落花满地磬声闲。
登楼阅遍经千卷[六],
此外何知有世寰[七]!

〔一〕宝光寺：四川著名禅寺，位于成都市新都区城中，相传始建于东汉，唐开元二十九年（741），已名"宝光寺"。清代重建时塑佛、罗汉等像共577尊，成为远近名胜。为中国南方"四大佛教丛林"之一。

〔二〕紫关：因僧人衣尚紫色，故称佛寺为"紫关"。

〔三〕塔：寺内天王殿与七佛殿之间有高约二十三米的十三层宝光塔，为唐代舍利塔。

〔四〕"天半"句：原注："寺后有紫霞山"。

〔五〕禅性：清净寂定之性。流水绕门：寺前原有小溪，名"直渠"，今已不存。

〔六〕经千卷：作者自注："寺有高楼，藏经千卷。"宝光寺藏经楼在大雄宝殿后，现藏《大藏经》六千三百六十一卷。

〔七〕世寰：世间，人间。

新都宝光寺为唐宋以来川中名刹，历代文人墨客多有题咏。清代重建后，尤以其"500罗汉"（实为577）最负盛名。王树彤此诗，即描写宝光寺的优美环境与作为佛教圣地的清寂庄严。

首联写远近闻名的宝光寺坐落于"万绿丛中"，宝光塔在阳光照耀下熠熠生辉，极写葱茏苍翠的周边环境与宝光闪烁的胜境奇观。金光绿障，相映成趣，给读者留下深刻印象。

颔联仍从大处着笔，渲染宝光寺作为新都城地标的独特景观与重要地位。夕阳西下，看似渐渐从塔后落下；落霞掠过，紫霞山下涂上了美丽的余晖。此联极写夕阳西下时以宝光寺为中心构成的美好图画。

颈联写宝光寺的清寂禅境。寺前有清溪环绕，体现出禅的清净寂定之性；落花满地，无人打扫，不时传来悠闲的磬声。此联动静对比，愈显其清静。"流水"句很容易使人想起杜甫《江亭》中"水流心不竟，云在意俱迟"的带有浓郁禅味的名句。而"落花"句也与王维《鸟鸣涧》"月出惊山鸟，时鸣春涧中"意境相似，都是以"动"来渲染、衬托、凸显"静"的佳句。

尾联则写诗中之"我"，诗人终于走到了前台，现身亮相。说如能登上藏经楼，阅遍数千卷佛经，则实属人生之乐事、快事。"不知有汉，无论魏晋"，哪里还有闲工夫关心纷繁复杂的世间之事。实际上是说游此清幽寂静之禅境，使人宠辱皆忘，顿生读经念佛、修行悟道之心，哪里还用得着操心世间之事。表明了诗人对宝光寺的由衷赞叹和对佛法禅境的钦慕向往之情。

全诗情、景、理熔于一炉，既有形象的鲜明生动，又有对佛理禅味的体悟思考；既有阔大深远之境，又有玲珑小巧之景；既有飞壮之势，又具清幽之格。主客相融，诗中有"我"，堪称佳作。

〇九八 和青城题壁诗[一]

清·骆成骧

郁郁青城对赤城[二],风过桂丛留客坐,
深秋爽气扑人清。雨余松盖倚天擎。
书台[三]草长重围合,玉真闲共金华语[五],
仙洞[四]花开四照明。子晋[六]归来鹤夜声。

〔一〕清光绪时,赵熙书刻范成大、陆游、杨慎诗于常道观壁,此诗即和其中某人之作。

〔二〕赤城:青城山古名。以山色赤而形如城,故名。

〔三〕书台:即杜光庭读书台,在青城山白云溪。

〔四〕仙洞:旧说青城山有三十六峰、七十二洞,最著名者为天师洞、朝阳洞。

〔五〕玉真、金华:唐睿宗女玉真公主、金华公主。两人曾入蜀,在青城山修道。

〔六〕子晋:相传古仙人王子晋好吹笙,作凤鸣,后在缑山乘鹤仙去。

首联写深秋时节的青城山郁郁葱葱,凉爽宜人。"青城"对"赤城"既是古今山名相对,又有鲜明的颜色对比。青城山群峰连绵,大概其中某座山在古时呈赤色,故称"赤城"。此二句总写青城山的大环境、大格局、大意境,然后逐渐收缩聚焦,分写山中景观、风物。

颔联说年深日久,当年高道杜光庭的读书台周围已长满了杂草,而仙洞四周花开得正明艳。成都气候温润,林木葱茏,冬无严寒,夏无酷暑,故一年四季花开不断,青城山中深秋时节亦仍有花开。

颈联说山中九月,丹桂飘香,游客在桂丛中憩息,秋风送爽,好不惬意!古松倚天,枝叶茂盛如车盖,微雨过后,分外苍翠挺拔,好一派山深秋高之景。此两句一为俯视所见,一为仰观所得,刚柔相衬,刻画青城秋景的不同面相。

尾联运用典故,极言青城山乃人间仙境。凝神观照,冥想静听,你似乎还能听到当年玉真公主和金华公主闲话论道。夜深鹤鸣,仿佛是古仙人王子晋骑鹤归来。所引用的两个典故,仍与前几联一样,有极强的画面感。

此诗八句,细腻精微,句句皆可入画成境,显示了状元诗人的艺术功力。

〇九九 题宋蜀本南华真经[一]（选二）

近代·傅增湘

赵氏新刊出蜀工[二]，安仁旧属临邛郡，
大书雅具柳颜风[三]。士族常高与李吴[四]。
流传孤帙无由见，刻梓何关文定[五]事，
校本先逢宝砚翁。寻缘或出赵龙图[六]。

此二绝句专咏宋代成都的印刷出版，是对宋代以成都为中心的蜀中出版传播文化的赞歌。

"四川从唐代起就是（中国）造纸中心"（李约瑟语），唐代成都是世界上最早发明和使用雕版印刷术的地区（详见杨玉华、罗子欣《天府文化散论》）。

第一首写宋蜀本《南华真经》的精美绝伦。诗意说赵谏议刊刻的《南华真经》确实出自技艺高超的蜀刻工之手，且字大如钱，颇得颜柳书法神韵，为世所艳羡的"宋蜀大字本"。赵刻本为海内孤本，一般不易见到，我也是先见到了何义门弟子沈宝砚的手校本后，追本溯源，才发现赵谏议刻本的。全诗充满了对新发现的宋蜀本《南华真经》的喜爱、赞叹和作为蜀人的自豪之情。

第二首则主要追溯刻本的主人及刊刻之地。如注释〔一〕中所言，此宋蜀本出自"安仁赵谏议宅刊本"，于是作者就"安仁"与"赵谏议"进行考索，这也是目录版本学家所关注的两个核心要素。诗人推论说：安仁（即现大邑县安仁镇）在宋时属临邛郡，"常、高、李、吴"为当地大族著姓，其中并没有赵姓啊（古代刻书花费颇巨，大家富户方能为之，故有此说）。有记载说此书之刊刻与张方平有关，我看未必。仔细推本寻源，赵禼曾以边功拜龙图阁学士，此赵谏议也许是他的同族后代吧？考索人物时地，形诸歌咏韵语，这是典型的学者之诗。

此二诗之所以特别，并不在于它有多高的艺术技巧，而是因为它记载了天府文化的一个重大贡献——历代声名远扬的蜀中刊刻出版艺术。

〔一〕傅增湘《藏园群书经眼录》（第三册）卷十"子部四"云："《南华真经注》十卷，晋·郭象注。宋蜀中安仁赵谏议宅刊本，半叶九行，行十五字，注双行三十字，白口，左右双栏，版心鱼尾下记'庄一'、'庄二'等字……按：安仁为临邛郡属县名，即今之大邑也，惟赵谏议为何人苦无明证。余尝取世德堂本对勘，改订至夥，其异处多与涵芬楼之北宋本合……是蜀刻源于古本审矣。"此外，傅氏另有长文跋此书，收入《藏园群书题记》（三册）。此诗即题前文所著录的宋蜀本《南华真经注》。

〔二〕赵氏：即注〔一〕中所谓"安仁赵谏议"，此宋蜀本为赵谏议宅刊行。

〔三〕大书：即世所艳称的"蜀大字本"。它字大如钱，墨香纸润，是我国雕版印刷史上公认的精品。两宋蜀刻书籍种类丰富，且具有校勘认真、版质好（多用梨木）、字画端楷（多用颜体、柳体）、版式疏朗、刻工精细、墨色漆亮、纸质上乘等优点。柳颜风：作者原注："蜀本多仿颜柳。笔法古劲，到眼即辨。赵刻未出时，余在泸上见沈宝砚（名岩，为何义门弟子）手校本，即从赵谏本出也。"

〔四〕常高与李吴：均宋时临邛大姓，即常安民、高稼、李绚、吴时。

〔五〕文定：指张方平（1007—1091），字安道，号乐全居士，谥文定，河南商丘人。曾知益州，与苏轼等颇多交往。

〔六〕赵龙图：作者原注："赵禼以边功拜龙图阁学士，此赵谏议或其族裔欤？"

一〇〇 朝华词·赞川剧名旦陈碧秀[一]

近代·吴虞

贤才窈窕总堪怜[二],
劫后重听蜀国弦[三]。
四海风尘杜陵老[四],
绮筵愁见李龟年[五]。

〔一〕陈碧秀：（1895—1946）四川成都人，原姓洪，字朝华，川剧演员。清宣统二年（1910）拜李翠香为师，后又从名旦杨素兰学艺，工旦角。20世纪20年代初加入三庆会，30年代初与周慕莲、白玉琼、琼莲芳并称川剧"四大名旦"。擅演贵族妇女，扮相华贵端庄，以演《风筝误》《荆钗钿》《三郎配》等剧著称。

〔二〕怜：怜爱，可爱。

〔三〕蜀国弦：乐府相和歌辞名，又名《四弦曲》《蜀国四弦》。南朝梁简文帝、隋卢思道、唐李贺等均有同题之作。

〔四〕杜陵老：指杜甫，唐代大诗人。杜甫在诗中尝称自己为"少陵野老"，又因长安南面的杜陵（汉宣帝刘询陵墓）为杜氏郡望，所以杜甫也可称"杜陵"，此处乃诗人自称。

〔五〕李龟年：唐代开元时期"特承顾遇"的著名歌唱家，安史之乱后流落江南，"每逢良辰胜赏，为人歌数阕，座中闻之，莫不掩泣罢酒"（《明皇杂录》）。杜甫《江南逢李龟年》云："岐王宅里寻常见，崔九堂前几度闻。正是江南好风景，落花时节又逢君。"所写即为杜甫晚年在江南重逢李龟年的情景。此处以李龟年比陈碧秀。

此诗为吴虞赞颂川剧名旦陈碧秀之作。短短四句，句句用典。意韵丰厚，情感真挚。一唱三叹，余韵不绝，有老杜诗风味，具深沉的古今沧桑之感。

首句写陈碧秀的气质风姿。"窈窕"典出《诗经·关雎》"窈窕淑女，君子好逑"，用在此处是说陈碧秀如《关雎》中的那位"淑女"一样既美丽漂亮，又贤淑有德（《诗经》旧注有认为《关雎》是咏后妃之德或求贤才的），因此总是使人怜爱喜欢。一句话，陈碧秀色才俱佳、德艺双馨，极受欢迎。

次句写经过重大的人生变故后再次观看到陈碧秀的精彩表演，不禁感慨万千。"蜀国弦"为蜀地乐曲，其音高亢凄厉，使人听后不能忘怀。此处用"蜀国弦"指带有浓郁地方特色的川剧表演。

第三、四两句一意贯串，说自己四处漂泊，年岁已大，犹如当年漂泊西南的杜甫，在如此华贵的筵宴上重逢当年著名的歌唱家李龟年，叫自己情何以堪呢？为何"愁见"，诗人没有明言，留给读者去寻思研味。也许经过了"劫"之后，故人相见，都有恍如隔世之感；也许是重逢时诗人仍漂泊潦倒，而故人却仍风姿不减，故"愁"见、怕见；或许是再次观看名旦表演，勾起了年轻时的诸多美好回忆，反观目下，不禁怅然久之……总之，全诗传达出的是一种好景不长、盛筵难再、人生短暂、变化沧桑的怅惘之情，在"赞"颂中含有深沉的感喟。王羲之《兰亭集序》中"向之所欣，俯仰之间，已为陈迹，犹不能不以之兴怀，况修短随化，终期于尽！古人云：死生亦大矣。岂不痛哉！"一段文字，正好用来做此诗的注脚。

从艺术上看，此诗也颇具沈德潜评杜甫诗《江南逢李龟年》所说的"含意未申，有案未断"的特点，因为为何"愁见"，作者点到即止，引而不发。又如孙洙评杜甫《江南逢李龟年》所言："世运之治乱，年华之盛衰，彼此之凄凉流落，俱在其中。""劫"后余生，所感者颇深，这也可能是人类的共同感情吧！

李白

李白（701—762），字太白，号青莲居士。祖籍陇西成纪（今甘肃省秦安县），隋末其先人流寓碎叶（今巴尔喀什湖南面的楚河流域）。幼时随父迁居绵州昌隆（今四川江油）青莲乡。二十四岁离蜀，长期在各地漫游。天宝初供奉翰林，受权贵谗毁，仅一年余即离开长安。安史之乱中，曾为永王李璘幕僚，因璘败牵累，流放夜郎。中途遇赦东还。晚年漂泊困苦，卒于当涂。

诗风雄奇豪放，想象丰富，语言流转自然，音律和谐多变。善于从民歌、神话中汲取营养和素材，构成其特有的瑰玮绚丽的色彩，极富浪漫风格。有《李太白集》。

○○一 上皇西巡南京歌十首（其二） 032
○○二 荆门浮舟望蜀江 034
○三一 登锦城散花楼 100

杜甫

杜甫（712—770），字子美，自称"少陵野老"，原籍襄阳（今属湖北），出生于巩县（今属河南）。杜审言之孙。开元后期，举进士不第，漫游各地。后寓居长安近十年。及安禄山军陷长安，乃逃至凤翔，谒见肃宗，官左拾遗。长安收复后，随肃宗还京，后因直谏被贬为华州司功参军。不久弃官居秦州（今甘肃天水）、同谷（今甘肃成县）。又移家成都，筑草堂于浣花溪上，世称"浣花草堂"。一度在剑南节度使严武幕中任参谋，武表荐为检校工部员外郎，故世称"杜工部"。晚年携家出蜀，病死于船上。其诗显示了唐代由盛转衰的历史过程，被称为"诗史"。以古体、律诗见长，风格多样，后人概括为"沉郁顿挫"，有《杜工部集》。

岑参

岑参（约715—770），唐江陵（今湖北省荆州市）人。天宝进士，曾随高仙芝到安西、武威，后又往来于北庭、轮台间。官至嘉州刺史，卒于成都。长于七言歌行。所作善于描绘塞上风光和战争景象。气势豪迈、情辞慷慨，语言变化自如。与高适齐名，并称"高岑"。有《岑嘉州集》。

○一一 万里桥 054
○四○ 文公讲堂 116
○四一 升仙桥 118

田澄

田澄，生卒年不详，天宝时官献纳使、起居舍人。杜甫尝有诗赠之。《全唐诗》存诗一首，即《成都为客作》。

○二二 成都为客作 056

○三 春夜喜雨 036
○四 绝句四首（其三）38
○五 赠花卿 040
○六 成都府 042
○七 登楼 044
○八 怀锦水居止二首（其一）046
○九 水槛遣心二首（其一）048
一○ 石犀行 050
三三 茅屋为秋风所破歌 102
三四 客至 104
三五 西郊 106
三六 绝句三首（其二）108
三七 琴台 110
三八 蜀相 112
三九 石笋行 114
六五 丈人山 168
六六 又于韦处乞大邑瓷碗 170

张籍

张籍（约767—约830），字文昌，吴郡（今江苏苏州）人。唐德宗贞元十五年（799）进士。历任太常寺太祝、水部员外郎、国子司业。世称"张水部""张司业"。有《张司业集》。

○二三 成都曲 058
○四一 送客游蜀 120

刘禹锡

〇一四 浪淘沙（其五） 062

〇四三 竹枝词九首（其四） 122

刘禹锡（772—842），字梦得，洛阳（今属河南）人。唐德宗贞元九年（793）进士。贞元十六年（800）入朝任监察御史。顺宗永贞元年（805）任屯田员外郎，参与王叔文革新。革新失败后，被贬为朗州（今湖南常德）司马。宪宗元和十年（815）被召回，因玄都观诗，再贬为连州（今广东连县）刺史。穆宗长庆元年（821）冬任夔州（今重庆奉节）刺史。长庆四年（824）夏任和州（今安徽和县）刺史。后历任主客郎中，苏州、汝州、同州刺史，晚年为检校礼部尚书兼太子宾客，世称"刘宾客"。有《刘梦得文集》。

白居易

〇一五 玩半开花赠皇甫郎中（节选） 064

白居易（772—846），字乐天，晚年号香山居士。其先太原（今属山西）人，后迁居下邽（今陕西渭南东北）。贞元进士，授秘书省校书郎。元和年间任左拾遗及太子左赞善大夫。后因上表请求严缉刺死宰相武元衡的凶手，得罪权贵，被贬为江州司马。长庆初年（822）任杭州刺史，宝历元年（825）任苏州刺史，后官至刑部尚书。

在文学上，主张"文章合为时而著，歌诗合为事而作"，是新乐府运动的倡导者。其诗语言通俗，相传老妪也能听懂。常与元稹唱和，世称"元白"。有《白氏长庆集》。

温庭筠

〇一六 锦城曲 066

温庭筠（约801—866），原名岐，字飞卿，太原（今属山西）人。少负才名，恃才不羁，好讽刺权贵，多犯忌讳，取憎于时，故屡举进士不第，长被贬抑，终生不得志。曾任隋县和方城县尉，官终国子监助教。有《温庭筠诗集》。

高骈

高骈（821—887），字千里，幽州（今北京城西南隅）人。历任天平、荆南、镇海、淮南等镇节度使。曾入蜀任剑南西川节度使，于唐僖宗乾符三年（876）在成都开挖护城河，修筑罗城，增强了成都的军事防御能力。《全唐诗》存其诗一卷。

〇一七 锦城写望 068

吕大防

吕大防（1027—1097），字微仲，京兆府蓝田（今属陕西）人。宋仁宗皇祐元年（1049）进士。历任冯翊主簿、永寿县令、太常博士、翰林学士、尚书左仆射兼门下侍郎、随州知州。仁宗时，曾任青城（今四川眉山）知县。神宗元丰年间（1078—1085）任成都知府时，设立官办的织锦工场"锦院"；在成都浣花溪畔杜甫故宅旧址，重建茅屋，立祠宇。

〇一八 万里亭 070

苏轼

苏轼（1037—1101），字子瞻，一字和仲，号东坡居士，眉州眉山（今属四川）人。宋仁宗嘉祐二年（1057）进士。后因母病故，随父回乡奔丧。嘉祐四年（1059）守孝期满回京。嘉祐六年（1061）授大理评事、签书凤翔府判官。英宗治平三年（1066），父苏洵病逝，扶柩还乡。守孝三年后还朝。因反对王安石新法而求外调。先后任杭州通判，密州、徐州、湖州知州。后因作诗讽刺新法而下御史狱，被贬为黄州团练副使。哲宗时任翰林学士，官至礼部尚书。后又被贬谪至惠州、儋州。在各地均有惠政。有《东坡七集》《东坡乐府》等。

〇一九 送戴蒙赴成都玉局观将老焉 072
〇四九 和子由蚕市 134
〇七二 临江仙·送王缄 182
〇七三 鹊桥仙·乘槎归去 184
〇七四 满江红·寄鄂州朱使君寿昌 186

陆游

陆游（1125—1210），字务观，号放翁，越州山阴（今浙江绍兴）人。孝宗即位后，赐进士出身。历任福州宁德县主簿、隆兴府通判等职。乾道六年（1170），任夔州（今重庆奉节）通判。乾道七年（1171），至南郑，任职于四川宣抚使王炎幕府。乾道八年（1172），任成都府路安抚司参议官。乾道九年（1173），改任蜀州（今四川成都崇州）通判；后又改任嘉州（今四川乐山）通判。淳熙元年（1174）又调回任蜀州通判，不久到荣州（今四川荣县）代理州事。淳熙二年（1175），被范成大荐为成都府路安抚司参议官兼四川制置司参议官。淳熙三年（1176），免官。寓居于杜甫草堂附近的浣花溪畔，并自号"放翁"。淳熙五年（1178），奉诏入朝，离开成都。晚年退居故乡山阴。有《剑南诗稿》。

○二四　归蜀　084
○八四　题王庶山水　208

虞集

虞集（约1272—1348），字伯生，号道园，又号邵庵。祖籍成都仁寿（今四川省眉山市仁寿县）。元代著名学者、诗人，南宋丞相虞允文五世孙。少受家学，尝从吴澄游。成宗大德初，以荐授大都路儒学教授，历国子助教、博士。仁宗时，迁集贤修撰，除翰林待制。文宗即位，累除奎章阁侍书学士。卒赠江西行中书省参知政事、护军、仁寿郡公，谥号"文靖"。曾领修《经世大典》，有《道园学古录》《道园遗稿》。

冯任

○二五　锦江　086

冯任（1580—1642），字重夫，号起莘，浙江慈溪人。明神宗万历三十一年（1603）举人，万历三十五年（1607）进士。明朝政治军事人物，以明季坚守山海关击退鞑靼和后金闻名于史。在任成都知府时，主修了《新修成都府志》。

○二○ 成都书事二首（其一） 076
○二一 春晓 078
○二二 梅二首（其一） 080
○二三 十二月十一日视筑堤 082

○二六 送黄子羽之任四首（其一）成都 088

○二七 锦江绝句 090

○五○ 梅花绝句 136
○五一 梅花 138
○五二 夜闻浣花江声甚壮 140
○五四 青羊宫小饮赠道士 144

吴伟业

吴伟业（1609—1672），字骏公，号梅村，江苏太仓人。明崇祯四年（1631）进士，官左庶子。参加过复社，任少詹事，乞假归。清顺治十年（1653）应召，官至国子监祭酒。顺治十三年（1656），辞职归。诗学唐人，大抵少年所作，才华艳发，藻思清丽；老年经历丧乱，则变为激楚苍凉，尤擅歌行。其中如《圆圆曲》《松山哀》《永和宫词》《听女道士卞玉京弹琴歌》等，皆与明末史事有关，并能反映明末政治腐败情况。有《梅村集》。

○七八 蔬食戏书 196
○七九 九月三日同吕周辅教授游大邑诸山 198
○八○ 九日试雾中僧所赠茶 200
○八一 杂咏 202

尉方山

尉方山（？—1832），字琴南，成都人。嘉庆十三年（1808）举人，选蓬州学政未赴，曾任教习。流寓京都。道光十二年（1832）卒于成都。有《无梦想斋诗草》。《国朝全蜀诗钞》存录其诗三十余首。又工书法，《成都县志》《益州书画录》有传。

顾印愚

〇二八 府江棹歌十二首（其一） 092

顾印愚（1855—1913），字印伯，号所持，又号塞向翁，四川华阳（今成都市）人。光绪五年（1879）举人，官任湖北知县。有《成都顾先生诗集》。

向日升

〇二九 赋成都景物 094

向日升，生卒年不详。四川成都人。康熙三十五年（1696）举人，曾任陕西韩城知县。

赵熙

〇三〇 下里词送杨使君入蜀（选六首） 096

赵熙（1867—1948），字尧生，号香宋，荣县（今属四川自贡）人。光绪十七年（1891）举人，次年进士，授编修，转江西道监察御史。居官抗直敢言，著称于时。诗词书画，无不精绝。有《香宋诗前集》《赵熙集》行世。

卢照邻

○三一　文翁讲堂　098

卢照邻（约637—约686），字升之，号幽忧子，幽州范阳（今河北涿州）人。曾任新都尉。后为风痹症所困，投颍水而死，为"初唐四杰"之一。原有集，已散佚，后人辑有《幽忧子集》。七言歌行《长安古意》为世代传诵之名篇。

元稹

○四四　寄赠薛涛　124

元稹（779—831），字微之，河南（府治今河南洛阳）人，早年家贫，举贞元九年（793）经科、十九年（795）书判拔萃科。曾任监察御史，因得罪宦官及守旧官僚，遭到贬斥。后转而依附宦官，官至同中书门下平章事。后以暴疾卒于武昌军节度使任所。与白居易友善，常相唱和，世称"元白"。有《元氏长庆集》。

雍陶

○四五　经杜甫旧宅　126
○六七　到蜀后记途中经历　172

雍陶（约789—约873），字国钧，成都人。大和进士，历任侍御史、国子毛诗博士、简州刺史。曾多次越秦岭、穿三峡，远游塞北及今山东、湖南、湖北、福建等地。与张籍、王建、贾岛、姚合、殷尧藩等过从甚密。其诗多旅游之作，律诗语言精练，工于对仗。《全唐诗》存其诗一卷。

陆龟蒙

○四六 酒垆 128

陆龟蒙(？—约881)，字鲁望，姑苏(今江苏苏州)人。曾任苏、湖二州从事，后隐居甫里，自号江湖散人、甫里先生，又号天随子。与皮日休齐名，人称"皮陆"。诗以写景咏物为多。有《甫里集》。

韦庄

○四七 乞彩笺歌 130

韦庄(约836—910)，字端己，京兆杜陵(今陕西西安东南)人。唐乾宁元年(894)进士，后依王建为掌书记。建称帝，一切诏令，皆出庄手，官至吏部侍郎、同平章事。访得成都杜甫草堂旧址筑室以居。有《浣花集》。

吕陶

○四八 浣花泛舟和韵 132

吕陶(1028—1104)，字元钧，号净德，眉州彭山(今属四川)人。皇祐年间进士，历任铜梁县令、彭州知州、殿中侍御史等职。有《净德集》。

吴芳吉

吴芳吉（1896—1932），字碧柳，号白屋吴生，四川江津（今属重庆市）人。曾先后在湖南、陕西、辽宁、四川、重庆等地任教，与吴宓、刘永济等名流相往还。致力于诗歌创作，有《白屋吴生诗稿》。

○五三 龙泉山顶远望 142

张玉娘

张玉娘（1250—1277），字若琼，号一贞居士，处州松阳（今浙江松阳）人。宋提举官张懋之女，随父住成都。自小饱读诗书，慧敏绝伦。许配沈佺，未婚而夫早死，数年后玉娘亦去世。喜薛涛所传锦花笺，每有所作则以锦花笺书之。

○五五 锦花笺 146

丁复

丁复，生卒年不详。字仲容，浙江天台人。延祐初游京师，被荐为官不就，曾入蜀小住。晚岁居金陵城北。有《桧亭集》。

○五六 蜀江春晓 148

姚青娥

〇五七 竹枝词 150

姚青娥，一作姚少娥，生卒年不详。自号青娥居士。浙江秀水人，范应宫之妻。工诗词，善书法，有《玉鸳阁诗集》。

张问陶

〇五八 青羊宫 152

张问陶（1764—1814），字仲冶，一字柳门，号船山。祖籍四川遂宁，生于山东馆陶。清乾隆五十年（1785）偕夫人回川省亲回遂宁，其间写诗甚多。乾隆五十三年（1788）赴京参加顺天乡试，中举人。次年初，返回四川，在成都、遂宁小住。乾隆五十五年（1790）进士。历任翰林院检讨、江南道监察御史、吏部验封司郎中。嘉庆二年（1797），在家丁父忧三年，其间往来于遂宁、成都、北京。嘉庆十五年（1810）任山东莱州知府。后辞官寓居苏州虎丘山塘。有《船山诗草》行世。

杨燮

〇五九 锦城竹枝词 154
〇六〇 锦城竹枝词 158

杨燮，字对山，号六对山人。四川成都人，清嘉庆六年（1801）举人。曾任县教谕，有《树茶轩存稿》。

吴好山

吴好山（1797—1876），字云峰，四川彭县东乡（今四川彭州）人。少壮曾游历四川、陕西、云南、湖北、湖南等地。四十岁时断绝仕途之念，以著述自娱。有《自娱集》。

○六一 成都竹枝词 160

冯家吉

冯家吉，生卒年不详，清末人，字秀生，四川成都人。

○六二 锦城竹枝词·咏麻婆豆腐 162

谢家驹

谢家驹，生卒年不详，字龙文，活动于清末，号侠生，四川南川人，官至德阳知县。有《游子吟正续稿》。

○六三 花会场竹枝词 164

八七 黄要叔富贵春 214

汪珂玉

汪珂玉（1587—?），字玉水，号乐卿，自号乐闲外史，秀水（今浙江嘉兴）人。崇祯（1628—1644）中官山东盐运使制官。其父爱荆，与项元汴交好，筑"凝霞阁"以贮书、画，收藏富甲一时。他又广为搜罗，别置"莲登草堂""韵石阁"等。并就其所藏及闻见所及，撰《珊瑚网》，收录并评记所见书画之得失，崇祯十六年（1643）成书。

八八 川扇 216

陈三岛

陈三岛（1624—1660），字鹤客，长洲（今江苏省苏州市）人，家贫好诗，有《雪圃遗稿》。

八九 新都弥牟镇八阵图 218

曹学佺

曹学佺（1574—1646），字能始，一字尊生，号雁泽，又号石仓居士、西峰居士，福建福州府侯官县洪塘乡人。明代官员、学者、诗人、藏书家，万历二十三年（1595）进士。清兵入闽，自缢殉节。

傅作楫

傅作楫，生卒年不详，字济庵，号圣泉、雪堂，四川奉节（现属重庆市）人。清康熙二十六年（1687）举人。历任黔江儒学教谕、直隶良乡县知县、太常寺少卿、都察院左副都御史等职。有《雪堂诗集》。

〇九〇 筹边楼 220

王士禛

王士禛（1634—1711），字子真，一字贻上、豫孙，号阮亭，又号渔洋山人，世称"王渔洋"。山东新城（今山东桓台）人，常自称济南人。清顺治十五年（1658）进士，历官礼部主事、户部郎中、国子祭酒、左都御史、刑部尚书等职。曾于清康熙十一年（1672）以户部郎中奉命主持四川乡试，将途中所作三百余首诗编为《蜀道集》。有《渔洋山人精华录》行世。

〇九一 新津县渡江 222

李调元

李调元（1734—1803），字羹堂，号雨村。绵州罗江（今四川省德阳市罗江县）人。清乾隆二十八年（1763）进士。后历任吏部考功司主事兼文选司、翰林院编修、文选司员外郎、广东学政、直隶通永兵备道。乾隆四十七年（1782）因事落职，流放新疆伊犁。旋经营救，途中召回。于乾隆五十年（1785）发回原籍，削职为民。遂不复出，以著述自娱。有《童山诗集》行世。

〇九二 离堆 224
〇九三 咏法藏寺 226
〇九四 同庆阁 228

卫道凝

卫道凝（1762—1823），字焕之，号桤园，四川郫县（今郫都区）人。乾隆五十一年（1786）乡试解元。五赴京试皆落第。曾在四川灌县（今都江堰市）岷江书院、崇庆（今崇州市）崇阳书院讲学。嘉庆二十二年（1817）考选一等，补南江县训导。

张凤翙

张凤翙，生卒年不详，字梧冈，浙江上虞人。乾隆十六年（1751）任彭山知县。

王树彤

王树彤（又作"王树桐"），生卒年不详，字琴轩，湖北秭归人。清咸丰二年（1852）举人，历任四川金堂、乐至县纂，什邡知县。有《绿荫山馆诗钞》。

骆成骧

○九八 和青城题壁诗 236

骆成骧（1865—1926），字公骕，四川资中人。光绪二十一年（1895）状元，也是清代四川唯一的一位状元。官至山西提学使。辛亥革命后曾任四川国学院院长等职。有《清漪楼遗稿》。

傅增湘

○九九 题宋蜀本南华真经（选二） 238

傅增湘（1872—1949），字沅叔，四川江安人。光绪二十四年（1898）进士，官至内阁中枢，著名藏书家和版本目录学家。

吴虞

一〇〇 朝华词·赞川剧名旦陈碧秀 240

吴虞（1872—1949），字又陵，四川新繁（今属成都市新都区）人。早年留学日本，后执教北京大学、四川大学。有《秋水集》《吴虞集》行世。

参考文献

1.〔晋〕常璩.华阳国志校补图注[M].任乃强,校注.上海:上海古籍出版社,2007.
2.〔宋〕袁说友.成都文类:二册[M].赵晓兰,整理.北京:中华书局,2011.
3.〔明〕杨慎.全蜀艺文志[M].刘琳,王晓波,点校.北京:线装书局,2003.
4.〔明〕曹学佺.蜀中广记:二册[M].上海:上海古籍出版社,1993.
5.〔清〕张邦伸.锦里新编[M].成都:巴蜀书社,1984.
6.〔清〕孙桐生.国朝全蜀诗钞[M].成都:巴蜀书社,1985.
7.〔唐〕薛涛.薛涛诗笺[M].张蓬舟,笺注.成都:四川人民出版社,1981.
8.〔后蜀〕花蕊夫人.花蕊宫词笺注[M].徐式文,笺注.成都:巴蜀书社,1992.
9. 李谊.历代蜀词全辑[M].重庆:重庆出版社,2007.
10. 李谊.历代蜀词全辑续编[M].重庆:重庆出版社,2007.
11.〔清〕王培荀.听雨楼随笔[M].魏尧西,点校.成都:巴蜀书社,1987.
12.〔清〕傅崇矩.成都通览[M].成都:成都时代出版社,2006.
13. 王文才.青城山志[M].成都:四川人民出版社,1982.
14. 杨伟立.前蜀后蜀史[M].成都:四川省社会科学院出版社,1986.
15. 四川省文史馆.成都城坊古迹考[M].成都:四川人民出版社,1987.
16. 许肇鼎.宋代蜀人著作存佚录[M].成都:巴蜀书社,1986.
17. 贾大泉,陈世松.四川通史:七卷[M].成都:四川人民出版社,2010.
18.《成都通史》编纂委员会.成都通史:七卷[M].成都:四川人民出版社,2011.
19. 袁庭栋.巴蜀文化志[M].修订本.成都:巴蜀书社,2009.
20. 冯广宏,肖炬.成都诗览[M].北京:华夏出版社,2008.
21. 白郎.锦官城掌故[M].成都:成都时代出版社,四川文艺出版社,2014.
22. 流沙河.老成都·芙蓉秋梦[M].重庆:重庆大学出版社,2014.
23. 张绍诚.巴蜀竹枝琐议[M].成都:巴蜀书社,2011.
24. 成都市锦江区地方志编纂委员会办公室.锦江街巷:三卷[M].北京:新华出版社,2009.
25. 袁庭栋.成都街巷志:二册[M].成都:四川文艺出版社,2018.
26. 祝尚书.巴蜀宋代文学通论[M].成都:巴蜀书社,2005.
27. 杨世明.巴蜀文学史[M].成都:巴蜀书社,2003.
28. 成都市对外文化交流协会.成都之最[M].成都:成都出版社,1994.
29. 四川省成都市锦江区地方志编纂委员会办公室.锦江记忆[M].北京:新华出版社,2008.
30. 蒋蓝.蜀地笔记[M].成都:四川人民出版社,2017.
31. 段渝.三星堆与巴蜀文化研究七十年[J].中华文化论坛,2003(3).
32. 黄剑华.三星堆时期古蜀国与远方的文化交往[J].文史杂志,2001(4).
33. 童恩正.古代的巴蜀[M].成都:四川人民出版社,1979.
34. 徐中舒.论巴蜀文化[M].成都:四川人民出版社,2019.
35. 蒙文通.巴蜀古史论述[M].成都:四川人民出版社,1981.
36. 萧涤非,程千帆,马茂元,等.唐诗鉴赏辞典[M].上海:上海辞书出版社,1983.
37. 唐圭璋.唐宋词鉴赏辞典[M].南京:江苏古籍出版社,1986.
38.〔清〕仇兆鳌.杜诗详注:五册[M].北京:中华书局,1979.
39.〔清〕浦起龙.读杜心解:二册[M].北京:中华书局,2010.
40. 邹同庆,王宗堂.苏轼词编年校注:三册[M].北京:中华书局,2002.
41. 成都市文联,成都市诗词学会.历代诗人咏成都:二册[M].成都:四川文艺出版社,1999.
42.〔明〕曹学佺.蜀中名胜记[M].刘知渐,点校.重庆:重庆出版社,1984.
43. 林文询.诗意成都[M].北京:中国旅游出版社,2016.
44. 周啸天.历代名人咏四川[M].成都:四川人民出版社,2019.
45. 谭良啸,吴刚.文物为成都作证[M].成都:成都时代出版社,2015.
46. 吴刚,谭良啸.楹联上的成都记忆[M].成都:成都时代出版社,2015.
47. 肖平.成都物语[M].成都:成都时代出版社,2016.
48. 郑光路.成都旧事[M].成都:四川人民出版社,2018.
49. 文闻子.四川风物志[M].成都:四川人民出版社,1985.
50. 袁庭栋,张志烈.历代文化名人在四川[M].成都:四川人民出版社,1985.
51. 谭平,冯和一,唐婷,等.天府文化与成都的现代化追求[M].成都:巴蜀书社,2018.
52. 天府文化研究院.天府文化研究:创新创造卷[M].成都:巴蜀书社,2018.
53. 天府文化研究院.天府文化研究:优雅时尚卷[M].成都:四川大学出版社,2018.
54. 天府文化研究院.天府文化研究:乐观包容卷[M].成都:四川大学出版社,2018.
55. 天府文化研究院.天府文化研究:友善公益卷[M].成都:四川大学出版社,2018.
56. 西南师范大学中文系古典文学教研室.东坡选集[M].成都:四川人民出版社,1987.
57. 竺可桢.天道与人文[M].施爱东,编.北京:北京出版社,2016.
58. 李朝正,李义清.巴蜀历代名媛著作考要[M].成都:巴蜀书社,1997.
59.〔唐〕温庭筠.温飞卿诗集笺注[M].〔清〕曾益等,笺注,王国安,标点.上海:上海古籍出版社,1998.

跋

从开始动笔撰写《成都最美古诗词一〇〇首详注精评》，到现在即将杀青付梓，倏忽之间，三年已过。回思往事，深感逝者如斯、著述不易。所谓名山事业，实需众人相助，方能成其功。

在此书的写作出版过程中，曾得到许多领导和师友的关心和支持。市委常委、宣传部部长田蓉，一直关注本书的写作，常加勉励鞭策。当此书即将出版之际，我要向她表示最真诚的感谢。

成都时代出版社副社长龚爱萍女史，以行家的眼光、专业的素养和朋友的真情为此书的出版颇费心力。我们常与二三好友小聚，多次就书稿的有关问题进行研讨。大家诗酒论道，相视而笑，莫逆于心，共同沉浸于历代成都诗词的美好意境之中。当此同样凝聚着她的辛劳与关爱的小书即将面世之际，我要向她表示最衷心的感谢。

许天琪女士是著名的书籍装帧设计师。她对此书内容赞赏有加，因而在装帧设计方面可谓费尽心力。她对书籍之"美"有着非常理想浪漫而又苛刻执着的追求，认为此书应当成为一部清风徐来，吹动书页，吹开哪页就从哪页读起都觉兴味盎然的作品，为此我曾忍痛删除数万文字。不管最后是否能达到她所期望的效果，我都要对她的倾心付出表示由衷的感谢。

此外，妻子杨荣彪女士、小友卿颖女士为书稿的录入做了大量工作。老友王南通读了全书，更正了不少错讹，提高了书稿质量。责编张巧、程艳艳等相关同志工作认真严谨，令人钦佩。好友母涛、连华、周德强、杨晓阳、段有荣、郑自强、彭钚铀、陈宏等一直关心书稿的写作和出版，在此，我也要向他们表示感激和谢忱。

在职业生涯的最后几年，组织上把我安排到了高校，重新回归校园和学术界，了却我多年的教研夙愿。今后，读书著述将成为终身职志，此书也算是我"回归"后向大家交出的第一份"作业"，知我罪我，敬请广大读者不吝赐教。

杨玉华
2020 年 9 月 18 日
于成都东苑小区潄雪斋

图书在版编目（CIP）数据

成都最美古诗词100首详注精评 / 杨玉华编著. --成都时代出版社，2020.10（2021.7重印）
ISBN 978-7-5464-2646-4

Ⅰ. ①成… Ⅱ. ①杨… Ⅲ. ①古典诗歌－鉴赏－中国
Ⅳ. ①I207.2

中国版本图书馆CIP数据核字（2020）第156784号

成都最美古诗词一〇〇首详注精评

CHENGDU ZUIMEI GUSHICI YIBAI SHOU XIANGZHU JINGPING

杨玉华 编著

出 版 人	李若锋
总 统 筹	龚爱萍
责任编辑	张 巧　程艳艳
校 对	李 佳
印 制	张 露
设 计	许天琪
题 字	李玉波
出版发行	成都时代出版社
电 话	（028）86742352（编辑部）
	（028）86615250（发行部）
网 址	www.chengdusd.com
印 刷	成都市金雅迪彩色印刷有限公司
规 格	184mm×260mm
印 张	17
字 数	500千
版 次	2020年10月第1版
印 次	2021年7月第2次印刷
书 号	ISBN 978-7-5464-2646-4
定 价	98.00元